KB042720

현대무림

# 현대무림 5

**초판 1쇄 인쇄일** 2018년 4월 18일 ㅣ **초판 1쇄 발행일** 2018년 4월 23일

**지은이** 조휘 ㅣ **펴낸이** 곽동현 ㅣ **담당편집 팀장** 이범수
**편집부** 신연제 김예리 이윤아 홍현주 김유진 조서영 정요한 김미경 박수빈

**펴낸곳** (주)조은세상 ㅣ **출판등록** 제 2002-23호
주소  경기도 연천군 미산면 청정로 1355
TEL 편집부 02)587-2966 ㅣ FAX 02)587-2922
e-mail bukdu@comics21c.co.kr

조휘 ⓒ 2018
ISBN 979-11-6171-785-2 ㅣ ISBN 979-11-6171-609-1(set) ㅣ 값 8,000원

# 현대무림

조휘 현대판타지 장편소설 **5**

NEO MODERN FANTASY STORY

북두
(주)좋은세상

# 조휘 현대판타지 장편소설

NEO MODERN FANTASY STORY

# CONTENTS

1장. 사부와 제자

"훗."

장린은 피식 웃었다.

물론, 재미있어서 나온 웃음은 아니었다.

굳이 설명하자면 허탈함에서 나온 자조 섞인 웃음에 가까웠다.

지금으로부터 불과 10초 전, 장린은 애도로 빈사상태인 우건의 수급을 자르려 하였다. 누워서 떡 먹기보다 쉬운 일이었다. 칼을 높이 들어 올려 그대로 내려치면 끝나는 일이었다.

몸 상태가 최악이라고는 하지만 칼을 들어 올릴 힘은

있었다. 그리고 들어 올린 후에는 칼이 가진 무게와 날카로운 칼날, 그리고 중력이 알아서 우건의 수급을 잘라 줄 터였다.

한데 누워서 떡 먹기라 생각했던 일은 전혀 생각지 못한 방향에서 커다란 암초를 만났다. 장린이 우건의 수급을 막 자르려는 순간, 막내 제자가 던진 장도에 심장을 관통당한 것이다.

장린은 심경이 복잡한 표정으로 사부에게 암습을 가한 막내 제자의 얼굴을 물끄러미 쳐다보았다. 송지운은 마치 이거 외에는 다른 방법이 없었다는 듯 어깨를 으쓱거려 보였다.

장린의 입가에 맺힌 미소가 짙어졌다.

"훌륭한 투도단예(投刀斷霓)였다……."

말을 마친 장린은 손을 등 뒤로 뻗어 장도를 천천히 뽑아냈다. 피에 젖은 장도의 칼날이 조금씩 빠져나올 때마다 폭우에 갑자기 불어난 시냇물처럼 피가 상처 밑으로 쏟아졌다.

마침내 칼날을 다 뽑은 장린이 고개를 들어 하늘을 보았다.

비가 그친 하늘은 눈이 부시도록 파랬다.

"이것이 내가 보는 마지막 하늘인가……."

장린이 이번에는 자신의 등에 칼을 꽂은 제자를 보았다.

"네가 이루려는 게 뭔지 모르겠지만 성공하기를 기원하마……."

유언을 남긴 장린은 허물어지듯 쓰러져 더 이상 움직이지 않았다. 장린의 죽음을 확인한 송지운은 담담한 표정으로 다가와 사부의 품속을 뒤졌다. 무공을 가르쳐 준 사부를 자기 손으로 죽였다는 사실에 전혀 동요하지 않는 모습이었다.

송지운은 장린의 품속에서 목갑과 가죽 주머니를 꺼냈다. 목갑에는 주황색 단약이, 가죽 주머니 안에는 비급이 들어 있었다.

송지운은 목갑에 든 주황색 단약을 꺼내 우건에게 내밀었다.

"귀명단(歸命丹)입니다. 제천회주가 장로와 각 단의 단주에게만 하사한 건데 내상 치료에 독보적이란 소문을 들었습니다."

우건은 단약을 받아 말없이 삼켰다. 그리고는 자리에 털썩 주저앉아 천지조화인심공의 요상구결을 운기하기 시작했다.

송지운은 마치 호법 서듯 3, 4미터 떨어진 곳에 걸어가 주위를 둘러보았다. 앉아서 운기요상중인 복면인과 시체로 변한 사부, 그리고 사부를 배신한 제자가 묘한 그림을 이뤘다.

우건은 송지운을 경계하지 않았다.

어차피 우건에게는 지금 손가락 하나 까딱할 힘이 남아 있지 않았다. 즉, 송지운이 어떻게 마음먹느냐에 따라 그의 생사가 결정되는 셈이었다. 다시 말해 송지운이 살려주면 사는 것이고 죽이려 들면 죽어야 하는 그런 상황이나 진배없었다.

송지운이란 존재를 잠시 지워 버린 우건은 치료에 집중했다.

제천회주가 귀명단을 연단할 때 독초(毒草)와 독물(毒物)을 사용한 듯, 복용하는 순간 독한 증류주를 연거푸 마신 사람처럼 혀와 식도, 그리고 위장이 불에 덴 것처럼 뜨거웠다.

그러나 우건은 당황하지 않았다.

이독제독(以毒制毒)이란 말이 괜히 있는 게 아니었다.

물론 독을 사용해 만드는 독단(毒丹)에는 영초(靈草)를 사용해 만든 영단에 없는 부작용이 있었지만, 내상을 치료한다는 큰 그림에서 볼 경우, 아주 나쁜 선택까지는 아니었다.

곧 귀명단의 약효가 장린의 묵령심애도에 당해 뒤틀린 혈맥을 원래 모습으로 돌려놓았다. 그리고 약효 중에 지혈효과가 있는 듯 상처 주위에 흘러내리던 피가 점점 멎기 시작했다. 나중에 혈맥과 삼단전(三丹田)에 쌓인 독기를 제거하려면 고생 꽤나 하겠지만 지금은 기력을 찾는 게 먼저였다.

운기요상을 마친 우건은 약과 붕대를 꺼내 외상을 치료하기 시작했다. 외상의 대부분은 묵령심애도 후반 삼절초

중 마지막 초식인 묵령거신에 당한 상처였다. 우건은 깨끗한 헝겊으로 닦아 낸 상처 위에 금창약을 뿌려 응급처치를 마쳤다.

호법을 서던 송지운이 걸어와 우건 눈앞에 비급을 내밀었다.

"받으십시오. 묵령심애도법이 적혀 있는 비급입니다."

우건은 낡은 비급과 송지운의 얼굴을 번갈아 보며 질문했다.

"비급을 왜 나에게 주는 거요?"

송지운은 피식 웃었다.

"당신에게 준다는 말은 안 했습니다."

"그럼 누구에게?"

"당신과 함께 있던 자가 묵애도를 갖고 있더군요."

송지운의 대답을 듣는 순간, 우건의 머릿속에 원공후가 평소에 애지중지하는 추운산장의 보물 묵애도가 스치듯 지나갔다.

"묵애도와 묵령심애도법이라…… 뭔가 곡절이 있는 모양이군."

송지운은 그 추측이 맞다는 듯 고개를 끄덕였다.

"그 사람에게 이 비급을 건네주십시오. 비급대로만 수련하면 장차 묵애도가 가진 진정한 위력을 끌어낼 수 있을 겁니다."

"그에게 전할 말이 더 있소?"

송지운이 잠시 고민하다가 대답했다.

"있습니다."

"뭐요?"

"은태무(銀太武)의 제자가 장린이었다는 말을 전해 주십시오."

"그렇게 전하면 되는 거요?"

"그렇습니다."

대답한 송지운은 장린의 시체 위에 가져온 화골산을 뿌렸다.

꽤 독한 화골산인 듯했다.

장린의 시체가 사라지는 데 그리 오랜 시간이 걸리지 않았다.

사부의 시체까지 처리한 송지운이 휴대전화 문자를 확인했다.

"묵령대를 유인해 간 당신 친구가 이제야 돌아오는 모양입니다."

말을 마친 송지운은 우건을 바라보며 어깨를 으쓱거렸다. 마치 시간이 없으니까 중요한 것만 빨리 물어보라는 듯했다.

우건은 그의 호의를 거절할 생각이 없었다.

"제천회 소속으론 보이지 않던데 당신의 진짜 정체가

무엇이오?"

"으음, 쉬우면서 어려운 질문이군요."

잠시 탄식한 송지운이 말을 빠르게 이어갔다.

"당신이 어디까지 아는지는 모르겠지만, 일단 전혀 모른다는 가정 하에서 말씀드리겠습니다. 한국의 현대무림은 대형 조직 세 개와 중소 조직 10여 개로 나뉘어 있습니다. 대형 조직은 제천회, 특무대, 구룡문(九龍門)을 가리킵니다. 한 하늘에 두 개의 태양이 있을 수 없고 한 산에 두 마리의 호랑이가 살 수 없다는 말이 있듯, 이 세 조직은 서로 적대하는 관계입니다. 전 그 사이에 낀 장기짝과 같습니다."

우건이 원한 대답은 아니었다. 그러나 제천회, 특무대 외에 구룡문이란 문파가 존재한단 사실을 안 건 분명 행운이었다.

우건은 송지운의 정체를 캐물으려다가 이내 그만두었다. 애초에 자신의 정체를 우건에게 털어놓을 생각이 송지운에게 있었다면 장기짝이라는 애매한 표현을 쓰지 않았을 것이다.

우건은 다른 질문을 던졌다.

"나를 도와준 이유가 무엇이오? 진짜 이유 말이오."

송지운은 눈을 찡긋하며 대답했다.

"글쎄요. 지금은 내가 당신을 도와줬다기보다 제가 당신을 이용해 장린을 없앴다는 말이 정답에 더 가까울 것 같군요."

우건의 검미(劍眉)가 살짝 흔들렸다.

"장린을 죽이기 위해 나를 이용했다는 거요?"

"그 질문에 대한 해답은 스스로 판단하는 게 더 좋을 것 같군요."

우건은 송지운의 조언을 받아들여 스스로 판단하기 시작했다.

그 결과, 송지운의 말이 맞다는 확신이 들었다.

송지운이 우건과 원공후를 이용해 사부 장린을 제거한 것이다.

그런 생각을 뒷받침하는 단서는 크게 두 가지였다.

첫 번째는 우건과 원공후가 손병진의 저택에 잠입했을 때였다.

당시, 우건은 비응보와 월광보를 번갈아 펼치며 접근했다. 한데 갑자기 숨어 있던 적 하나가 기파를 퍼트려 우건의 경각심을 일깨웠다. 그 덕분에 함정임을 간파한 우건은 뒷마당으로 잠입한 원공후와 합류해 적이 펼친 포위망을 뚫었다.

우건은 처음에 적이 그의 위치를 알아내기 위해 기파를 퍼트린 줄로 알았다. 한데 나중에 곰곰이 생각해 보니 아니었다.

우건은 당시 월광보와 비응보를 같이 사용했다. 이미

신형이 드러난 상태였던 탓에 굳이 기파를 퍼트려 가면서까지 우건의 위치를 찾을 필요가 없었단 말이었다. 그리고 그 말은 기파를 퍼트린 적의 행동에 다른 뜻이 숨어 있단 말이었다.

우건은 그 이유를 나름대로 추측해 보았다. 그 결과, 우건에게 경고를 하기 위해 기파를 퍼트렸다는 것을 알게 되었다. 물론, 당시에는 경고를 보내 도와준 이유를 알지 못했다.

한데 이제 보니까 그때 기파를 퍼트려 몰래 도움을 준 이가 바로 이 송지운이었다. 송지운은 장린과 배탁, 손병진을 저택 밖으로 끌어내 제거할 목적으로 우건을 도와준 것이다.

두 번째 단서는 우건이 배탁을 막 죽였을 때였다. 송지운은 그를 유인해 장린의 추적을 받던 원공후와 만나게 해 주었다.

한데 원공후를 도와줄 목적으로 우건을 유인한 게 아니었다. 우건이 조우한 장린과 일전을 벌이도록 만들기 위해서였다.

그 결과, 송지운이 안배한 대로 우건과 장린은 목숨을 건 일전을 벌였다. 그리고 장린은 우건의 손에 중상을 입은 상태에서 전혀 생각지 못한 제자의 배신으로 목숨을 잃었다.

하나에서 열까지 송지운의 안배대로 일이 이루어진 것이다.

소름 끼치는 심계(心計)가 아닐 수 없었다.

우건은 솔직하게 시인했다.

"당신의 대답이 맞는 것 같소."

송지운은 그럴 줄 알았다는 듯 다시 한 번 어깨를 으쓱거렸다.

우건은 곧이어 세 번째 질문을 던졌다.

"사부와 사형을 죽인 이유가 무엇이오?"

송지운은 실망했다는 표정으로 고개를 살짝 저었다.

"당신은 물어보기만 하고 저는 대답만 하니까 재미가 없군요."

우건은 미간을 좁히며 물었다.

"나에게 궁금한 점이 있소?"

"아주 많습니다."

"궁금한 게 있으면 물어보시오."

"사양하지 않겠습니다."

잠시 뜸을 들인 송지운이 열기가 담긴 목소리로 물었다.

"당신은 최초의 100인 중 한 명입니까?"

우건은 지체 없이 대답했다.

"어떤 기준이냐에 따라 그럴 수도 있고 아닐 수도 있소."

송지운이 한숨을 내쉬었다.

"제가 원한 대답은 아니군요."

"난 진실을 말했을 뿐이오."

송지운은 눈썹을 찡긋거리며 말했다.

"당신은 이런 일로 거짓말할 사람 같지 않으니까 그 말을 믿어 보겠습니다. 그럼 그 보답으로 당신의 세 번째 질문에 대한 대답을 해드리죠. 제천회에는 칠성좌(七星座)라는 조직이 있습니다. 제천회를 실질적으로 이끌어 가는 수뇌부지요. 아, 물론 회주는 따로 북극성(北極星)이라 불리기에 칠성좌에 속해 있지 않습니다. 다시 본론으로 돌아와서 죽은 장린은 칠성좌의 천권좌(天權座)를 맡고 있었습니다. 그런데 이번에 장린이 죽었으니까 그 자리는 장린의 제자들 몫으로 돌아가야 하는데, 공교롭게도 다른 제자들이 모두 죽은 탓에 천권좌에 오를 사람은 저밖에 남지 않은 거지요."

"회의 다른 고수들은 천권좌를 차지할 수 없는 거요?"

"그렇습니다. 초대 회주와 칠성좌가 모여 이 땅에 제천회를 다시 세울 때 칠성좌의 각 좌(座)는 각 조직의 직계 제자만 물려받을 수 있게 만들었다는 말을 들은 기억이 있습니다."

우건은 재차 물었다.

"당신 혼자 살아남는다면 그들이 의심하지 않겠소?"

송지운은 피식 웃었다.

"지금 저를 걱정하시는 겁니까?"

"난 그저 궁금했을 뿐이오."

"제천회는 약육강식의 법칙이 철저하게 지배하는 곳입니다. 설령 그게 사부와 제자, 사형과 사제의 관계라도 말입니다. 쉽게 말해 제천회는 당한 놈이 병신이 되는 그런 곳입니다."

"그럼 굳이 천권좌에 오르려는 이유가 무엇이오? 제천회 정보를 빼내기 위해서요? 아님 제천회를 수중에 넣기 위해서요?"

잠시 고민한 송지운이 씩 웃었다.

"뭐 둘 다라고 해 두죠."

대답한 송지운은 뒤를 힐끔 돌아보았다.

멀리서 새카만 인영 하나가 빠른 속도로 접근해 오는 중이었다.

원숭이처럼 긴 팔을 지닌 사내였다. 그리고 우건이 알기로 이 부근에 저런 체형을 가진 사람은 쾌수 원공후밖에 없었다.

송지운은 그대로 몸을 뽑아 올려 근처에 있는 나뭇가지 위에 내려섰다. 한데 여자 손목보다 가는 나뭇가지 위에 두 발을 다 올려놓았음에도 나뭇가지는 전혀 출렁거리지 않았다.

송지운의 내가공부가 만만치 않다는 뜻이었다.

"당신 친구가 돌아오는군요. 전 이제 가 봐야겠습니다."

우건은 점점 커지는 원공후의 신형을 바라보며 그에게 물었다.

"나에게 제천회의 극비 정보를 알려 주는 이유가 뭐요?"

"글쎄요. 감이라고 해 두죠. 당신을 도와주면 내가 앞으로 하려는 일이 좀 더 쉬워질지 모른다는 예감이 문득 들었거든요."

송지운은 근처 숲속으로 신형을 감추며 전음을 보냈다.

-사흘 후, 새벽 3시에 남양주(南楊州) 용암산(龍岩山) 북쪽 약수터에 가 보십시오. 그럼 재밌는 일이 벌어질 겁니다…….

송지운의 마지막 전음은 거의 알아듣기 어려웠다.

그만큼 빠른 속도로 멀어지는 중이란 뜻이었다.

송지운의 전음이 끝남과 동시에 원공후가 도착했다.

원공후가 우건의 끔찍한 몰골을 보기 무섭게 눈살을 찌푸렸다.

"괜찮으신 겁니까?"

"걱정하지 마시오. 겉모습만 이럴 뿐이니까."

그제야 안심한 원공후가 폐허로 변한 주위를 둘러보며 물었다.

"그럼 장린은?"

우건은 담담한 표정으로 대답했다.

"그는 죽었소."

우건은 궁금해하는 그에게 그간의 일을 간략히 설명했다.

원공후가 놀란 표정을 감추지 못했다.

"그럼 그 막내 제자라는 자가 자기 사부와 사형을 해치운 겁니까?"

"그렇소."

원공후가 혀를 끌끌 찼다.

"이거 참, 별의별 일이 다 있군요. 어쨌든 제천회 수뇌부에 우리와 같은 생각을 가진 자가 끼어 있다니 다행이 아닙니까?"

우건은 고개를 저었다.

"확신하기는 이르오. 이 모든 게 그자의 거짓말일 수 있으니까."

원공후가 고개를 갸웃거리며 물었다.

"주공이 보시기에는 어떻습니까? 믿을 수 있는 사람 같습니까?"

"사흘 후에 남양주 용암산에 가 보면 알 수 있을 거라 생각하오."

원공후가 조심스레 물었다.

"혹시 이번처럼 함정이 아닐까요?"

우건은 서쪽으로 지는 해를 바라보며 담담히 대꾸했다.

"상관없소. 우리 역시 이번처럼 쉽게 당하지는 않을 테니까."

우건은 더 어두워지기 전에 원공후와 산을 내려갔다.

원공후에 따르면 그는 미리 세워 놓은 계획대로 장린을 호위하는 묵령대원을 유인해 최대한 먼 곳으로 도망쳤다. 한데 한두 시간 지났을 때부터 무언가 이상하다는 느낌이 들었다. 마치 그가 묵령대원을 유인하는 게 아니라, 묵령대원 쪽에서 먼저 장린과 거리를 벌린다는 느낌을 받은 것이다.

의아하게 생각한 원공후는 즉시 발길을 돌려 우건에게 돌아갔다. 한데 그 순간, 마치 자기들이 해야 할 일은 다 끝났다는 듯 그를 추격하던 묵령대원이 시야에서 자취를 감췄다.

원공후가 고개를 끄덕였다.

"처음에는 그 묵령대라는 놈들의 의도가 뭘까 궁금했는데, 지금에 와서 보니 그 막내 제자란 놈에게 사전에 포섭당한 모양입니다. 막내 제자에게 포섭당해 일부러 자리를 비켜 준 거지요. 주공이 마음 놓고 장린과 일전을 벌이게 말입니다."

원공후가 감탄한 듯한 목소리로 말을 이어갔다.

"아무튼 수완이 대단한 잡니다."

대화를 나누며 걷는 사이, 어느새 도로가 코앞에 다가와 있었다.

우건이 도로가 내려다보이는 절벽에 잠시 서 있는 동안, 원공후는 미리 연락을 받고 이동 중인 김은에게 전화를 걸었다.

잠시 후, 통화를 마친 원공후가 보고했다.

"멀지 않은 곳에 있다니까 곧 도착할 겁니다."

알았다는 듯 고개를 끄덕인 우건은 송지운과 약속한 대로 장린의 품에서 꺼낸 묵령심애도 비급을 원공후에게 건넸다.

"받으시오."

원공후가 눈을 동그랗게 뜨며 물었다.

"뭡니까?"

"당신이 감탄한 자가 당신에게 주는 선물이오."

원공후는 서둘러 비급을 살폈다.

한데 비급을 읽는 원공후의 동공이 점점 커져 갔다. 급기야는 벼락을 맞은 것처럼 몸을 덜덜 떨며 거친 숨을 몰아쉬었다.

"마, 맙소사. 이건 묵애도법(墨厓刀法)이 아닙니까?"

"묵애도법이면 당신이 가진 묵애도로 펼치는 도법이오?"

원공후가 얼떨떨한 얼굴로 우건을 보며 대답했다.

"맞습니다. 추운산장 지보인 묵애도로 펼치는 도법입니다. 추운산장에 묵애도를 훔치러 갔을 때, 도법을 같이 찾아보았지만 발견하지 못했지요. 살면서 여러 도법을 봐 왔지만, 묵애도로 펼치는 묵애도법보다 뛰어난 도법은 보지 못했습니다."

원공후의 설명에 의하면 묵애도는 추운산장의 비전도법인 묵애도법으로 펼쳐야 그 진정한 위력을 끌어낼 수 있는 듯했다.

원공후가 개봉 제천회 대청에서 태을양의미진진에 갇혔다가 함정에 빠져 이 땅에 떨어졌을 때, 그 역시 우건처럼 실오라기 하나 걸치지 않은, 그리고 단전의 내력이 다 빨린 상태였다. 물론, 우건보다는 조건이 훨씬 나았다. 우건은 이곳으로 넘어오기 전에 목숨과 같은 선천지기를 다 소진한 데다 조광의 태을음양수에 맞아 단전이 박살났기 때문이었다.

우건은 설악산 태을문 비고에서 태을조사가 남긴 천지소화인심공을 얻어 천우신조로 단전을 회복할 수 있었지만 애초에 단전이 멀쩡한 원공후는 내력을 다시 쌓으면 그만이었다.

내력을 약간 수습한 원공후는 바로 중국에 건너가 보물을 숨겨 둔 비고를 찾았다. 비록 많은 세월이 흐르긴 했지만 운이 좋다면 비고가 그대로 남아 있을 가능성이 있었던 것이다.

그러나 국공내전과 문화대혁명(文化大革命), 등소평(鄧小平)의 경제개방을 거친 중국은 이미 원공후가 알던 예전의 중국이 아니었다. 비고가 있던 거처 역시 파괴되어 숨겨 둔 보물은커녕, 집터조차 제대로 남아 있지 않는 상황이었다.

하지만 원공후는 괜히 천하 삼대 도둑으로 불렸던 게 아니었다.

그는 적에게 추적당할 상황에 대비해 훔친 보물을 여러 군데 나누어 숨겨 두었는데, 운 좋게 지금까지 남아 있던 한 곳에서 묵애도를 회수하는 데 성공했다. 묵애도를 회수한 후에는 정이 든 한국에 돌아와 노름과 도둑질을 하며 살아갔다.

원공후가 감격한 목소리로 말했다.

"묵애도법이 틀림없습니다. 표지에 묵령심애도라 적혀 있지만 추운산장 무공인 묵애도법의 특징이 고스란히 들어 있습니다. 아마 묵애도법임을 감추기 위해 이름을 바꾼 모양입니다."

원공후는 새로 얻은 비급에서 쉽사리 눈을 떼지 못했다.

"그 장린이란 자가 갖고 있던 비급입니까?"

"그렇소. 막내 제자가 당신에게 주라더군. 그리고 당신에게 장린이 은태무의 제자였다는 전언을 같이 전해 달라 부탁했소."

원공후가 이제야 이해가 간다는 듯 자기 허벅지를 찰싹 때렸다.

"아, 그러고 보니 은태무가 있었군요."

"아는 자요?"

"은태무는 아주 지독한 자입니다. 그는 원래 추운산장

장주를 모시는 하급무사였는데 장주의 외동딸을 겁탈하려다가 발각당해 왼팔이 잘린 상태로 파문되었지요. 그 후 몇십 년간 소식이 없었는데 어느 날 갑자기 제천회와 함께 다시 나타나서는 추운산장을 상대로 복수를 감행하기 시작했습니다. 팔이 잘린 채 쫓겨난 일에 대한 분풀이였지요. 추운산장은 그 일로 멸문해 기와 한 장 남지 않았다는 말을 들었습니다. 그리고 추운산장을 멸문시킨 당사자인 은태무는 그 일로 공적을 인정받아 제천회 장로에 올랐습니다."

우건은 고개를 끄덕였다.

"장린이 은태무의 제자가 맞다면 그가 가지고 있던 묵령심애도법은 은태무가 추운산장을 멸문시켰을 때 훔친 것일 거요."

"제 생각도 같습니다."

대꾸한 원공후가 비급을 품속에 갈무리하며 말을 이어갔다.

"장린과 그 제자들이 쓰는 도법이 어딘지 모르게 눈에 익다 싶었는데 그런 곡절이 있는 줄은 몰랐습니다. 장린이 은태무의 제자였다는 설명을 듣고 나니, 장린이 지독할 정도로 저를 추적한 이유가 이해됩니다. 장린은 제가 가진 묵애도를 보고 묵애도법과 묵애도를 같이 손에 넣기 위해 저를 추적했을 겁니다. 물론 묵애도를 손에 넣기는커녕, 아끼던 제자에게 배신당해 목숨을 잃을 줄을 몰랐겠지만 말입니다."

묵애도법 비급이 자신에게 있다는 사실이 믿기지 않는 듯 원공후는 말을 하는 내내 손으로 비급을 숨긴 곳을 더듬었다.

한참 만에야 손을 뗀 원공후가 물었다.

"한데 그 막내 제자란 자는 왜 굳이 저에게 도법을 넘긴 걸까요?"

"나도 잘 모르겠소. 그러나 추측은 할 수 있소."

우건은 말을 잠시 멈췄다가 고개를 돌리며 원공후에게 물었다.

"큰 조직을 무너트리려면 어떻게 해야 하는지 아시오?"

"내부를 먼저 무너트리는 게 효과적인 방법이라 배웠습니다. 외부 공격은 오히려 조직을 결속시키는 결과를 낳으니까요."

"맞소. 그러나 내가 생각하는 가장 효과적인 방법은 내부와 외부를 같이 흔드는 방법이오. 적이 공격해 오면 조직의 시선은 외부로 향할 수밖에 없소. 그 틈을 노려 내부를 무너트린다면 아무리 강한 조직이라도 무너질 수밖에 없거요."

원공후가 이해간다는 듯 고개를 끄덕였다.

"그 막내 제자란 자는 우리가 제천회를 밖에서 흔들어주기를 바라는 것이군요. 그럼 자기는 그 틈에 내부를 흔들 수 있으니까요. 그리고 외부에서 해오는 공격이 강하면 강할수록 효과가 더 클 테니까 묵애도법을 저에게 넘긴 것이고요."

우건, 원공후 두 사람이 묵령심애도법, 아니 묵애도법 비급을 넘긴 송지운의 의도를 나름대로 추측하고 있을 때였다.

끼이익!

김은 삼형제가 탄 진청색 밴 한 대가 도로 갓길에 멈춰섰다.

우건과 원공후는 바로 내려가 밴에 올랐다. 다행히 강원도에서 흔히 볼 수 있는 한적한 도로라 다른 차는 보이지 않았다.

두 사람이 차에 오르는 모습을 확인한 김은이 놀라 물었다.

"다, 다치신 겁니까?"

김은은 놀랄 수밖에 없었다.

우건과 원공후 둘 다 꼴이 말이 아니었던 것이다.

우건은 장린의 묵령심애도법에 당해 피칠갑을 한 상태였다. 그리고 찢어진 옷과 벌어진 살이 뒤엉켜 어디가 살이고 어디가 옷인지 구분하기 어려울 지경이었다. 아니, 김은에게는 우건이 그런 상태로 멀쩡히 걸어 다니는 게 신기할 지경이었다. 더 놀라운 점은 엄청난 고통이 있을 텐데도 미간 한 번 찌푸리지 않는단 점이었다. 사부 원공후에게 우건이 부동심이란 비기를 익혀 감정을 밖으로 드러내지 않는다는 말은 들었지만 실제로 보니까 감탄밖에 나오지 않았다.

원공후는 우건보다 사정이 낫긴 했지만 묵령대의 지독한 추적을 받던 와중에 다리를 다쳐 바지가 온통 피투성이였다.

원공후가 쓴웃음을 지었다.

"그럼 그 지독한 놈들을 상대로 멀쩡히 빠져나올 줄 알았더냐? 잔말 말고 어서 출발이나 해라. 놈들이 쫓아올지 모른다."

"아, 알겠습니다."

차부터 출발시킨 김은이 뒤를 돌아보며 물었다.

"어디로 먼저 모실까요?"

잠시 고민한 원공후가 의자에 기대 눈을 감은 우건에게 물었다.

"서울로 가시겠습니까?"

우건은 고개를 저었다.

"서울보다는 남양주 근처가 좋겠소. 어차피 가야 하는 곳이니까."

원공후가 금창약을 대충 뿌려 놓은 우건의 외상을 보며 권했다.

"수연의원에 들러 치료부터 먼저 하시지요."

우건은 다시 고개를 저었다.

"외상은 남양주에 가서도 치료할 수 있소."

우건의 고집에 질렸다는 듯 원공후가 고개를 절레절레 저었다.

"주모님이 걱정하실 것을 염려하시는 건 알겠지만, 그래도 외과의사의 치료를 받으면 좀 더 빨리 회복할 수 있지 않겠습니까?"

그 말에 눈을 뜬 우건은 원공후를 잠시 응시했다.

화들짝 놀란 원공후가 얼른 운전석에 앉은 김은에게 소리쳤다.

"어, 어서 남양주 용암산 근처로 가자꾸나!"

"갑자기 웬 남양줍니까?"

되묻는 김은에게 원공후는 송지운과 있었던 일을 설명했다. 설명을 들은 김은은 바로 유턴해 남양주로 차를 운전했다.

고속도로에 올라선 후, 원공후가 밴 내부를 둘러보며 물었다.

"포천까지 타고 온 RV는 어떻게 했느냐?"

맨 뒷좌석에 앉아 있던 김동이 얼굴을 내밀며 대답했다.

"혹시 몰라 브로커에게 팔았습니다."

원공후가 미심쩍은 목소리로 물었다.

"브로커? 믿을 수 있는 자더냐?"

"예. 국내에서 처리하기 힘든 장물을 전문적으로 해외에 내다파는 자인데 차대 번호처럼 우리 흔적이 드러날 수 있는 것들을 미리 다 지워놨기 때문에 추적당할 위험이 없습니다."

"그자가 너를 아느냐?"

김동은 아니라는 듯 고개를 저었다.

"웹으로 거래했기 때문에 그자는 제가 누군지 모를 겁니다."

"잘 처리했군."

원공후의 칭찬을 받은 김동이 그제야 안도의 숨을 내쉬었다.

그러나 원공후의 질문은 아직 끝나지 않았다.

"이 밴은 어디서 구했느냐?"

"차를 전문적으로 취급하는 장물아비한테 구했습니다."

"차 때문에 제천회나 경찰에게 추적당하는 일이 없어야 한다."

"물론입니다. 이 밴 역시 프록시를 쓰는 웹을 통해 거래했기 때문에 경찰이든, 제천회든 우릴 추적할 방법이 없을 겁니다."

김동은 이번에 그들 일행이 망인단이 파놓은 함정에 걸려든 게 자기 탓이라 생각하는 듯 일처리가 전보다 훨씬 꼼꼼해져 있었다. 이번에는 운 좋게 빠져나왔지만 다음번에도 같은 행운이 있을 거라 기대하기가 아주 어렵기 때문이었다.

김은은 차를 남양주 용암산 근처에 있는 팬션으로 몰았다. 팬션은 방갈로 형태여서 사람들의 이목을 피하기에 적당했다.

팬션 주인에게 방갈로를 빌린 일행은 송지운이 말한 날짜를 기다리며 각자 준비에 들어갔다. 우건은 먼저 김은이 시내에 나가 사온 깨끗한 옷과 속옷으로 갈아입었다. 그리고는 알코올을 적신 솜으로 상처에 말라붙은 핏자국을 닦아 냈다.

핏자국을 다 닦아 낸 후에는 방갈로에 있는 조용한 방을 찾아 운기요상에 들어갔다. 태을문의 요상구결은 내상과 외상 모두에 뛰어난 효력을 발휘했다. 태을문이 음양의 조화를 중시한 덕분에, 내상만큼이나 외상 역시 효과가 탁월했다.

물론, 회복하는 데 걸리는 시간에는 차이가 있었다.

내상은 짧으면 몇 시간, 길면 열흘이나 보름 안에 회복이 가능하지만, 외상은 그보다 오랜 시간이 걸렸다. 태을문의 요상구결이 아무리 뛰어나도 살점이 떨어져 나간 상처에 바로 새살을 돋게 만들 수는 없기 때문이었다. 만약, 살이 떨어져 나간 곳에 새살이 바로 돋아난다면 그건 치료가 아니었다. 기적이나 탈태환골(奪胎換骨)로 불러야 맞는 상황이었다.

우건은 송지운이 말한 날이 오기 전까지 외상 치료에 전념했다. 보통 무언가에 몰두할 때 침식(寢食)을 잊는다는 표현을 쓰는데 사실 일을 제대로 하려면 침식을 평소보다 잘해야 했다. 잘 먹고 잘 자야 일의 능률이 더 올라가는 것이다.

우건 역시 마찬가지였다.

슈퍼에 들러 사온 재료로 김철이 각종 요리를 만들자 우건 일행은 배를 든든히 채웠다. 그리고 새벽에는 두 시간에서 세 시간가량 숙면을 취했다. 우건이 섭취한 음식과 충분한 숙면은 천지조화인심공 요상구결의 능률을 올려주어 송지운이 말한 날이 당도했을 때는 이미 상처 위에 딱지가 앉기 시작했다.

그날 새벽 두 시, 우건은 원공후, 김동과 송지운이 말한 용암산 북쪽 약수터를 찾았다. 별로 유명하지 않은 산과 별로 유명하지 않은 약수터였다. 약수터를 중심으로 3킬로미터 안에는 개미 새끼 하나 보이지 않았다. 더욱이 울창한 숲 속에 있어 2, 3미터 앞에 있는 나무조차 잘 보이지 않았다.

우건은 원공후, 김동을 안전한 장소에 대기시켜 놓은 다음, 혼자 진입해 약수터 주변을 살폈다. 다행히 함정은 아니었다.

안심한 우건은 원공후, 김동과 다시 합류했다.

세 사람이 매복 장소로 고른 곳은 약수터가 내려다보이는 산 중턱이었는데 거리가 멀어 상대에게 들킬 염려가 없었다.

새벽 세 시가 막 지났을 때였다.

부우웅!

독일제 중형차 한 대가 헤드라이트로 길을 비추며 약수터 진입로에 나타났다. 중형차는 자주 와본 길이라는 듯 차의 너비와 거의 동일한 진입로를 능숙하게 운전해 올라왔다. 진입로 양 옆에는 3, 4미터 높이의 가파른 비탈이 있어 운전자가 핸들을 조금만 잘못 돌려도 견인차를 불러야 했다.

약수터 앞 공터에 도착한 중형차는 이내 헤드라이트를 껐다.

고개를 갸웃거린 김동이 목소리를 낮춰 물었다.

"아베크족 아닐까요?"

중형차를 뚫어져라 살펴보던 원공후가 되물었다.

"아베크족? 그게 무슨 귀신 씨나락 까먹는 소리냐?"

김동이 히죽 웃었다.

"왜 있잖습니까. 차를 타고 으슥한 곳을 찾아다니며 데이트하는 커플 말입니다. 여긴 껌껌해서 그들에게 천국일 겁니다."

원공후가 헛소리를 지껄이는 제자에게 눈을 부라렸다.

"저렇게 비싼 차를 타고 다니는 사람이 뭐가 아쉬워서 이런 데를 찾아오겠느냐? 데이트 장소야 쌔고 쌨을 텐데 말이다."

김동은 입을 삐죽 내밀었다.

"사부님은 나이가 드셔서 모르겠지만 이런 장소에서 데이트하는 맛이 아주 색다르다고 합니다. 그래서 돈이 많아도 이런 곳을 찾아다니며 즐기는 커플들까지 있다고 들었습니다."

원공후가 콧방귀를 뀌었다.

"흥, 여자는 숙맥인 놈이 별걸 다 아는구나."

그때, 중형차를 감시하던 우건이 손짓으로 두 사람을 조용히 시켰다. 거리가 멀어서 들리진 않겠지만 조심하는 게 좋았다.

잠시 후, 중형차가 들어왔던 길로 SUV 한 대가 천천히 올라왔다. 한데 중형차와 다른 점이 있었다. 바로 헤드라이트를 전혀 켜지 않았다는 점이었다. 그 말은 운전자가 칠흑처럼 어두운 밤에도 불빛 없이 운전할 수 있을 만큼 안력이 발달되어 있다는 뜻이었다. 즉, 운전자가 고수란 의미였다.

SUV는 마치 유령처럼 진입로를 올라와 약수터 앞에 정차했다.

약속 상대가 도착했다는 듯 지금까지 침묵을 지키던 중형차의 차문이 열리며 세 명이 밖으로 걸어 나왔다. 모두 양복을 입었는데 그중 한 명은 머리가 반백인 초로의 사내였다. 그리고 나머지 두 명은 운전사나 경호원인 듯 몸이 다부졌다. 또, 양복상의 왼쪽이 불룩 튀어나와 있었다. 그들이 양복 상의 안에 권총이 든 권총집을 착용했단 뜻이었다.

SUV 안에서도 답례하듯 세 명이 밖으로 걸어 나왔다. 모두 눈빛이 형형한 게 보통 고수가 아니었다. 세 명 중 한 명은 애꾸눈이었는데 하나 남은 오른쪽 눈에서는 전깃불과 같은 광채가 쉴 새 없이 번득였다. 장린 못지않은 고수였다.

원공후의 손짓을 본 김동이 미리 준비한 장치를 작동시켰다.

김동 왼쪽에는 적외선 촬영이 가능한 최고급 사양의 카메라가 놓여 있었다. 그리고 오른쪽에는 음성을 녹음하는 파라볼릭 마이크가 있었다. 김동은 이 두 가지 첨단 장비로 정체를 알 수 없는 사내들의 은밀한 만남을 촬영하기 시작했다.

우건은 선령안으로 사내들의 행동을 면밀히 감시했다. 그리고 귀혼청(鬼魂聽)으로는 그들이 나누는 대화를 엿들었다.

파라볼릭 마이크의 성능이 어떤지는 잘 모르겠지만 귀혼청보다 뛰어나지는 않을 거라는 생각이 들었다. 귀혼청은 귀신이 나누는 대화까지 들을 수 있다는 말이 있을 만큼, 시전하는 사람의 청력을 극대화시켜주는 태을문의 비기였다.

각자 타고 온 차에서 내린 초로의 사내와 애꾸눈 사내가 악수를 나눴다. 초로의 사내는 무공을 익히지 않은 듯 애꾸눈 사내가 손을 내밀었을 때 살짝 움찔하는 모습을 드러냈다.

초로의 사내가 조금 불안해 보이는 목소리로 권했다.

"얘기는 차에서 나누는 게 어떻습니까?"

전깃불 같은 안광이 번쩍이는 눈으로 주위를 한차례 둘러본 애꾸눈 사내가 품에서 담배를 꺼내 불을 붙이며 대꾸했다.

"차 안은 답답하니까 여기서 합시다."

초로의 사내가 걱정스러운 목소리로 물었다.

"우리가 만나는 광경을 다른 사람이 목격하면 큰일이 아닙니까?"

애꾸눈은 초로의 사내를 타박하는 말투로 말했다.

"이 마동철(魔童鐵)의 이목을 피해 접근할 수 있는 자는 없소. 그러니까 쓸데없는 걱정 그만하고 전할 말이나 어서 하시오."

할 수 없다는 듯 초로의 사내가 입을 열었다.

"VIP께서 돈이 좀 더 필요하다고 하십니다."

자신을 마동철이라 밝힌 애꾸눈의 말투에 짜증이 묻어나 왔다.

"이미 은퇴 자금으로 300억이나 들어갔는데, 더 달라는 거요?"

초로의 사내가 움찔해 대답했다.

"여, 여당 의, 의원들을 포섭하는데 자금이 많이 필요합니다."

마동철이 히죽 웃었다.

"앞으로는 내 앞에서 거짓말할 생각 마시오. 당신은 처음이니까 봐주지만 두 번째부터는 지옥이 뭔지 가르쳐 주겠소."

겁을 먹은 듯 초로의 사내가 발로 흙을 툭툭 차며 대답했다.

"여, 영애(令愛)가 사업을 하려는 것 같습니다."

마동철이 피우던 담배를 바닥에 튕기며 신경질적으로 물었다.

"그 여자가 또 사업을? 그래, 이번엔 대체 무슨 사업이랍니까?"

초로의 사내가 잔뜩 주눅 든 목소리로 대답했다.

"패션 사업인 것 같았습니다."

마동철이 질렸다는 듯 고개를 절레절레 저었다.

"애비나 딸년이나, 염치가 참 더럽게 없군."

초로의 사내가 처음으로 목소리에 노기를 드러냈다.

"VIP를 모욕하지 마십시오. 천오백만 명이 뽑아 준 대통령입니다."

파라볼릭 마이크에 달린 헤드폰으로 그들의 대화를 엿듣던 김동이 깜짝 놀라 원공후를 보았다. 또 다른 헤드폰을 쓴 상태에서 그들의 대화를 주시하던 원공후 역시 놀라기는 마찬가지였다. 송지운은 용암산 북쪽 약수터에서 재밌는 일이 생길 거라 했는데 이건 재미 운운할 상황이 아니었다.

그들은 지금 대통령이 어떤 조직과 거래하는 장면을 포착한 것이다. 그야말로 정권을 몰락시킬 수 있는 대사건이었다.

물론, 그 어떤 조직은 제천회일 가능성이 아주 높았다.

2장. 발을 저는 오리

    마동철은 하나 남은 눈으로 초로의 사내를 살짝 노려보았다.

    "윽."

    마동철의 눈빛을 본 초로의 사내가 움찔해 물러섰다.

    그럴 수밖에 없었다.

    무공을 전혀 익히지 않은 사람이 마동철의 전깃불과 같은 안광(眼光) 앞에서 평정을 유지하기란 쉽지 않은 일이었다.

    "훗."

    피식 웃은 마동철이 손가락을 튕겼다.

부하에게 보내는 신호였다.

신호를 본 마동철의 부하가 박스 두 개를 가져와 초로의 사내가 타고 온 중형차 트렁크에 올려놓았다. 무게가 꽤 나가는 듯했다. 박스를 올릴 때마다 차가 파도처럼 출렁였다.

거래 현장을 촬영하던 김동이 입맛을 다셨다.

"박스 내용물을 촬영하지 못하는 게 아쉽습니다."

원공후가 물었다.

"박스 내용물을 꼭 촬영해야 하는 거냐?"

"예, 정황상으로는 돈이 든 게 확실하지만 눈으로 확인하진 못했으니까요. 나중에 과일이나 책을 선물한 거라 주장하면 내용물을 확인하지 못한 상태에선 반박이 쉽지 않습니다."

그때, 거래 현장을 주시하던 우건이 조용히 말했다.

"우리에게 운이 따르는 모양이오."

우건의 말대로였다.

초로의 사내를 호위하는 경호원이 박스에 든 내용물을 꺼내 눈으로 직접 확인한 것이다. 멀고 어두운 탓에 육안이나 선령안으로 확인하기는 힘들었지만, 김동이 설치한 고성능 카메라는 적외선 줌인 방식으로 내용물을 정확히 포착했다.

내용물의 정체는 바로 5만 원권 지폐였다.

숫자에 밝은 김동이 바로 계산했다.

"5만 원권 지폐 한 다발을 5백만 원이라 쳤을 때, 박스에 지폐 다발이 가득 들어 있는 걸로 가정하면 대략 30억쯤 될 겁니다."

그때, 지폐를 확인한 경호원이 중형차 트렁크에 박스를 실었다.

그 모습을 지켜보던 마동철이 두 번째 담배에 불을 붙였다.

불을 붙인 담배를 길게 빤 마동철이 연기를 천천히 뱉어 냈다.

"VIP께 다음에는 오늘 돈의 두 배를 준비하겠노라 전해 주시오. 영애께서 패션 사업을 하고 싶으면 해야지, 별수 있겠소?"

초로의 사내가 무거운 짐을 덜었다는 듯 밝은 표정으로 답했다.

"그렇게 전하겠습니다."

돌아가려는 초로의 사내를 마동철이 붙잡았다.

"그리고 VIP에게 이 말 역시 전해 주시오."

마동철의 눈빛을 본 초로의 사내가 침을 꿀꺽 삼키며 물었다.

"어, 어떤 말을?"

"제천회는 돈만 먹고 나르려는 족속을 아주 싫어한다고 말이오."

"아, 알겠습니다."

초로의 사내는 대답하기 무섭게 차에 올라 약수터를 떠났다. 초로의 사내가 탄 중형차가 약수터를 빠져나가는 동안, 담배를 피우던 마동철은 가래침을 뱉은 다음, SUV로 걸어갔다.

문을 열어 둔 SUV 뒷좌석에 막 발을 올려놓으려던 마동철이 고개를 획 돌려 우건이 숨은 산 중턱을 노려보았다. 우건 등은 숨을 죽인 상태에서 바닥에 엎드려 꼼짝하지 않았다.

전깃불이 번쩍이는 안광으로 산 중턱을 뚫어져라 쳐다보던 마동철은 마치 사냥감을 찾은 사냥개처럼 코를 킁킁거렸다.

그 모습을 본 우건은 쓴웃음을 지었다.

자연은 변덕스럽기 짝이 없었다.

불과 1분 전까지는 바람이 산 밑에서 우건 등이 숨은 산 중턱으로 불어왔다. 즉, 맞바람이 분 것이다. 맞바람이 불면 체취나 소리가 바람에 막혀 멀리 퍼지지 못했다. 사냥꾼이 사냥감을 추적할 때 바람을 등지지 않는 것과 같은 이치였다. 오감이 예민한 사냥감은 사냥꾼이 내는 작은 기척이나, 풍기는 체취로 쫓긴다는 사실을 눈치 채기 때문이었다.

감시 장소를 찾을 때 맞바람이 부는 곳을 선택한 덕분에 지금까지는 무사할 수 있었지만 바람이 반대로 불기 시작한 후부터는 마동철의 날카로운 이목을 피하기가 쉽지 않았다.

하나 남은 눈을 잔뜩 찡그린 마동철이 부하에게 전음으로 지시했다. 우건 일행이 숨은 장소를 수색하란 지시일 것이다. 예상대로 마동철의 부하들이 산 중턱을 오르기 시작했다.

우건 일행은 사면초가(四面楚歌)에 빠졌다. 도주를 위해 움직이면 소리가 날 게 분명했다. 그리고 소리가 들리기 무섭게 마동철의 맹공이 퍼부어질 터였다. 그렇다고 잠자코 있을 수도 없는 노릇이었다. 잠자코 있다가는 산 중턱을 수색하는 마동철의 부하에게 언젠가는 발각당할 게 분명했다.

마동철이 두려워서 그런 것은 아니었다.

마동철이 장린에 비견할 만한 강자이기는 하지만 승산이 전혀 없지는 없었다. 우건 쪽에 고수가 더 많다는 점을 십분 활용하면 장린을 없앨 때보다 수월하게 처리할 수가 있었다.

그러나 대통령이 제천회와 거래하는 장면을 포착한 지금은 조용히 물러나는 게 최선이었다. 마동철과 드잡이질을 하다가 오늘 거래 현장이 제3자에게 들켰다는 사실을 가르쳐 주는 타초경사(打草驚蛇)의 우를 범할 필요가 없는 것이다.

그사이, 마동철이 보낸 부하들은 우건 일행이 숨어 있는 곳에 도착했다. 마동철의 부하들은 눈에 쌍심지를 켠 상태에서 손에 쥔 무기로 풀숲을 찔러 보거나, 발로 나무를 걸어찼다.

마동철의 부하들이 우건 일행이 있는 곳으로 점점 다가왔다.

시간이 없었다.

움직이려면 지금 움직여야 했다.

발각당한 후에 움직이는 것은 소용이 없었다.

그때였다.

원공후와 김동이 어떻게 할 건지 눈빛으로 물어왔다.

잠시 고민한 우건은 오른손 엄지와 중지를 붙였다가 살짝 떼었다. 그 순간, 소리가 전혀 나지 않는 그리고 흔적이 전혀 없는 지력 한 가닥이 4, 5미터 떨어진 곳에 위치한 나뭇가지를 살짝 건드리며 지나갔다. 그리고 그와 동시에 불안한 눈빛으로 자기 둥지 주위로 모여드는 인간들을 노려보던 수리부엉이 한 마리가 날갯짓을 하며 위로 날아올랐다.

마동철의 부하들은 즉시 신법을 펼쳐 수리부엉이가 날아오른 나무로 몸을 날렸다. 그리고는 수리부엉이가 앉아 있던 나뭇가지 위로 뛰어올라가 주변을 수색했다. 우건 일행은 수풀 속에 숨어 있던 덕분에 그들의 시야에 걸리지 않았다.

주변을 수색한 마동철의 부하들이 약수터로 돌아가 보고
했다.

"새가 살던 둥지 외에 별달리 이상한 점은 보이지 않았
습니다."

"알았다."

고개를 끄덕인 마동철은 다시 한 번 전깃불과 같은 안광
으로 우건 일행이 숨은 산 중턱을 노려보다가 차에 탑승했
다.

마동철 등이 탄 SUV는 곧 후진하여 약수터를 빠져나갔
다. 헤드라이트를 켜지 않은 SUV는 올 때와 마찬가지로
마치 유령이 빠져나가듯 묵직한 엔진소리와 함께 모습을
감췄다.

SUV가 떠나는 모습을 확인한 김동이 막 일어서려 할 때
였다.

우건은 급히 전음을 보냈다.

-움직이지 말게.

깜짝 놀란 김동은 급히 풀숲에 다시 엎드려 주변을 경계
했다.

휙!

잠시 후, 새카만 신형 하나가 우건 일행이 숨어 있는 산
중턱 오른쪽에 소리 소문 없이 나타나 주변을 뒤지기 시작
했다.

마동철이었다.

주변을 수색하는 마동철의 외눈에서 전깃불과 같은 안광이 번쩍였다. 우건 일행은 소리를 내지 않기 위해 숨을 참았다.

산 중턱을 돌아다니며 주변을 수색한 마동철은 피식 웃은 다음, 약수터로 몸을 날렸다. 마동철이 산을 수색하는 동안, 약수터를 떠난 줄 알았던 SUV가 어느새 돌아와 있었다.

곧 마동철을 태운 SUV가 다시 약수터를 떠났다.

우건 일행은 30분 넘게 그 자리에 엎드려 있었다. 그리고 마동철이 완전히 떠난 것을 재차 확인한 후에야 자리를 떠났다.

마동철에게 거의 들킬 뻔한 김동이 떨리는 목소리로 물었다.

"그, 그가 돌아올 줄 어, 어떻게 아셨습니까?"

"당시에 놈이 너무 순순히 돌아간다는 느낌을 받았네."

그들이 이곳에 머물렀던 흔적을 완벽히 없앤 일행은 차로 돌아갔다. 그러나 바로 서울로 가지는 않았다. 추적당할 위험이 있어 인천, 평택을 돌다가 천안을 거쳐 청주로 내려갔다.

일행은 청주 교외에 있는 빈 공장을 하나 빌려 이번에 구한 영상과 음성을 해외 서버에 업로드했다. 전에 사용한 서버는 한국 정부의 요청을 받은 해당 국가에서 폐쇄한 탓에 새로 서버를 만들어야 했다. 물론, 작업 대부분은 김동이 맡았는데 그렇다고 우건과 원공후 등이 놀기만 한 건 아니었다.

우건은 공장 경비를, 원공후는 일행의 식사를 각각 책임졌다.

전에 이와 비슷한 작업을 해 본 김동은 훨씬 노련해져 있었다.

그는 영상을 한 번에 풀지 않았다.

마치 블록버스터 영화의 예고편처럼 사람들의 호기심을 끌 만한 부분을 편집해 서버에 먼저 올렸다. 그리고 한국에 거주하는 인터넷 커뮤니티 유저들이 자료를 올린 서버를 찾아올 수 있게끔 국내 유명 커뮤니티 몇 개에 링크를 게재했다.

반응은 바로 왔다.

24시간이 채 지나지 않아 한국에 존재하는 모든 인터넷 커뮤니티에 김동이 편집한 영상이 돌아다니기 시작했다. 김동은 사람들의 관심이 폭발 직전일 때, 본 영상을 업로드했다.

김동이 사용한 고성능 카메라와 파라볼릭 마이크는 성능이 아주 우수했다. 현장 가까이서 촬영한 것처럼 영상이 생생했다. 영상을 업로드한 지 10분이 막 지났을 무렵, 인터넷

매체가 속보로 이를 보도하기 시작했다. 그리고 그 뒤를 이어 대형 언론사와 종합 편성 채널, 뉴스 전문 채널이 전부 달려들어 김동이 올린 영상을 보도하기 시작했다. 또, 그날 저녁 여덟시, 아홉시에는 공중파 메인 뉴스가 첫 꼭지로 영상을 보도했다. 파급력이 클 수밖에 없어 뉴스는 정규 방송을 생략한 상태에서 각종 전문가를 불러 분석을 시작했다.

우건과 원공후, 김동은 컴퓨터로 공중파와 종합 편성 채널의 실시간 뉴스를 확인하며 일의 진행 상황을 확인했다. 지금은 종합 편성 채널 중 신뢰도가 높은 채널을 시청하는 중이었다.

영상 분석 전문가, 음성 분석 전문가, 변호사, 정치 평론가, 야당 정치인 등이 긴 테이블에 빙 둘러 앉아 사회자와 함께 김동이 서버에 올린 전체 영상을 분석하느라 정신이 없었다.

사회자가 영상 분석 전문가에게 먼저 물었다.

"전문가께서 보시기에 어떻습니까?"

"어떤 점을 말씀하시는 건지 모르겠습니다."

"조작이나 합성을 의심할 만한 정황은 없습니까?"

영상 분석 전문가가 안경을 밀어 올리며 자신 있다는 듯 답했다.

"저뿐만 아니라 대한민국에서 영상 분석을 업으로 삼고 계시는 대부분의 전문가들은 이번에 올라온 영상을 진본으로 생각하실 겁니다. 다시 말해 조작이나 합성한 증거를 찾아볼 수 없단 겁니다."

사회자가 그 옆에 앉은 음성 분석 전문가에게 바통을 넘겼다.

"전문가님은 어떻습니까?"

"음성 역시 마찬가지입니다. 실제 상황을 녹음한 진본입니다."

사회자가 고개를 돌려 반대편에 앉은 여자 변호사에게 물었다.

"만약, 검찰이 기소한다면 이 영상이 증거로 쓰일 수 있습니까?"

변호사가 고개를 살짝 저었다.

"그건 차후에 법리적인 해석이 조금 더 필요할 것 같습니다."

"그렇습니까?"

"다만, 이 영상이 보는 사람들에게 합리적인 의심을 불러일으킨다는 점에서는 이견의 여지가 없을 것이라 생각합니다."

"그렇군요."

고개를 끄덕인 사회자가 정치 평론가에게 물었다.

"평론가님은 이번 사태를 어떻게 생각하십니까?"

정치 평론가가 기다렸다는 듯 재빨리 대답했다.

"우선 이 영상이 진본이라는 가정하에 말씀드리겠습니다. 이 영상의 내용에 따르면 대통령의 고향 친구이며 대통령의 집사라고까지 불리는 제경준(諸慶俊) 청와대 제1부속실장이 마동철이라 불리는 정체불명의 남자에게서 수십억의 뇌물을 받은 정황이 드러난 상황입니다. 더욱이 음성기록에 따르면 이미 퇴임을 앞둔 대통령에게 퇴직금 개념으로 300억에 달하는 뇌물을 주었을 뿐 아니라, 대통령 영애의 사업 자금으로 돈을 요구한 정황까지 드러난 상황입니다."

한꺼번에 많은 말을 해서 목이 타는 듯 테이블 위에 놓인 생수로 목을 축인 정치 평론가는 대통령과 대통령의 측근을 맹렬히 공격하기 시작했다. 그 정치 평론가는 평소에 대통령의 비공식 대변인이라 불릴 만큼 청와대를 변호해 온 인물이기에 그의 성토를 듣는 사회자와 다른 패널들은 아연한 기색을 감추지 못했다.

정치 평론가의 말이 늘어지는 것을 재빨리 저지한 사회자가 마지막으로 야당에서 입심 세기로 유명한 의원에게 질문했다.

"야당에서는 이를 어떻게 받아들이고 있습니까?"

의원은 분노한 목소리와 분노한 표정으로 질문에 대답했다.

"저희 야당은 지금 당장 특검법을 발의할 것을 여당에

건의하는 바입니다. 그리고 국회에선 당연히 청문회를 병행해야 합니다. 또, 이번 사건에 한 점의 미혹도 남지 않게 청와대와 여당은 특검 조사에 성실히 응해야 할 것입니다. 만약, 이번 사건까지 청와대가 미온적으로 대응한다면 저희 야당은 최악의 상황을 각오하고서라도 끝까지 파헤칠 겁니다."

사회자가 조금 놀란 목소리로 물었다.

"최악의 상황이란 게 무엇을 뜻하는 겁니까?"

야당 의원이 비장한 표정으로 카메라를 노려보며 대답했다.

"현직 대통령의 탄핵입니다."

그 말에 스튜디오가 술렁이기 시작했다.

목적을 달성한 우건 일행은 사용한 컴퓨터와 각종 집기 등을 깨끗이 소각한 다음, 새로운 차를 렌트해 서울로 돌아갔다.

시일이 꽤 지난 덕분에 장린과의 대결에서 입은 우건의 외상은 큰 상처 몇 개 외에 모두 아물어 티가 별로 나지 않았다.

수연은 거의 열흘 만에 복귀한 우건에게 몇 마디 잔소리를 하였으나 속으로는 꽤 안도한 듯했다. 표정이 아주 밝았다.

우건은 남은 외상을 치료하는 와중에도 틈틈이 뉴스에 신경을 집중했다.

정치권은 정치권대로, 그리고 연예계는 연예계대로 시끄러웠다.

월드스타엔터테인먼트 사장 최명환이 톱여배우의 자택에서 익사한 상태로 발견되었던 것이다. 최명환이 유부남이었던 탓에 이 사건은 각종 루머를 끊임없이 양산하는 중이었다.

그리고 그 다음엔 스타 PD로 이름난 BMS 드라마본부장 오영식이 어느 오피스텔에서 심장마비로 인해 사망한 채 발견되었다. 더욱이 그 오피스텔이 성매매가 이루어지는 장소인 탓에 최명환 사건과 맞물리며 연예계가 발칵 뒤집어졌다.

연예부 기자들은 즉시 두 사건의 연관성을 염두에 두기 시작했다. 그리고 기자들이 쏟아 낸 기사에 혹한 대중들은 두 사건이 연관 있을지 모른단 루머를 심정적으로 믿기 시작했다.

경찰은 즉시 수사 인력을 대대적으로 투입해 이 두 사건을 조사했지만 타살 정황을 찾아보기 힘들었다. 최명환은 마치 자살한 사람처럼 물을 가득 채운 욕조에 빠져 죽었다. 그리고 오영식은 심장병 약을 10년 가까이 복용할 만큼 심장에 지병이 있어 심장마비로 죽은 게 이상한 상황이 아니었다.

두 사람이 죽은 건물의 감시 카메라와 근처에 설치한 감시 카메라를 모두 뒤져 봤지만 소용없었다. 또, 목격자 역시 전혀 찾지 못해 이 두 사망 사건은 곧 미궁 속으로 빠져들었다.

결국, 경찰은 한참이 지나서야 자살과 병사로 사건을 마무리 지었다. 물론, 경찰의 발표를 믿는 사람들은 거의 없었다.

연예계에서 벌어진 불미스러운 사고가 찻잔 속의 태풍이라면 정치권에 불어닥친 바람은 종말을 암시하는 폭풍이었다.

청와대가 주도한 이번 뇌물 수수 사건은 곧 검찰 수사와 청문회, 특검으로 이어졌다. 공중파와 종편채널, 그리고 뉴스 전문 채널은 거의 24시간 내내 이번 사건을 보도하느라 바빴다.

만일, 국회와 특검, 그리고 미디어뿐이라면 청와대는 그들이 이번 사태를 컨트롤할 수 있을 거라 생각했을 것이다. 그러나 일반 국민이 광장에 나와 촛불을 들기 시작하는 순간, 사태는 걷잡을 수 없이 흘러갔다. 뭐든 그렇지만 처음엔 정치에 관심 많은 2, 3만 명이 모여 외롭게 투쟁을 시작했다.

그러나 대통령이 제천회라는 미지의 단체를 비롯해 재벌 순위에 드는 수십 개의 기업으로부터 여러 명목으로 돈을 갹출했음이 언론을 통해 드러나는 순간, 촛불운동은 외로운 대(對)정부 투쟁이 아니라 한국 사회에 만연한 적폐를 청산하기 위한 하나의 국민 개혁 운동으로 변모했다.

우건 등이 청와대와 정부, 그리고 여당의 권위에 흠집을 내는 순간, 그동안 기득권이 저질러 온 부패의 증거들이 봇물이 터지듯 한꺼번에 쏟아져 나왔다.

살아 있는 권력에게 찍혀 눈 밖에 난 사람들, 그리고 시민의식이 투철한 일부 용감한 내부고발자들이 앞다투어 특검과 언론에 청와대가 저지른 범죄의 증거를 속속들이 제공했다.

헌법을 수호할 책임이 있는 청와대가 오히려 더러운 범죄의 온상이었다는 증거들이 속속 드러날 때마다 처음에는 2, 3만을 넘지 못하던 촛불운동의 규모가 점점 늘어나기 시작하더니 주말에는 급기야 몇 백만 명을 헤아리기 시작했다.

이제 사람들의 시선은 청와대의 반응에 모아졌다.

전처럼 북한을 이용해 보수와 진보 간의 갈등을 부추기거나, 언론을 통제하는 것과 같은 구태의연한 방식으로는 이번 난국을 돌파하기 어려웠던 탓에 이 모든 사건의 발단인 대통령 한승권(漢承勸)의 대응이 무엇보다 중요한 상황이었다.

결국, 주변 여론에 떠밀린 한승권은 기자 회견을 자청했다. 그리고 그 기자 회견에서 이번 사태는 비서실장, 제1부속실장 등 측근의 과도한 충성심에 의해 벌어진 사고라며 항변했다. 즉, 자신은 전혀 관련 없다는 주장을 반복한 셈이었다.

변명과 거짓말로 일관한 한승권의 기자 회견은 오히려 국민감정에 불을 질러 촛불운동이 더 확대되는 결과를 불러왔다.

국민은 정치적인 계산에 몰두해 우물쭈물하는 정치권에 강력한 조치를 요구했다. 그리고 국민의 요구를 더 이상 묵과할 수 없었던 정치권은 결국 탄핵을 논의하기 시작했다.

본격적인 무더위에 막 접어들었을 무렵, 대통령 탄핵안이 발의돼 압도적인 표차로 가결되었다. 곧바로 헌법재판소가 국회가 제출한 탄핵소추안을 심사하기 시작했다. 만약, 헌법재판소가 이를 인용하면 대통령은 파면되는 상황이었다.

우건 등은 쾌영문에 모여 헌법재판소의 결정을 지켜보았다.

원공후가 모니터링을 맡은 김동에게 물었다.

"전문가들은 헌법재판소가 어떤 결정을 내릴 것 같다고 하더냐?"

김동이 모니터에서 눈을 떼지 않으며 대답했다.

"전직 헌법재판관을 포함해 법과 관련된 거의 모든 전문가들이 이번 탄핵소추안이 인용될 것 같단 말을 하고 있습니다."

"인용이면 대통령이 물러난다는 뜻이냐?"

"예. 인용은 대통령 파면을 의미하는 법률 용어입니다."

원공후가 살짝 놀란 표정으로 우건에게 물었다.

"주공은 일이 이렇게 흘러갈 줄 아셨습니까?"

우건은 솔직하게 대답했다.

"난 이곳의 법을 잘 모르기 때문에 이렇게 진행될 줄 몰랐소."

원공후가 그 맘 다 안다는 듯 고개를 몇 번 주억거렸다.

우건과 원공후가 살던 당시, 최고 권력자는 대통령이 아닌 황제나 왕이었다. 그리고 그런 자들은 신의 대리인이기 때문에 아무리 많은 잘못을 저질러도 처벌받지 않았다.

물론, 그 시대에도 법은 존재했다. 그러나 황제나 제후는 그런 법 위에 군림하는, 즉 초법(超法)적이 존재에 해당했다.

황제나 왕은 내분이나 민란, 또는 외적의 침략으로 권좌에서 쫓겨날 수 있었지만, 나라가 정한 법률에 의해 권좌에서 쫓겨나는 경우는 거의 없었다. 황제 자신이 곧 법을 의미하기에 황제가 자신을 쫓아내는 경우가 있을 수 없는 것이다.

그러나 문명화된 21세기 대부분의 나라들, 즉 사회주의를 선택했거나 아니면 독재정권인 몇몇 나라를 제외하고는 대통령이든 아니면 그보다 더한 권력자 역시 법의 통제를 받아야 했다. 권력자라 하더라도 불법을 저지르면 처벌을 피하지 못했다.

이런 급진적인 변화는 우건과 원공후처럼 정부의 통제를 받지 않은 무인이라 해도 받아들이기가 쉽지 않은 일이었다.

원공후가 도저히 못 당하겠다는 듯 고개를 절레절레 저었다.

"아무튼 대단한 국민입니다. 물꼬야 우리가 텄다지만 이번 일을 성사시킨 것은 오롯이 촛불을 든 국민이 아니겠습니까?"

원공후의 말에 동의한다는 듯 다들 고개를 끄덕였다.

김철이 내온 커피를 홀짝이던 수연이 우건에게 물었다.

"대통령이 헌법재판소의 결정에 의해 정말 탄핵된다면 망인단을 쫓을 때 만났다는 장린의 막내 제자 뜻대로 되는 건가요?"

"그렇겠지. 그는 제천회가 외부 세력에 의해 흔들리길 원했으니까. 제천회와 깊은 관계가 있는 것으로 보이는 현직 대통령과 여당이 이번에 실각하면 제천회 역시 손해가 클 거야. 그리고 그들이 앞으로 하려는 일에 타격을 받게 되겠지."

우건 말대로 제천회가 밀던 현직 대통령과 여당이 권력을 잃으면 제천회는 필연적으로 혼란에 빠질 수밖에 없었다.

그리고 혼란에 빠지면 송지운과 같은 야망이 있는 자들이 위로 올라설 기회를 얻을 가능성이 좀 더 커졌다. 고인 물에서는 밑에 있는 자가 기회를 얻기 힘들지만, 물이 혼탁한 상황에선 누구에게나 기회가 있기 때문이었다. 만일 우건에게 정보를 넘긴 송지운이 그런 상황을 원했다면, 그야말로 최적의 결과, 아니 최상의 결과를 도출해 낸 셈이었다.

수연이 다시 물었다.

"그 장린의 막내 제자라는 사람은 우리 편일까요?"

우건은 잠시 고민한 후에 대답했다.

"단언하긴 일러. 우린 그 사람의 진정한 목적을 알지 못하니까."

대답한 우건은 장린의 막내 제자 송지운을 떠올려 보았다.

우건이 그에게 정체와 이런 일을 하는 목적을 물었을 때, 그는 두루뭉술하게 넘어갔다. 자신이 제천회, 특무대, 그리고 구룡회란 조직 사이에 끼어 있는 장기짝이라 답한 것이다.

그가 다 밝히지 않은 이상, 그를 완전히 신뢰할 수는 없었다.

지금은 그저 같은 적을 둔 사이일 뿐이었다.

어쨌든 송지운은 이번에 자신의 목적을 백퍼센트 완수했다.

송지운은 우건을 이용해 망인단주 장린을 제거하는 데 성공했다. 그리고 극비 정보를 흘려 마동철이라는 제천회 간부와 청와대 제1부속실장 제경준의 거래 현장을 우건이 촬영할 수 있게 해주었다. 겉으로 드러난 무위를 봤을 때, 마동철은 절대 장린에 떨어지는 고수가 아니었다. 그리고 그 말은 마동철 역시 장린과 비슷한 위치에 있는 간부란 뜻이었다. 제천회가 실수를 저지른 마동철을 계속 신뢰하기는 쉽지 않을 테니까 며칠 사이에 제천회 주요 간부 두 명이 죽거나 낙마한 것이다. 위를 노리는 송지운의 입장에서 보면 수뇌부로 올라갈 수 있는 절호의 기회를 잡은 셈이었다.

상념에 빠진 우건을 원공후의 걸걸한 목소리가 깨웠다.

"검찰이나 경찰은 제천회를 수사하는 중이더냐?"

스마트폰으로 속보를 확인하던 김동이 고개를 저었다.

"우리가 촬영한 영상에 찍힌 마동철의 얼굴과 SUV 차량 번호판 외에는 드러난 증거가 없어 수사에 애를 먹는 모양입니다."

"그럼 검찰은 뭘 수사하는 중이더냐?"

"제천회보다는 청와대에 뇌물을 건넨 재벌들 쪽에 수사력을 집중하는 것 같습니다. 벌써 재벌 몇 곳은 범죄 사실을 시인한 상태입니다. 또, 올 겨울에 있었던 유어스캐피탈 사건 역시 재조사하는 중입니다. 당시에는 전 민정수석과

자살한 것으로 보도된 한정당 사무총장 정광규가 다 뒤집어썼지만, 그 일 역시 대통령이 관여했다는 증거가 속속 나오는 중입니다. 돈을 준 재벌들은 청와대가 협박하는 바람에 줬을 뿐, 대가를 바라고 준 것은 아니라고 항변 중입니다만."

김동의 설명에 따르면 대통령 한승권은 비서실장, 민정수석, 경제수석 등 측근에게 자기 딸과 처가, 친척 등이 운영하는 여러 기업체에 재벌들이 투자하게 만들라는 지시를 내렸다.

한승권의 지시를 받은 경제수석이 각 재벌에게 할당량을 내려주면 재벌은 할당받은 액수를 마치 기부하듯 한승권의 친족이 운영하는 기업체에 투자했다. 기업들은 그 대가로 구속된 그룹 오너의 석방을 요구하거나, 아니면 재산 상속에 편의를 봐 달라 요구했다. 대통령은 투자를 거부하는 재벌이 있으면 바로 민정수석을 통해 검찰이나 국세청을 움직였다. 뒤가 구린 재벌들은 검찰 압수수색이나 국세청 세금조사가 있을 거란 정보를 듣기 무섭게 거액을 내놓았다.

그때, 거실에서 TV를 보던 홍대곤이 소리쳤다.

"헌법재판소가 판결을 내리려는 것 같습니다!"

홍대곤의 외침을 들은 사람들은 우르르 TV 앞으로 몰려갔다.

TV에 나온 헌법재판소장은 긴 설명을 마치며 말했다.

"주문(主文) 피청구인 한승권을 만장일치로 파면한다."

헌법재판소장의 선고가 끝나는 순간, TV를 시청하던 사람들은 안도의 한숨을 내쉬거나, 아니면 말없이 고개를 끄덕였다.

TV 프로그램들은 그 즉시 대통령 탄핵이 미칠 영향과 함께 가을에 있을 조기 대선에 관한 이야기로 주제를 변경했다.

"그럼 우린 이만 가 볼게요."

우건과 수연이 의원으로 돌아가기 위해 막 일어섰을 때였다.

오전 내내 보이지 않던 임재민이 얼굴이 창백해져 나타났다.

임재민과 친한 김동이 놀라 물었다.

"임 사제, 무슨 일이야?"

임재민이 들고 있던 휴대전화를 멍하니 바라보며 대답했다.

"고, 고향에서 방금 연락이 왔는데……."

김동이 다그쳤다.

"왔는데?"

"고모하고 사촌 동생이 도, 동반자살을 했답니다."

"뭐?"

그 말에 사람들이 급히 임재민 주위로 모여들었다.

사람들은 무슨 일인지 앞 다투어 물었지만 임재민은 덩치에 맞지 않게 굵은 눈물만 뚝뚝 흘릴 뿐, 대답을 하지 못했다.

임재민의 사정을 잘 아는 홍대곤이 대신 설명했다.

"베트남 전쟁에 참전했던 임 사제의 아버지는 알코올중독으로 시름시름 앓다가 돌아가셨고 생모는 그런 아버지에게 가정폭력을 겪다가 가출했답니다. 그래서 임 사제는 어렸을 때부터 고모와 함께 살아 고모가 친부모나 다름없다고 합니다."

원공후가 착잡한 얼굴로 임재민의 어깨를 다독였다.

"우선 고향에 돌아가 무슨 일인지 알아보는 게 좋을 듯하구나."

"예……."

울먹이며 대답한 임재민은 방에 돌아가 짐을 싸기 시작했다.

원공후는 그사이 김은, 홍대곤 두 명을 불러 따로 지시했다.

"너희들은 재민이를 따라가서 무슨 일인지 알아보도록 해라. 도와줄 일이 있으면 도와주고. 우린 내일 출발할 것이다."

"알겠습니다."

대답한 김은과 홍대곤은 슬픔에 잠긴 임재민을 차에 태워 부산으로 출발했다. 임재민의 고향은 부산 해안가에 있었다.

그날 저녁, 수연과 함께 저녁식사를 마친 우건은 수연의 원 2층 창문가에 서서 머그컵에 따른 진한 블랙커피를 마시며 쾌영문 건물을 지켜보았다. 쾌영문 1층과 3층에는 불이 켜져 있었다. 아직까지 특별한 움직임이 없는 것을 봐서는 고향에 내려간 임재민에게서 연락이 오지 않은 듯했다.

우건은 임재민을 처음 만난 날을 떠올려 보았다.

홍귀방주 장헌상에게 납치당한 은수를 구해 내기 위해 인천에 있는 어느 부두 창고에 잠입했을 때였다. 홍귀방 대방주 장헌상을 비롯해 창고를 지키던 홍귀방도 대부분을 처리했지만 정작 은수의 모습은 보이지 않아 막막하던 차였다.

포기한 우건이 창고를 나가려는 순간, 옆에 있던 비품실에서 인기척이 들려왔다. 우건은 즉시 비품실 문을 열어젖혔다.

비품실에는 홍대곤, 임재민 두 명이 장헌상의 거처에서 막 훔쳐 낸 비급과 재물이 가득 든 마대 자루와 함께 숨어 있었다.

홍대곤, 임재민과는 그때 이미 구면이었다.

영제병원에 빚진 병원비를 갚아야 했던 우건은 설악산 태을문 비고를 찾아 금괴를 몇 개 챙겼다. 그리고 서울에 올라와 챙긴 금괴를 현금으로 바꾸기 위해 만난 사람이 홍대곤, 임재민이었다. 홍대곤, 임재민은 거래를 마친 우건에게 똘마니를 보내 우건이 가진 금과 현금을 강탈하려 했다. 물론, 똘마니의 실력으로는 우건을 감당하지 못했다. 똘마니를 제거한 우건이 다시 돌아갔을 땐 이미 홍대곤, 임재민이 도주한 상태였다. 한데 그때 강도짓을 하던 홍대곤, 임재민을 인천에 있는 홍귀방 창고의 비품실에서 재회한 것이다.

우건은 두 사람을 죽이려다가 이내 마음을 고쳐먹었다. 두 사람에게서 어떤 운명적인 느낌을 받은 것이다. 강도질을 하려던 두 사람을 이런 극적인 장면에서 다시 만났다는 것 자체가 그리 평범한 인연이 아니었던 것이다. 그리고 그 결정이 옳았음은 곧 증명되었다. 홍대곤, 임재민은 은수가 국회의원 박필도에게 잡혀 있다는 사실을 아는 몇 안 되는 홍귀방도 중에 한 명이었다. 심지어 임재민은 항해 중이던 박필도의 위치를 정확히 알고 있는 유일한 홍귀방도였다.

우건은 홍대곤, 임재민의 도움을 받아 박필도를 제거했다. 그리고 박필도가 납치한 은수를 무사히 구출하는 데 성공했다.

한데 당시에 이미 개과천선할 마음이 어느 정도 있던 홍대곤, 임재민은 일이 끝나기 무섭게 우건에게 제자로 받아 달라 간곡히 청했다. 그러나 제자를 받을 수 없던 우건은 다른 방법을 택했다. 홍대곤, 임재민 두 명을 원공후에게 보내 그들이 쾌영문에 입문할 수 있는 길을 열어 준 것이다.

우건이 홍대곤, 임재민과의 인연에 대해 생각할 때였다.

커피가 든 머그컵을 든 수연이 우건 옆으로 걸어오며 물었다.

"임재민 씨를 걱정하는 거예요?"

우건은 고개를 살짝 끄덕였다.

커피를 한 모금 마신 수연이 한숨을 깊이 내쉬었다.

"참 안되었어요. 자신을 키워 준 고모가 사촌 동생과 함께 목숨을 끊다니. 무슨 일인지는 모르겠지만 너무 슬픈 일이에요."

수연 역시 사고로 양친을 한꺼번에 잃은 경험이 있는 터라, 임재민의 불행이 남 일처럼 여겨지지가 않는 모양이었다.

그때였다.

굳게 닫혀 있던 쾌영문 현관문이 갑자기 벌컥 열렸다. 그리고는 열린 문으로 다급한 표정을 한 쾌영문도들이 뛰쳐나왔다.

우건은 미간을 찌푸렸다.

"무슨 일이 생겼군."

우건과 수연은 급히 현관문으로 걸어갔다.

두 사람이 현관문에 도착하기 무섭게 초인종이 울렸다.

수연은 얼른 문을 열었다.

문이 열리는 순간, 다급한 표정을 한 김철이 들어와 보고했다.

"호, 홍 사제가 죽었습니다."

수연은 깜짝 놀라 물었다.

"홍 사제면 부산에 내려간 홍대곤 씨를 말하는 거예요?"

"그, 그렇습니다, 주모님. 지, 지금 그 일로 난리가 났습니다."

"어떻게 그런 일이? 같이 간 사람들은요? 그들은 무사하대요?"

김철이 고개를 저었다.

"자세한 사정은 내려가 봐야 정확히 알 수 있을 것 같습니다."

대꾸한 김철이 고개를 돌려 우건을 보았다.

우건이 물었다.

"쾌영문주가 내 도움을 원하는가?"

"예, 도와주실 수 있는지 제게 물어보라 하셨습니다."

"준비할 게 좀 있네. 자네는 내가 올 때까지 여기서 기다리게."

"알겠습니다."

김철을 현관문 앞에 세워 둔 우건은 곧장 3층 연공실을 찾아 벽에 걸어 둔 청성검(靑星劍)을 꺼내왔다. 전에 애용하던 한상검은 장린과 싸울 때 부서진 탓에 다른 검이 필요했다.

청성검은 우건이 천지검법을 완성할 때 거의 손에서 놓지 않았던 보검으로 오금(五金)의 정화를 캐다가 99일 동안 본신 내력으로 가열한 상태에서 수만 번을 두들겨 완성한 검이었다. 당시에 오금의 정화가 든 화로를 가열할 때, 청오석(靑烏石)이라 불리는 희귀한 금속을 첨가했는데 완성한 후에 봤더니 검신이 푸른색을 띠어 청성검으로 이름 지었다.

청오석은 도문에 내려오는 철지개산대법(徹地開山大法)으로 산맥 하나를 다 뒤져도 한 주먹 얻기가 쉽지 않은 아주 희귀한 금속이었는데 무기를 만들 때 넣으면 사용하는 사람의 심신을 안정시켜 주었다. 또, 속도는 그렇게 빠르지 않지만 사용자의 내상이나 외상을 치료하는 데 큰 도움을 주었다.

우건은 청오석을 넣어 만든 이 청성검으로 태을문 역사에서 대성한 사람이 손에 꼽을 정도이던 천지검법을 완성했다.

2층으로 내려온 우건에게 수연이 가방을 내밀었다.

"가져가요. 세면도구와 갈아입을 옷을 넣었어요."

"고마워."

"조심해요."

"응."

대답한 우건은 데리러 온 김철과 함께 쾌영문으로 이동
했다.

## 3장. 부산에 부는 피바람

차에 오른 일행은 경부고속도로를 이용해 부산으로 내려 갔다.

가는 동안 운전은 김철이, 부산과의 연락은 김동이 맡았다.

뒷좌석에 앉은 원공후가 초조한 음성으로 김동에게 물었 다.

"새로 들어온 소식 있느냐?"

김동이 고개를 저었다.

"홍 사제가 죽은 후에…… 큰형과 임 사제는 적을 따돌 리기 위해 천마산(天馬山)으로 갔다는 연락이 마지막이었 습니다."

"그들을 공격한 적은 누구라더냐?"

김동이 다시 고개를 저었다.

"아직 확실하지 않은 것 같습니다."

"흐음."

침음(沈吟)한 원공후가 김철을 재촉했다.

"좀 더 빨리 달릴 순 없느냐?"

김철이 운전에 집중하며 대답했다.

"여기서 속도를 더 내면 감시 카메라에 찍힐 겁니다."

그 말에 한숨을 내쉰 원공후가 뒷좌석에 등을 깊숙이 묻었다.

"할 수 없지. 제한 속도를 지켜라."

감시 카메라에 흔적을 남기는 것은 별로 좋은 선택이 아니었다. 이 차는 김은의 이름으로 등록되어 있어 관공서에 기록이 남으면 차후에 그들을 추적할 여지를 줄 위험이 있었다.

다행히 평일 밤인 덕분에 도로가 막히는 일은 없었다. 일행이 탄 차는 다음 날 이른 새벽에 무사히 부산에 도착했다.

차를 한적한 갓길에 세운 일행은 차에서 내려 천마산으로 이동했다. 천마산은 김은이 마지막으로 연락해 온 장소였다.

김동은 이동하는 동안, 휴대전화로 계속해서 연락을

시도했지만 저쪽에서 받지 않았다. 이유는 세 가지 중 하나였다.

그들이 전화 받을 시간이 없을 만큼 급박한 상황에 처했거나, 아니면 전화가 고장 나 사용하지 못하는 경우였다. 그리고 둘 다 아니라면 신호가 닿지 않는 곳에 있단 뜻이었다.

세 가지 중에 그나마 가장 좋은 상황은 그들이 전화 받을 시간이 없을 만큼 급박한 상황에 처한 것이었다. 이는 최소한 그들이 아직 살아 있다는 뜻이었다. 전화가 고장 났거나 신호가 닿지 않는 곳에 있다는 뜻은 그들이 적에게 잡혔거나, 아니면 목숨을 잃었을 확률이 높다는 것을 의미했다.

천마산은 부산 중구(中區)에 있는 야트막한 산이었다.

천마산에 도착한 일행은 두 패로 갈라졌다.

우건은 김동과 함께 천마산 남쪽에서 북쪽으로 넘어가며 김은 일행을 찾았다. 또, 원공후는 김철과 함께 동쪽에서 서쪽으로 이동하며 김은 일행이 남겼을지 모르는 흔적을 수색했다.

우건은 선령안으로 어둠에 잠긴 숲 속을 샅샅이 뒤졌다.

얼마 지나지 않아 몇 시간 전에 생긴 것으로 보이는 발자국과 부러진 나뭇가지를 몇 개 찾아냈다. 우건은 원공후를 불러 찾은 흔적을 살펴보게 했다. 도둑인 원공후는 발자국을 통해 몇 명이, 그리고 어떤 식으로 이동했는지 알아냈다.

원공후가 인상을 쓰며 그가 알아낸 정보를 설명했다.

"두 명이 먼저 이곳을 지나갔습니다. 그리고 얼마 지나지 않아 일곱 명에서 여덟 명이 그 뒤를 쫓아갔습니다. 정황을 봐선 먼저 지나간 두 명을 뒤에 나타난 자들이 추격 중인 듯합니다. 그들이 남긴 보폭 너비로 봐서는 모두 경신법을 익힌 게 분명합니다. 또, 공기 중에 혈향이 미세하게 남아 있는 것을 보면 그들 중에 다친 사람이 있는 듯합니다."

고개를 끄덕인 우건은 앞장서서 흔적을 추적했다.

잠시 후, 천마산 남쪽으로 내려온 일행은 바다와 접한 부둣가로 이동했다. 그리고 거기서 커다란 장애물을 만났다. 흔적이 부둣가에서 끊긴 것이다. 육지는 사람이 지나간 흔적을 남겨 두지만 바다는 흔적이 남는 일을 허용하지 않았다.

우건이 부두 건너편에 있는 섬을 가리켰다.

"저 섬은 뭔가?"

김동은 급히 스마트폰으로 지도를 확인했다.

"영도(影島)입니다. 가운데 있는 산은 봉래산(蓬萊山)이고요."

우건이 부둣가로 걸어가며 김동에게 물었다.

"자네가 가진 전자 장비들은 방수가 되는가?"

김동이 튼튼해 보이는 가죽 부대를 꺼내며 대답했다.

"이럴 것 같아서 미리 방수가 되는 가죽 부대를 가져왔습니다."

그 모습을 본 원공후가 그제야 알겠다는 듯 고개를 끄덕였다.

"휴대전화가 물에 젖어 연락을 못한 게로군."

원공후의 말대로였다.

김은과 임재민이 적에게 쫓기다가 이 부둣가에 이르렀다면 그들에게 남은 선택은 사실상 하나밖에 없었다. 바로 바다에 뛰어들어 앞에 보이는 영도로 도망치는 것이었다. 자신들이 감당하기 어려운 적과 싸우다가 목숨을 잃는 것보다 차가운 바닷물에 뛰어드는 게 훨씬 현명한 판단인 것이다.

우건은 지체 없이 바닷물에 뛰어들었다. 그리고 소지한 전자 장비를 방수주머니에 갈무리한 김동이 그 뒤를 이었다. 한데 원공후가 세 번째로 바다에 뛰어드려는 순간, 김철이 다급한 표정으로 원공후의 바짓가랑이를 붙들고 늘어졌다.

원공후가 간절한 표정으로 그를 올려다보는 김철에게 물었다.

"뭐하는 짓이냐?"

"사, 사부님, 살려 주십시오."

"살려 달라니? 갑자기 그게 무슨 개풀 뜯어먹는 소리냐?"

"제, 제자는 수영을 전혀 못 합니다."

"헤엄을 못 쳐?"

"예…… 제자는 뚱뚱해서 물에 뛰어들면 바로 가라앉습니다."

원공후가 자기 이마를 짚었다.

"무게가 많이 나가서 가라앉는 거면 배는 어떻게 떠 있단 말이냐?"

고개를 절레절레 저은 원공후는 긴 팔로 김철의 드럼통 같은 상체를 끌어당기며 물로 뛰어들었다. 앞서 뛰어든 우건과 김동은 벌써 바다를 반 이상 헤엄친 상태였다. 원공후는 몸무게가 자기보다 30킬로그램 가까이 더 나가는 김철의 뒷덜미를 틀어쥔 상태에서 날랜 물개처럼 바다를 횡단했다.

그로부터 얼마 후, 원공후는 바닷물을 잔뜩 먹어 기진맥진한 김철을 타이어처럼 끌며 영도 해안가에 무사히 상륙했다.

가장 먼저 상륙한 우건은 젖은 옷과 머리카락을 삼매진화로 말린 다음, 선령안으로 김은과 임재민이 남긴 흔적을 찾았다.

다행히 오래지 않아 두 사람이 남긴 흔적을 다시 찾아냈다.

"봉래산 방향이군."

우건은 영도 가운데에 자리한 봉래산 정상으로 몸을 날렸다. 그리고 그 뒤를 원공후와 김동, 기진맥진한 김철이 따랐다.

✛ ❖ ✛

김은은 초조한 표정으로 스마트폰 전원버튼을 눌렀다. 그러나 젖은 스마트폰은 좀처럼 살아날 기미가 보이지 않았다.

"빌어먹을!"

고장 난 스마트폰을 바닥에 던진 김은은 잠시 생각하다가 던진 스마트폰을 다시 주웠다. 적이 스마트폰에 든 유심 칩을 회수하면 그와 쾌영문을 추적하는 것은 식은 죽 먹기였다.

그동안 둘째 김동이 하는 해킹 작업을 옆에서 지켜봐 온 김은은 이른바 정보 전문가라 불리는 사람들이 작은 단서 하나로 얼마나 많은 정보를 알아낼 수 있는지 잘 알고 있었다.

스마트폰을 주워 주머니에 넣은 김은은 나무에 기대어 놓은 임재민에게 걸어갔다. 가슴에 붕대를 감은 임재민은 탈진한 듯 사지가 축 늘어져 있었다. 임재민의 팔을 부축한 김은은 봉래산 정상으로 올라갔다. 나무와 풀을 헤치며 10여

미터를 올라갔을 때였다. 전방에서 풀잎을 밟는 소리가 들렸다.

김은은 즉시 임재민과 함께 바닥에 엎드렸다.

그 순간, 김은이 서 있던 자리 위로 단도 한 자루가 지나갔다.

단도는 피했지만 급히 엎드린 탓에 균형을 잃은 김은과 임재민은 산 아래로 속절없이 굴러갔다. 두 사람은 돌부리와 나뭇가지에 얼굴과 팔을 잔뜩 긁힌 후에야 간신히 멈춰 섰다.

사실, 돌부리와 나뭇가지에 긁힌 얼굴과 팔은 별문제가 아니었다. 진짜 문제는 올라가던 방향에서 단도가 날아왔다는 점이었다. 즉, 적이 앞과 뒤를 동시에 포위했다는 뜻이었다.

김은은 탈진한 임재민을 거의 업다시피 한 상태에서 동쪽 능선을 따라 탈출했다. 그러나 10여 걸음을 채 떼기 전에 검은색 운동복을 입은 적들과 마주쳐야 했다. 이를 부드득 간 김은은 방향을 바꿔 서쪽으로 도망쳤다. 그러나 마찬가지였다. 얼마 가지 않아 칼을 든 적 네 명에게 둘러싸였다.

어쩔 수 없이 그 자리에 멈춰 선 김은은 사방을 둘러보았다.

처음 쫓길 때는 여덟 명이었던 적이 그새 크게 늘어 지금은 서른 명이 넘었다. 김은은 부상당한 임재민을 바위에 기대어 놓은 다음, 양말 속에 넣어둔 단도를 꺼내 손에 쥐어 주었다.

"내가 죽으면 이걸 써."

임재민이 고통스런 얼굴로 벌어지지 않는 입을 간신히 떼었다.

"대, 대사형……."

김은이 임재민의 어깨를 힘주어 잡으며 비장한 표정을 지었다.

"나 먼저 간다. 다음에는 좀 더 좋은 세상에서 만나자."

임재민의 어깨를 두드려 준 김은이 돌아섰다.

이미 그 앞에는 검은색 운동복을 차려입은 적 20여 명이 물샐틈없는 포위망을 구축한 상태였다. 김은의 시선이 포위망 가운데 서 있는 30대 사내의 얼굴로 향했다. 미간에 칼자국이 깊이 나 있는 사내였는데 눈빛이 뱀처럼 차가웠다.

"네가 이들의 두목이냐?"

김은의 질문을 받은 사내가 싸늘한 미소를 지었다.

"눈썰미가 제법이구나. 네놈들을 포위한 사람 중에 지위가 가장 높은 사람이 누군지 물어본 거라면 정확히 맞추었……."

사내는 대답을 다 마치지 못했다.

말을 시킨 김은이 갑자기 기습을 가한 것이다.

김은은 먼저 바닥에 쌓인 흙과 낙엽을 냅다 걷어찼다.

곧 공중으로 떠오른 흙과 낙엽이 적의 시야를 방해했다.

김은은 그 틈에 분영은둔으로 신형을 감추었다.

사부 원공후처럼 대낮에 적이 자신을 발견하지 못할 정도로 완벽한 수준은 아니었지만, 밤에 달빛이 거의 들지 않는 어두운 숲 속에서는 적의 시야에서 잠시 사라질 수 있었다.

"놈이 은신법을 썼다! 경계하며 물러서라!"

지시한 사내가 수중의 칼을 허공에 휘두르며 물러설 때였다.

사각(死角)에서 튀어나온 김은이 쾌영산화수의 절초 일화일락(一花一落)으로 사내의 옆구리에 손가락을 끼워 넣어 갈비뼈를 잡았다. 소스라치게 놀란 사내는 본능적으로 팔꿈치를 휘둘러 김은의 얼굴을 가격했다. 그러나 이는 실수였다.

퍽!

김은이 사내의 팔꿈치에 맞아 광대뼈에 금이 가긴 했지만 사내 역시 무사하지 못했다. 김은이 맞은 충격으로 날아갈 때, 손가락으로 잡은 사내의 갈비뼈를 통째로 뜯어낸 것이다.

"크아악!"

비명을 지른 사내가 피와 내장을 쏟아 내며 쓰러졌다.

쾌영산화수에서 살기가 가장 짙은 일화일락 초식으로 두목을 죽인 김은은 달려드는 적에게 손에 들고 있던 뼈를 던졌다.

적들은 화들짝 놀라 피했다. 뼈가 무서워서 그런 게 아니라, 그 뼈가 방금 전까지 그들에게 지시를 내리던 두목의 몸에서 나왔기 때문이었다. 무섭다기보다는 꺼림칙한 것이다.

사실, 김은의 상태는 별로 좋지 않았다.

금이 간 광대뼈에서 올라오는 고통은 약과였다. 얼굴을 맞은 충격으로 인해 눈과 뇌가 일시적으로 장애를 일으켜 눈앞의 사물이 빙글빙글 돌았다. 그리고 빙글빙글 돌지 않을 때는 사물이 두 개로 늘어났다가 다시 합쳐지기를 반복했다.

사물이 다시 정상으로 보이기 시작했을 때는 이미 전열을 정비한 적이 달려드는 중이었다. 김은은 한숨을 길게 쉬었다.

이제는 정말 끝이었다. 김은과 방금 전에 죽은 두목은 실력이 엇비슷했다. 즉, 수백 초를 겨루어도 승부를 가리기 어렵다는 뜻이었다. 한데 김은은 그가 아는 최강의 초식에 기지(奇智)를 적절히 섞어 이기기 힘든 상대를 일초에 죽였다.

김은이 처음부터 두목 하나만을 노렸기 때문이었다.

적에게 사방을 포위당한 김은은 이곳을 벗어나기 어렵다는 판단을 내리는 순간, 바로 저승길을 동행할 자를 물색했다.

당연히 적을 지휘하는 두목이 가장 먼저 눈에 들어왔다. 그를 없앤다면 이승을 하직해도 미련이 별로 남지 않을 것 같았다.

결정을 내린 김은은 두목에게 일부러 말을 시켰다.

두목에게 말을 시키면 두 가지 이점이 있었다.

첫 번째는 상대가 말의 내용에 신경 쓰느라 경계심이 풀어진다는 점이었다. 그리고 두 번째는 말을 하는 동안, 호흡이 흐트러진다는 점이었다. 둘 다 무인에게 치명적이었다.

두목에게 말을 걸어 그가 다른 쪽에 더 신경 쓰게 만든 김은은 발로 흙과 낙엽을 걷어차 두목의 시야를 가렸다. 그리고 그 틈에 분영은둔으로 신형을 감추었다. 소리가 나면 두목이 김은의 위치를 파악할 수 있어 최대한 조심하며 접근한 다음, 아는 초식 중 가장 강한 일화일락으로 기습했다.

물론, 방어를 포기한 기습인 탓에 광대뼈에 금이 가는 중상을 입었지만 두목을 죽였다는 점에서는 완벽한 성공이었다.

나뭇가지를 주워 든 김은이 비장한 목소리로 소리쳤다.

"이러다가 해 뜨겠다!"

그 말을 기다렸다는 듯 적들이 득달같이 달려들었다.

김은이 그들의 두목을 죽인 탓에 잔뜩 흥분한 적들은 자신의 목숨을 돌보지 않은 상태에서 살기가 짙은 초식을 전개했다. 희끄무레한 도광 수십 개가 김은의 몸을 난자해 왔다.

김은에게 저항할 힘이 남아 있지 않다는 것을 모른 적들이 전력을 다한 탓에 김은의 호리호리한 체구는 마치 바람 앞의 등불처럼 위태로워 보였다. 김은은 최근에 배운 묵애도의 광룡포효(狂龍咆哮)로 적의 공격을 막아 봤지만 소용없었다.

자신에게 최후가 다가왔음을 직감한 김은은 눈을 질끈 감았다.

그때였다.

쏴! 하는 소리와 함께 머리 위에서 서늘한 바람이 불어왔다. 뒤이어 적이 펼친 도광이 뭔가에 막힌 듯 귀청을 찢는 소음이 연속해 들렸다. 영원히 이어질 것 같던 소음이 갑자기 뚝 끊기는 순간, 김은은 얼른 눈을 떠 주위를 둘러보았다.

적이 있어야 할 방향에 누군가의 널찍한 등이 대신 서 있었다.

그때, 등의 주인이 고개를 돌리며 김은에게 물었다.

"괜찮은가?"

익숙한 목소리였다.

그리고 익숙한 얼굴이었다.

김은은 다리가 풀리려는 것을 억지로 참으며 대답했다.

"전 괜찮습니다만, 임 사제가……."

알았다는 듯 고개를 끄덕인 등의 주인은 수중의 검을 앞으로 찔러 갔다. 새파란 광채가 섬광처럼 피어오를 때마다 적이 피를 흘리며 자빠졌다. 너무나 엄청난 광경에 김은은 그만 혼이 나가 버렸다. 마치 꿈을 꾸는 것 같은 기분이었다.

푸르스름한 검광이 숲 전체를 물들이는 순간, 적이 짚단처럼 쓰러졌다. 그리고 긴장이 풀린 김은 역시 그대로 기절했다.

❖ ❖ ❖

김은은 머리가 깨지는 듯한 두통에 놀라 눈을 떴다.

처음에는 머리만 아프다는 생각이 들었는데 시간이 조금 흐르는 순간, 통증이 광대뼈와 턱, 그리고 목까지 퍼져 갔다.

그때, 누군가가 말을 걸었다.

그러나 시야가 흐릿한 탓에 누군지 한 번에 알아보지 못했다. 청력 역시 시력처럼 망가져 있는 상태였다. 옆에서 누가 큰 종을 친 것처럼 귀가 지잉 울리는 탓에 상대방의 목소리가 윙윙 울려 들려왔다. 김은은 심법을 운기한 후에야 그에게 말을 건 사람이 막내인 김철임을 알아볼 수 있었다.

김은이 후들거리는 팔로 상체를 지탱하며 억지로 일어나려 애썼지만 김철이 극구 말리는 통에 그만둘 수밖에 없었다.

다시 누운 김은이 한숨을 내쉬며 물었다.

"임 사제는?"

김철이 이불을 덮어주며 대답했다.

"지금 주공과 사부님께서 치료하고 계십니다."

"차도가 있대?"

"예, 사나흘 푹 쉬면 좋아질 거랍니다."

"휴, 다행이구나."

김은이 안도의 숨을 내쉬며 자신이 졸도한 후의 상황을 물었다. 김철의 설명에 따르면 예상대로 절체절명의 위기에 처한 김은을 구해 준 사람은 우건이었다. 김은 앞을 막아선 우건이 적의 수를 빠르게 줄이는 동안, 원공후와 김동, 김철 세 명이 사방을 포위해 도망치는 적이 없게 만들었다.

적을 다 처리한 다음에는 부상당한 임재민과 졸도한 김

은을 업고 영도 북동쪽에 있는 모텔로 내려와 치료를 시작했다.

김철이 설명을 마쳤을 때, 문이 열리며 우건과 원공후가 방 안으로 들어왔다. 그리고 차도가 있다는 김철의 말을 증명하듯 상체에 붕대를 감은 임재민이 김동의 부축을 받으며 그 뒤를 따랐다. 김은은 주공과 사부의 등장에 예를 차리기 위해 급히 일어나려 했지만 원공후의 만류로 그만뒀다.

원공후가 자리에 앉아 김은에게 물었다.

"지금까지 있었던 일을 소상히 말해 보아라."

"예, 사부님."

김은의 설명에 따르면 김은, 홍대곤, 임재민 세 명은 부산에 도착하기 무섭게 고모와 사촌 동생이 살던 해운대 근처의 임대아파트를 방문했다. 고모와 사촌 동생에게는 임재민 외에 가까운 사이의 친척이 없는 탓에 아파트가 당연히 비어 있을 거라 짐작했다. 한데 그냥 비어 있지 않았다. 마치 도둑이 물건을 뒤진 것처럼 장롱과 서랍 등이 파헤쳐져 있었다.

그 모습에 뭔가 심상치 않은 느낌을 받은 세 사람은 즉시 시립병원 영안실에 안치되어 있던 고모와 사촌 동생을 찾았다.

임재민이 가족 자격으로 고모와 사촌 동생의 시신을 확

인했는데 동반 자살했다는 사람치고는 시신이 너무나 깨끗했다.

임재민의 설명을 들은 김은과 홍대곤은 즉시 고모와 사촌 동생이 응급실에 실려 왔을 때 처음 진료한 의사를 찾아 모녀가 어떤 방식으로 자살했는지 물었다. 그러나 의사는 가족이 아닌 사람에게는 환자였던 사람의 개인정보를 가르쳐 줄 수 없다며 대답을 계속 회피했다. 몇 시간 후에 임재민이 가족 자격으로 직접 묻기 위해 다시 의사를 찾아갔는데 의사는 외국 학회에 참석하는 문제로 자리를 비운 상태였다.

답답해진 김은 일행은 그 병원에서 일하는 관계자를 몰래 찾아가 응급실에서 근무한 그 의사가 정말 학회에 갔는지 물었는데 현재 학회에 참석한 의사가 없다는 대답이 돌아왔다.

병원 관계자는 정말 중요한 정보를 같이 전해 주었다.

임재민의 고모와 사촌 동생의 동반자살 사건에 심상치 않은 사람들이 연관되어 있어 다들 말하기를 꺼려 한다는 정보였다.

의심이 생긴 김은 일행은 즉시 임재민에게 연락한 경찰서 담당 형사를 찾아 자초지종을 물었다. 한데 형사 역시 마찬가지였다. 고모와 사촌 동생이 극독으로 동반자살을 했다는 말 외에는 입을 다물었다. 심지어 누군가에게 협박을 받는 사람처럼 임재민이 물을 때마다 신경질적인 반응을 보였다.

병원과 경찰서에서 원하는 답을 찾지 못한 김은 일행이 장례 준비를 위해 고모가 살던 임대아파트로 다시 돌아갔다. 한데 문을 열려던 김은이 아파트 안에 누군가가 숨어 있다는 사실을 알아냈다. 숨소리를 통해 상대가 무공을 익힌 무인임을 간파한 김은 일행은 그 자리에서 작전을 하나 세웠다.

작전을 세운 세 사람은 아파트 안으로 동시에 뛰어들며 매복해 있던 적과 일합을 겨루었다. 김은과 홍대곤의 실력이 요즘 들어 일취월장한 덕분에 네 명의 적을 곤죽으로 만드는 데 성공했다. 적은 김은 일행이 무공을 익혔다는 사실에 충격을 받은 듯했다. 김은 일행은 기절한 적을 임대아파트 주차장에 데려다 놓았다. 그리고 신법에 자신 있는 김은, 홍대곤 두 명이 분영은둔을 펼친 상태에서 그들을 감시했다.

정신을 차린 적은 이내 지원을 요청하기 위해 그들의 본거지로 향했다. 김은과 홍대곤은 그런 적의 뒤를 몰래 쫓았다.

적은 산 중턱에 위치한 어느 저택 안으로 들어가 모습을 감췄다. 김은과 홍대곤은 즉시 적의 뒤를 따라 저택 안으로 들어갔다. 한데 그게 치명적인 실수로 작용했다. 적은 그들의 뒤를 누군가 쫓고 있단 사실을 간파한 듯 치밀한 함정을 파놓은 상태였다. 특히, 저택 주인으로 보이는 40대 사내는 실력이 대단해 홍대곤의 목을 세 합 만에 부러트렸다. 40대 사내는 눈빛이 아주 차가워 뱀을 연상시키는 자였다.

김은 역시 곧 위험한 지경에 처했다. 그때, 몰래 따라온 임재민이 자기 목숨을 돌보지 않은 채 달려와 김은을 구해 냈다. 그 와중에 가슴에 상처를 입었지만 어쨌든 도망치는 데는 성공해 적의 추격을 받으며 천마산을 통해 영도로 도망쳤다. 그리고 영도 봉래산에서 우건의 도움으로 목숨을 건졌다.

원공후가 급히 물었다.

"대곤이의 시신은 어찌 했느냐?"

김은이 면목이 없다는 듯 눈을 내리깔았다.

"회수하지 못했습니다."

김은의 말에 한숨을 내쉰 원공후가 김동을 불렀다. 일행 중에 김동의 머리가 가장 비상했다. 무엇부터 해야 할지 감을 잡을 수 없을 때는 김동의 도움을 받는 것이 가장 편했다.

원공후가 가까이 온 김동에게 다짜고짜 물었다.

"계획을 말해 봐라."

김동은 당황하지 않았다.

오히려 계획을 미리 다 세워 놨다는 듯 지체 없이 대답했다.

"두 가지 작업을 동시에 해야 합니다."

"두 가지를 동시에?"

"예, 첫 번째는 돌아가신 임 사제의 고모와 사촌 동생에게 무슨 일이 있었는지 알아내야 합니다. 그리고 두 번째는 적에게 목숨을 잃은 홍 사제의 시신을 빨리 찾아야 합니다. 시간을 더 지체하면 놈들이 홍 사제의 시신을 없애 버리려 할 겁니다."

김동의 설명을 들은 우건이 바로 자리에서 일어섰다.

"내가 시신을 찾아오겠소."

따라 일어선 원공후가 우건에게 머리를 숙였다.

"부탁드립니다."

일어설 수 없는 김은을 제외한 나머지 문도들 역시 사부처럼 머리를 숙이며 우건의 마음씀씀이에 고마움을 드러냈다.

김은 일행을 추적하러 간 적에게서 연락이 끊기는 순간, 적들은 대단한 고수가 출현했다는 사실을 눈치 챘을 것이다. 그렇지 않고서야 서른 명이 넘는 일행이 한꺼번에 연락 두절 상태로 변할 리가 없었다. 이에 위기감을 느낀 적들은 다시 한 번 함정을 파 놓고 우건 일행이 나타나길 기다릴 것이다.

그런 상황에서 일행 중에 일을 맡길 수 있는 사람은 우건이 유일했다. 단순히 시신을 찾는 일이라면 원공후 역시 장점이 있었지만, 일이 틀어질 경우 사부와 제자가 같은 장소에 참변을 당하는 불행한 일이 생기지 말란 법이 없었다.

더욱이 김은의 말에 따르면 홍대곤을 죽인 사내는 상당한 강자였다.

한데 우건이 자원해서 가장 어려운 일을 맡아 준 것이다.

고맙지 않을 이유가 없었다.

그렇게 하여 우건이 홍대곤의 시신을 수습하는 사이, 원공후를 포함한 쾌영문도는 임재민의 고모와 사촌 동생에게 일어난 일을 조사하기로 했다. 김은에게 홍대곤이 죽은 저택의 위치를 자세히 물은 우건은 청성검을 챙겨 바로 출발했다.

저택은 부산 사하구(沙下區) 시약산(蒔藥山) 북쪽에 있었다. 시약산은 지형이 완만해 수목선(樹木線) 바로 밑에 아파트와 주택이 군데군데 지어져 있었는데 김은이 말한 저택은 100여 미터 근방에 다른 주택이나 건물이 보이지 않았다.

우건은 시약산 남쪽으로 올라가 북쪽으로 내려갔다. 북쪽 숲이 끝나는 지점에 둥그렇게 파인 지대가 있었다. 그리고 그 지대 위에 5미터 높이의 담으로 둘러싸인 저택이 있었다.

우건은 하늘을 보았다.

여름은 해가 길어 사위가 어슴푸레한 빛에 잠겨 있었다.

우건은 예전처럼 더 어두워지기를 기다리지 않았다.

예전엔 살아 있는 사람을 구해야 하는 경우가 많아 최대한 은밀히 잠입해 사람부터 확보해야 했다. 그렇지 않으면 적이 인질을 죽이거나, 아니면 다른 장소로 옮길 수 있었다.

그러나 우건이 지금 구하려는 것은 홍대곤의 시신이었다. 은밀히 잠입해 인질이 어디 있는지 찾아다닐 이유가 없었다.

숨을 크게 들이마신 우건은 가져온 복면을 얼굴에 덮어썼다. 습기를 잔뜩 머금어 축축해진 복면이 썩 유쾌하지 않았지만 카메라에 우건의 얼굴이 찍히는 것보다는 훨씬 나았다.

청성검을 뽑아 오른손에 쥔 우건은 비응보를 펼쳐 날아올랐다.

5미터가 넘는 콘크리트 담이 발밑으로 지나갈 무렵, 순찰 중이던 적 두 명이 침입 사실을 동료들에게 통보했다.

우건은 공중에서 비룡번신의 수법으로 몸을 뒤집으며 금선지를 발출했다. 순찰 중이던 적 두 명이 미간에 구멍이 뚫려 쓰러졌다. 바닥에 착지하기 직전, 근처 정원수의 밑줄기를 철혈각의 수법으로 강하게 걷어찼다. 굵직한 정원수가 통째로 뽑혀 정문 쪽에서 달려오던 적의 진로를 방해했다.

정원수를 걷어찬 반동을 이용해 다시 뛰어오른 우건은 수중의 청성검을 연속 세 번 찔러 갔다. 파르스름한 검광 세 가닥이 빛살처럼 날아가 현관문을 지키던 적의 심장을 뚫었다.

담을 뛰어넘기 전부터 땅을 한 번도 밟지 않은 상태에서 저택 현관문 앞에 도착한 우건은 지체 없이 좌장을 내질렀다.

꽈직!

좌장으로 펼친 파금장이 알루미늄 현관문을 종잇장처럼 구겨 버렸다. 우건은 현관문이 있던 자리로 뛰어들며 청성검을 채찍처럼 비스듬히 휘둘렀다. 그 즉시, 검광이 부챗살처럼 펴져 가며 앞을 막아서던 적 세 명을 피투성이로 만들었다.

그때, 저택 사방에서 적이 달려들며 고함을 질러 댔다.

"막아라!"

"놈이 집 안으로 발을 들이지 못하게 해라!"

우건은 좌장을 왼쪽으로 뻗었다.

쿠르르릉!

태을진천뢰의 뇌성이 은은하게 울려 퍼지는 가운데 1층 거실에 있던 장식품과 소파, 협탁(脅桌) 등이 산산이 부서졌다. 그리고 그 근처에 있던 적들은 태을진천뢰의 장력에 휩쓸려 허공으로 떠올랐다. 태을진천뢰의 장력이 워낙 양

강한 탓에 떠오른 적들은 그 즉시 혈맥이 말라비틀어져 즉사했다.

태을진천뢰로 왼쪽을 막은 우건은 오른손에 쥔 청성검으로 일검단해, 유성추월, 성하만상을 연속 뿌렸다. 시퍼런 검광이 거실 안을 종횡으로 가르는 순간, 적들이 그물에 걸린 물고기처럼 파닥거리다가 쓰러져 더 이상 움직이지 않았다.

그때였다.

"거기까지다!"

눈썹이 짙은 젊은 사내가 우건의 정수리 위로 칼과 함께 떨어져 내리며 고함을 질렀다. 칼에 맺힌 도광이 칼보다 먼저 우건의 정수리를 갈라 왔다. 우건은 이형환위로 피하며 생역광음을 찔러 갔다. 기습이 실패한 사내는 자세를 급히 바꾸며 방어초식을 전개해 우건이 펼친 생역광음을 막았다.

"제법이군."

담담한 목소리로 중얼거린 우건은 다시 한 번 생역광음을 펼쳤다. 바닥에 내려선 사내는 눈썰미가 좋은 듯 히죽 웃었다. 우건이 같은 초식을 사용 중임을 단번에 간파한 것이다.

사내는 우건이 같은 초식을 사용해 공격해 오는 점을 오히려 역이용하여 반격하려 들었다. 사내의 머릿속은 생역광음을 막은 후에 반격할 초식을 고르느라 정신없이 돌아갔다.

그러나 사내의 입가에 번진 미소가 사라지는 데 걸린 시간은 그야말로 촌음(寸陰)에 불과했다. 지금 펼친 생역광음은 조금 전의 그것과 차원이 달랐다. 빠르기가 거의 두 배였다.

새끼손톱만 한 새파란 검광이 번쩍하는 순간, 미간이 서늘해지는 느낌을 받았다. 사내는 급히 머리를 틀었지만 눈썹 사이, 즉 미간(眉間)에 구멍이 뚫리는 결과를 막아 내지 못했다.

휘청한 사내가 비틀거리다가 부서진 가구 다리에 걸려 쓰러질 때였다. 이번에는 중년 사내 두 명이 양쪽에서 덮쳐 왔다.

우건은 섬영보로 피하며 중년 사내 두 명이 튀어나온 곳을 보았다. 2층으로 올라가는 계단 사이에 몇 사람이 서 있었다.

우건의 시선이 그중 가운데 서 있는 중년 사내에게 고정되었다.

이 저택을 먼저 다녀갔던 김은이 홍대곤의 목을 단 세수 만에 부러트린 고수에 대해 설명한 기억이 떠올랐다. 김은의 설명에 따르면 그자는 뱀처럼 차가운 눈빛을 지닌 40대 중년 사내였다. 김은의 설명은 정확했다. 우건이 쳐다보는 그 중년 사내야말로 뱀을 연상시키는 눈빛을 가지고 있었다.

우건은 중년 사내 두 명의 협공을 여유롭게 피하다가 수중의 청성검을 가볍게 흔들었다. 그 즉시, 벌떼 수천 마리가 날아오르는 듯한 굉음과 함께 수백 개의 검광이 장내를 갈랐다.

천지검법의 절초 성하만상이었다.

"으악!"

"크으윽!"

비명을 지른 중년 사내 두 명은 자신들이 흘린 피바다 속에 누워 벌레처럼 꿈틀거렸다. 마치 뛰어난 외과의가 외과수술에 쓰는 날카로운 메스로 온몸을 절개한 것처럼 혈관이 잘린 탓에 몸에 있는 피란 피는 밖으로 다 빠져나온 듯했다.

뱀을 연상시키는 중년 사내가 턱짓으로 그를 둘러싼 부하 몇 명에게 신호를 보냈다. 그리고 신호를 받은 중년 사내 세 명은 내키지 않는다는 표정으로 몸을 날려 우건을 에워쌌다.

우건은 그제야 중년 사내의 의도를 눈치 챘다.

중년 사내는 부하들이 먼저 싸우게 만들어 우건의 무공이 가진 장단점을 파악하려는 것이다. 정보가 전혀 없는 상대와 싸우기보다는 조금이라도 아는 상태에서 싸우는 게 휠씬 유리한 탓이었다. 나를 알고 적을 알면 백전백승이라는 고사까지 꺼낼 필요 없이 무인이라면 누구나 아는 얘기였다.

그러나 그 고사를 실제 상황에서 실행하는 무인은 많지 않았다.

상대가 지닌 무공의 장단점을 파악하기 위해 가족이나 친구, 혹은 부하를 희생시킬 만큼 냉정한 사람은 많지 않은 것이다. 한데 중년 사내는 부하를 사지에 들여보내는 데 양심에 가책을 전혀 느끼지 않는 듯했다. 그는 그저 뱀을 연상시키는 차가운 두 눈으로 그와 부하들의 대결을 지켜보았다.

우건은 사실 무공이 드러나도 별 상관없었다.

천지검법은 태을문이 천년 동안 연마해 완성한 검법이었다. 몇 초 지켜보는 것으로는 약점을 파악하기 쉽지 않았다.

아니, 천지검법에 약점이 존재하는지부터가 의문이었다.

그러나 중년 사내의 행태는 별로 마음에 들지 않았다.

부동심으로 마음을 다잡은 우건은 거리를 좁혀 오는 적에게 먼저 몸을 날리며 생역광음, 일검단해, 유성추월을 연달아 펼쳤다. 청성검이 만든 새파란 검광이 때론 작은 점처럼, 때론 하늘에서 낙하하는 유성무리처럼 사방을 휩쓸었다.

새파란 검광이 폭발할 것처럼 저택 1층을 가득 채웠다가 바람이 빠진 풍선처럼 순식간에 줄어들기 시작했다. 대결을 지켜보던 구경꾼들은 곧 드러날 결과를 초조하게 기다렸다.

이윽고 검광이 사라지며 결과가 드러났다.

우건을 공격하던 적 세 명은 머리와 몸통이 따로 놀거나, 아니면 장기와 내장을 바닥에 쏟아 낸 처참한 모습으로 흩어져 있었다. 죽은 자들의 조직 내 위치가 꽤 높은 듯 대결을 지켜보던 적들은 불안한 시선으로 동료와 시선을 교환했다.

그때, 누군가가 소리쳤다.

"적이 없다!"

그제야 적들은 현장에 우건이 없다는 사실을 간파했다. 무기를 빼어 든 적들이 숨어 있는 우건을 찾기 위해 혈안일 때였다.

계단 밑에서 뿌연 연기가 수증기처럼 올라왔다. 당황한 적들은 잠시 어찌할 바를 몰라 했다. 그때, 연기가 한곳으로 점점 뭉치더니 이내 한 사람의 신형을 형성하기 시작했다. 말로 설명하면 길지만 그 시간은 0.1초가 채 걸리지 않았다.

연기가 뭉쳐 만들어 낸 신형의 정체는 당연히 우건이었다. 우건은 월광보에 쾌영문 분영은둔의 장점을 섞어 일월보(日月步)를 새로 만들었다. 월광보는 사실 무언가를 뺄 필요가, 그리고 무언가를 더할 필요가 없는 완벽한 신법이었다.

그러나 태을문 무공은 대부분 본인 수양에 중점을 둔 탓에 위력적인 측면에서 다른 은신무공에 비해 위력이 떨어졌다.

이곳에 온 후로 초식을 연마하는 데 집중한 우건은 월광보가 가진 은신 효과를 더 높이는 게 가능하다는 점을 깨닫는 순간, 쾌영문의 분영신법과 혈운검의 무영은둔의 장점을 월광보에 더해 은신 효과를 극대화하는 보법을 새로 만들었다.

그것이 바로 월광보였다.

우건은 월광보로 장내에 있는 모든 적의 이목을 완벽히 속였다. 그리고 이 저택의 주인으로 보이는 사내의 지척에 접근하는 데 성공했다. 우건은 적이 반응하기 전에 먼저 일검단해를 펼쳐 갔다. 청성검의 검봉에서 발출된 새파란 검광이 3미터로 늘어나 홍해를 가르듯 적 사이를 단숨에 갈랐다.

적들은 깜짝 놀라 메뚜기 떼가 날 듯 양옆으로 뛰어올랐다.

우건은 기다렸다는 듯 선도선무, 성하만상을 연속해 펼쳐 갔다.

뛰어오른 적들이 검광에 휘감겨 바닥에 떨어졌다.

이제 계단에 남은 적은 둘이었다.

20대로 보이는 청년과 이 저택의 주인으로 보이는 사내였다.

냉정함을 유지하던 사내 역시 지금과 같은 결과는 전혀 예상하지 못한 듯 당황한 모습을 보이다가 앞에 있던 청년을 발로 걷어차 우건에게 날려 보냈다. 우건은 비명을 지르며 자신에게 날아오는 청년을 지켜보다가 생역광음을 찔러 갔다.

검광이 청년의 심장을 도려냈다.

그때였다.

뒤에서 날아든 붉은색 도광이 청년의 몸을 허리부터 갈라 갔다.

동강난 몸에서 쏟아진 피와 장기가 그물처럼 우건을 덮쳐 왔다.

우건은 섬영보로 물러서며 사태를 주시했다. 그 순간, 피속에서 튀어나온 붉은색 도광이 우건을 날카롭게 베어 왔다. 피와 도광이 모두 붉은색이라 구별이 쉽지 않았지만 대비를 마친 우건은 대해인강으로 막으며 한 걸음 더 물러섰다.

그때, 피 속에서 튀어나온 사내가 수중의 도를 그대로 던졌다.

우건은 선인지광으로 사내가 던진 도를 재빨리 밀어냈다. 선인지광에 막힌 사내의 도가 공중에서 빙글빙글 돌아갔다.

우건의 눈이 본능적으로 공중에 떠오른 도로 움직였을 때였다.

쉭!

갑자기 기이한 각도로 휘어진 사내의 팔이 우건의 목을 칼처럼 베어 왔다. 우건의 눈썹이 살짝 찌푸려졌다. 사내가 숨겨 둔 비장의 한 수는 도법이 아니라, 이 수공이었던 것이다.

4장. 사신강림(死神降臨)

우건은 왼팔을 전광석화처럼 뻗어 사내의 팔목을 틀어쥐었다.

사내의 눈이 믿을 수 없다는 듯 몇 번 깜박거렸다.

믿을 수 없기는 우건 역시 마찬가지였다.

우건은 방금 전 천지검법 쾌검식인 생역광음을 맨손으로 펼쳐 사내의 수공을 제압했다. 수련할 때 몇 번 연습해 보긴 했지만, 실전에서 사용한 것은 이번이 처음이었다. 한데 생각보다 위력이 강해 사내의 절묘한 수공을 정확히 막아 냈다.

우건은 제압한 사내의 팔을 비틀며 물었다.

"이 수법으로 그를 죽였나?"

사내의 눈빛이 뱀을 연상시키던 원래 모습으로 다시 돌아왔다.

"그라니? 아, 내 손에 목이 부러져 죽은 병신을 말하는 건가?"

우건은 사내의 도발에 대꾸하지 않았다.

그 대신 사내의 팔을 더 힘껏 비틀어 고통을 가했다.

사내는 고통을 전혀 느끼지 않는 듯 태연히 말을 이어갔다.

"제법 실력이 있어 보이는 놈이었지만 내 방도선수(放刀選手) 수법을 피하지 못해 목이 부러졌지. 목이 부러질 때 혀를 빼무는 모습이 아주 재밌더군. 같이 봤으면 좋았을 텐데."

말을 마친 사내가 갑자기 왼손으로 자신의 오른 어깨를 내리쳤다. 그 즉시, 오른팔이 어깻죽지부터 잘리며 피가 쏟아졌다.

우건은 뒤로 물러서며 왼손에 쥔 사내의 오른팔을 힘껏 던졌다.

그러나 우건이 던진 팔은 주인을 맞추지 못했다. 허공에 뿌려진 피가 시야를 가리는 동안, 사내가 2층으로 도망친 것이다.

우건은 경계하며 2층으로 올라갔다.

한데 도착한 2층에는 전혀 생각지 못한 광경이 펼쳐져 있었다.

2층으로 도망친 사내가 20대로 보이는 젊은 여자를 인질로 삼은 상태에서 우건을 기다리는 중이었다. 파란색 실크 원피스를 입은 여자는 얼굴이 하얗게 질려 우건을 쳐다보았다. 불안한 눈빛엔 살려 달라는 간절한 외침이 깃들어 있었다.

사내는 무릎을 굽힌 자세로 여자 뒤에 바짝 웅크린 상태였다. 우건이 보는 정면 방향에서는 그를 공격할 방도가 없었다.

우건을 본 사내가 여자의 목을 잡은 손에 힘을 주었다.

"이년은 무공을 모르는 민간인이다. 손에 힘을 살짝만 주어도 이 여리디 여린 뼈마디가 또각 하고 부러진다는 뜻이야."

사내의 말대로였다.

사내가 힘을 가하는 순간, 여자의 얼굴이 백짓장처럼 하얘졌다.

우건은 청성검의 검봉을 바닥으로 향하며 물었다.

"그래서?"

지혈하지 않은 오른 어깨에서는 피가 여전히 뚝뚝 떨어지는 중이었지만 사내의 눈빛은 뱀처럼 차가운 빛을 뿜어냈다.

"난 너 같은 놈을 잘 알아. 지가 무슨 신이라도 되는 것처럼 행동하지. 하지만 그런 놈들에게는 치명적인 약점이 있어. 뭔지 알아? 바로 죄 없는 민간인에겐 한없이 약하단 거야. 죄 없는 민간인을 죽이는 순간, 너 역시 우리와 같은 살인자가 되는 거니까. 어때? 넌 이 여자를 죽일 자신이 있나?"

우건은 바닥을 가리키던 청성검의 검봉을 천천히 들어 올렸다.

"난 내가 신이라고 생각해 본 적 없다."

우건의 말을 들은 여자의 눈빛이 급격히 흔들렸다.

그녀에게는 희망이 절망으로 바뀌는 순간이었다.

사내가 히죽 웃었다.

"과연 그럴까?"

말을 마친 사내가 여자의 목을 잡은 손에 힘을 더 가했다. 여자의 목에 돋아난 파란 핏줄이 점점 선명해지기 시작했다.

우건은 여자에게 전음을 보냈다.

–내가 신호를 보내면 바로 왼팔을 살짝 들어 올리시오.

전음을 받은 여자가 눈을 동그랗게 뜨며 우건을 쳐다보았다.

우건은 다시 전음을 보냈다.

–내 말을 알아들었으면 눈꺼풀을 살짝 움직여 보시오.

여자는 알아들었다는 듯 시키는 대로 눈꺼풀을 살짝 움직였다.

우건은 신호를 보냄과 동시에 생역광음을 찔러 갔다.

청성검의 검봉에서 새파란 섬광 하나가 총구의 불빛처럼 반짝하는 순간, 사내에게 잡힌 여자가 왼팔을 살짝 들었다.

우건이 발출한 생역광음은 여자의 겨드랑이사이를 지나 그 뒤에 있던 사내의 왼쪽 옆구리에 기다란 검상을 만들어 내었다.

"크윽."

신음을 토한 사내가 잡고 있던 여자를 우건 쪽으로 밀었다.

우건은 왼손으로 여자를 받으며 2층 창문 쪽으로 몸을 날리는 사내의 등에 재차 생역광음을 펼치려 했다. 한데 그 때였다.

우건에게 안긴 여자가 갑자기 비명을 질러댔다.

"드, 등에 폭탄이 있어요!"

우건은 급히 여자의 등을 확인했다.

여자의 말대로 다이너마이트 다발이 여자의 등에 매달려 있었다.

우건의 시선이 다이너마이트 다발 밑으로 향했다.

작은 액정화면에 붉은색 디지털 숫자가 깜빡거렸다.

그 순간, 5초를 의미하던 숫자가 4초로 바뀌었다.

4초 후에는 다이너마이트가 터진다는 뜻이었다.

그때, 여자가 가느다란 두 팔로 우건의 팔을 단단히 옭아맸다.

여자가 나쁜 의도로 그러는 것은 아니었다.

그저 두려운 마음에 본능적으로 옆에 있는 우건에게 의지한 것일 따름이었다. 쓴웃음을 지은 우건은 청성검을 그대로 여자의 등에 내리쳤다. 일검단해였다. 지금까지 수만 번의 일검단해를 펼쳤지만 이번처럼 집중해 펼친 적은 없었다.

집중해 펼친 일검단헤의 위력은 놀라울 정도였다.

여자의 옷에 단단히 부착되어 있던 다이너마이트 폭탄이 옷과 함께 잘려 바닥으로 떨어졌다. 작은 충격에도 폭발하는 다이너마이트의 특성을 봤을 때 놀라운 신위가 아닐 수 없었다. 그리고 더 놀라운 점은 그러는 사이에 여자의 등에는 상처는커녕 긁힌 자국조차 전혀 남지 않았다는 점이었다.

다이너마이트 폭탄을 떼어 낸 우건은 여자를 왼손으로 안으며 2층 창문으로 몸을 날렸다. 그리고 그와 동시에 폭탄이 터졌다. 빛과 뜨거운 열기, 귀청을 찢는 소음, 그리고 매캐한 화약 냄새가 저택 2층을 중심으로 퍼져 나가기 시작했다.

콰콰콰쾅!

저택의 창문이 모두 박살난 듯 유리파편이 눈처럼 허공에 흩날렸다. 시뻘건 혀를 날름거리는 불길은 마치 이 순간만을 기다렸다는 듯 거대한 2층 저택을 단숨에 휘감아 버렸다.

그때였다.

콰콰쾅!

생각지 못한 2차 폭발이 갑자기 일어났다.

2차 폭발은 1차 폭발보다 강도는 약했지만 미치는 범위는 훨씬 커서 저택을 완전히 박살낸 후에 정원과 별채까지 태우기 시작했다. 심지어는 담장 위까지 불꽃이 혀를 날름거렸다.


❖ ❖ ❖


우건은 시약산 정상에 있는 나무에 올라가 저택이 불구덩이로 변하는 모습을 지켜보았다. 태울 것은 다 태운 듯 얼마 지나지 않아 사방으로 붉은 혀를 날름거리던 불길이 잦아들기 시작했다. 불길이 잦아드는 순간, 시약산 북쪽을 덮을 규모의 검은 연기가 먹구름처럼 일어나 하늘로 치솟았다.

마치 엄청난 위력의 포탄이 떨어진 듯했다.

우건은 저택을 빠져나올 때의 광경을 떠올려 보았다.

여인의 등에 붙어 있던 다이너마이트 폭탄을 잘라 낸 우건은 그녀를 안은 상태에서 2층 창문으로 몸을 날렸다. 그리고 그와 동시에 다이너마이트 폭탄이 폭발해 그 충격이 덮쳐 왔다.

우건은 호신강기로 자신과 여인을 보호하며 일보능천을 펼쳐 저택을 빠져나왔다. 만약, 다이너마이트를 잘라 내지 못했으면 우건은 몰라도 여인은 지금쯤 산산조각이 났을 것이다.

우건은 소방차가 내는 사이렌 소리를 들으며 밑으로 내려왔다.

우건이 올라간 나무 밑에는 그가 방금 전에 폭발 속에서 구해 낸 여인이 정신이 나간 사람처럼 멍한 얼굴로 앉아 있었다.

우건은 근처 시내에서 물을 떠와 여인에게 건넸다.

"찬물을 마시면 정신이 좀 들 거요."

여인은 사시나무처럼 떨리는 손으로 우건이 건넨 물그릇을 받아 허겁지겁 물을 마셨다. 물그릇을 잡은 손이 덜덜 떨리는 통에 반은 입 옆으로 흘러내렸지만 어쨌든 물을 마신 후에는 정신이 돌아온 듯 눈빛이 전보다 한결 맑아져 있었다.

우건은 기파를 퍼트려 주변을 살폈다.

다행히 그들 두 사람 외에 다른 인기척은 느껴지지 않았다.

안전을 확인한 우건이 여인에게 물었다.

"이름이 뭐요?"

흠칫한 여인이 우건을 응시하다가 한숨을 내쉬며 대답했다.

"연정(戀情)이에요. 주연정(朱戀情)."

"당신을 죽이려 한 사내와는 어떤 관계요?"

질문을 받은 주연정은 상처 입은 짐승처럼 몸을 잔뜩 움츠렸다. 그들에 대한 정보를 우건에게 알려 주었다가 나중에 그 사실이 들통 나 해코지당하는 상황을 두려워하는 듯했다.

우건은 한숨 쉬며 물었다.

"조용히 지낼 만한 장소가 있소?"

주연정은 말없이 고개를 끄덕였다.

우건은 바로 말을 이어갔다.

"그럼 그곳에서 한 달 정도 지내다가 돌아오면 모든 일이 말끔히 정리되어 있을 거요. 소저를 괴롭힐 사람이 없을 거란 말이오. 내 말 이해했으면 내가 묻는 말에 대답해 주시오."

주연정은 복면을 쓴 우건의 얼굴을 한동안 응시하며 물었다.

"저, 정말인가요?"

"나는 이런 일로는 거짓말해 본 적이 없소."

잠시 고민하던 주연정은 결국 그녀가 아는 사실을 털어놓았다.

"저, 저는 전에 해운대에 있는 룸살롱에서 접대부로 일했어요. 어느 날, 그 남자가 룸살롱에 들렀는데 옆에서 술시중을 들던 제가 마음에 들었는지 절 그 저택으로 데려갔어요."

"룸살롱을 관리하는 사람들이 막지 않았소?"

긴장이 조금 풀린 듯 주연정이 혀를 차며 대답했다.

"그건 여기 물정을 전혀 모르는 사람이나 할 수 있는 소리예요."

"그렇소?"

주연정이 고개를 끄덕였다.

"그 사내는 범천(梵天) 그룹 간부예요. 룸살롱을 관리하는 조직은 아마 그 사내 앞에서 숨조차 제대로 쉬지 못할 거예요."

"범천 그룹이 뭐요?"

주연정의 설명에 따르면 범천 그룹은 30년 전, 부산에 처음 생긴 범천파(梵天派)를 모태로 하는 조직이었다. 부산은 예로부터 일본과 가까워 매춘, 마약, 부두의 하역 관리와 같은 이권을 놓고 여러 토착 조직이 치열하게 경쟁하는 체재였다.

한데 범천파는 불과 하루 만에 부산에 존재하는 대여섯

개의 폭력조직을 자기 발 앞에 무릎 꿇리는 수완을 보여 주었다.

그 후에는 탄탄대로였다. 불법적으로 모은 재산을 건설, 유통과 같은 합법적인 사업에 투자해 30년이 지난 지금은 부산에서 범천 그룹의 입김이 닿지 않은 분야가 없을 지경이었다.

심지어는 시청, 구청, 법원, 검찰, 경찰에 자기 사람을 심거나, 공무원에게 뇌물을 주어 협박하는 식으로 공권력을 장악해 범천 그룹에 피해를 입은 자들은 신고할 엄두를 내지 못했다. 지금은 신고를 받은 경찰이 범천 그룹에 먼저 연락해 신고자의 신상을 넘기는 지경에까지 이르러 있었다.

물론, 범천 그룹은 신고한 사람을 그냥 두지 않았다. 대부분은 드럼통에 시멘트와 함께 묻어 깊은 바다에 수장시켰는데, 가끔 그들에게 대항하면 어찌 된다는 것을 보여 줄 필요가 있을 때면 끔찍한 방법으로 살해한 후 번화가에 방치했다.

우건이 다시 물었다.

"사내의 정체는 아시오?"

"그들끼리 부르는 호칭을 지나가다가 들은 적이 있었는데 사안랑유세건(蛇眼郞劉世建)이라는 이상한 이름으로 불렀어요."

"아마 사안랑은 별호일 거요. 유세건이 진짜 이름이고."

주연정이 이해가 안 된다는 듯 눈을 깜박거리며 물었다.

"별호요?"

"무인에게 붙는 별명과 같은 거요. 사안랑은 그자의 눈빛과 성격이 뱀을 닮았기 때문에 사람들이 붙여 준 별호일 거요."

우건은 주연정에게 질문을 몇 개 더 했지만 그녀는 아는 게 없었다. 나머지는 유세건이 그녀를 성적으로 어떻게 학대했는지에 관한 내용이어서 우건은 별로 알고 싶지 않았다.

우건은 주연정에게 마지막으로 물었다.

"어제 저택에 누군가가 쳐들어오지 않았소?"

"맞아요. 한 명은 죽고 두 명은 도망쳤어요. 유세건은 그 일로 잔뜩 화가 나서 임무에 실패한 부하들을 밤새 고문했어요."

"유세건이 죽은 사람의 시신을 어떻게 했는지 아시오?"

"별채 마당에 소각로가 있는데 그 소각로에 가져가 태웠어요."

주연정의 대답은 우건의 예상과 일치하는 면이 있었다.

유세건을 직접 대면하기 전까지는 확신하지 못했지만 대면한 후에는 홍대곤의 시신이 온전하지 않을 거라 예상했다.

그가 본 유세건은 적의 시신을 매장하는 아량을 베풀 만
한 그릇이 아니었다. 어쨌든 이리하여 홍대곤의 시신을 수
습하는 일은 실패로 돌아갔다. 우건은 주연정에게 몇 가지
주의를 준 다음, 산 남쪽으로 내려가게 했다. 산 북쪽은 소
방차와 경찰차, 그리고 구경나온 사람들로 가득해 다른 사
람의 이목에 띄기 쉬웠다. 그녀는 산을 내려가기 전에 우건
에게 구해줘서 고맙다고 정식으로 인사했다. 그리고 인사
를 마친 후에는 새벽 공기가 아직 쌀쌀한 숲 속을 조심조심
내려갔다.

주연정과 헤어진 우건은 영도의 모텔로 돌아갔다.

원공후가 혼자 돌아온 우건의 모습을 보며 물었다.

"대곤이의 시신은 수습하지 못하신 겁니까?"

우건은 밤사이 있었던 일을 원공후 등에게 상세히 설명
했다.

홍대곤은 생전에 쾌영문도였다.

그들은 그 문제를 자세히 알 자격이 있었다.

설명을 들은 원공후가 혀를 끌끌 찼다.

"괘념지 마십시오. 놈의 운이 그런 걸 어쩌겠습니까."

말로는 운이 다해 그런 거라며 대수롭지 않게 넘겼지만
표정은 전혀 그렇지 않았다. 표정은 제자의 시신조차 제대
로 거두지 못했다는 죄책감과 제자를 죽인 적에 대한 복수
심으로 인해 잔뜩 일그러져 있었다. 원공후가 느끼는 복잡

한 감정은 사제를 잃은 김동, 김철 역시 별반 다르지 않을 것이다.

감정을 삭일 시간을 충분히 준 우건이 물었다.

"알아보러 간 일은 성과가 있었소?"

우건이 홍대곤의 시신을 되찾아 오기 위해 적진에 단독으로 뛰어드는 사이, 원공후는 제자들과 함께 임재민의 고모와 사촌 동생이 갑자기 동반자살 한 이유를 조사하기로 했었다.

원공후가 바로 대답했다.

"방금 전에 주공께서 말씀하신 범친 그룹이 이번 사건의 배후에 있는 게 틀림없어 보입니다. 이번에 저희들이 한 조사에서도 범천 그룹과 관련된 이름들이 대거 쏟아져 나왔습니다."

"그랬소?"

"예, 그 사건을 담당한 의사와 형사 등을 족쳐 봤더니 범천 그룹 회장 성만식(成滿飾)의 손자 성태훈(成太訓)이란 이름이 튀어나왔습니다. 성태훈이란 놈은 이제 막 고등학교를 졸업해 대가리에 피도 안 마른 어린놈의 새끼인데 지 할애비 빽을 믿고 부산 바닥에서 못된 짓이란 못된 짓은 다 하고 돌아다니는 양아치인 모양입니다. 한데 이 성태훈이란 양아치가 길을 가다가 우연히 마주친 재민이의 사촌 동생에게 반해 치근덕거리기 시작한 게 문제의 시발점이었습니다."

원공후에 따르면 임재민의 사촌 동생은 성태훈의 협박에 가까운 데이트 요청을 거절했다. 이에 앙심을 품은 성태훈은 평소 친하게 지내던 패거리와 함께 임재민의 조카를 납치해 윤간했다. 심지어 윤간하는 장면을 촬영해 이를 협박 용도로 사용했다. 경찰에 신고하면 영상을 공개하겠단 것이었다.

한데 임재민의 사촌 동생은 어머니와 상의한 후에 경찰에 신고했다. 그러나 범천 그룹의 뇌물을 받은 경찰은 수사를 대충한 다음, 혐의가 없다며 검찰에 송치(送致)하지 않았다.

임재민의 사촌 동생이 경찰에 신고했다는 점에 또 앙심을 품은 성태훈은 촬영한 영상을 인터넷 웹사이트에 공개했다.

이에 절망한 조카는 며칠 후에 어머니와 함께 음독자살을 했다.

원공후가 분노를 숨기지 못하는 임재민을 힐끗 보며 덧붙였다.

"고모와 사촌 동생을 잘 아는 재민이의 말에 따르면 고모와 사촌 동생은 스스로 목숨을 끊을 성격이 절대 아니라 합니다."

우건은 원공후의 말에 동의하지 않았다. 가족이라고 해도 서로를 속속들이 알지 못하는 법이었다. 설령 그게 부모와

자식, 자식과 부모의 관계라도 마찬가지였다. 이러한 이유로 고모와 사촌 동생이 스스로 목숨을 끊을 성격이 아니라는 임재민의 의견은 단지 참고 사항 중에 하나일 뿐이었다.

그러나 지금까지 드러난 정황만 보면 임재민의 의견이 전혀 틀렸다고는 할 수 없을 듯했다. 범천 그룹이 그동안해 온 짓을 보면, 모녀에게 강제로 독약을 먹인 다음 마치 동반자살한 것처럼 꾸며놓았다고 해도 하등 이상할 게 없는 상황이었다. 아니, 그들은 그보다 더한 짓도 충분히 가능했다.

원공후가 우건의 눈치를 살피며 물었다.

"놈들을 이대로 둬선 안 될 것 같은데 어떻게 생각하십니까?"

"죄를 지었으면 벌을 받는 게 순리일 것이오. 그러나 범천 그룹 오너 일가를 바로 칠 수는 없소. 놈들은 이미 도망친 유세건을 통해 나에 대한 정보를 얻었을 것이오. 그리고 쾌영문주가 그들을 수소문하고 다닌다는 정보 역시 그들의 귀에 들어갔을 테니까 어느 정도 준비가 되어 있을 것이오."

우건은 그가 세운 계획을 쾌영문도에게 알려 주었다. 우건이 세운 계획에 의문을 제기하는 사람이 없었기에 그날 저녁, 일행은 두 패로 갈리어 구상한 작전을 바로 실행에 옮겼다.

낮에 렌트한 차를 고급주택이 모여 있는 주택가 어귀에 세운 김동은 애용하는 노트북을 꺼내 자판을 두드리기 시작했다.

조수석에 앉은 우건은 김동의 행동을 지켜보며 물었다.

"기록이 남아 있나?"

김동은 손가락을 열심히 놀리며 대답했다.

"수사를 마친 형사들이 하드디스크에 남아 있는 기록을 지우기 위해 애쓴 흔적은 있지만, 사실 컴퓨터 자료라는 게 지운다고 해서 다 지워지는 게 아니라서요. 요즘은 원체 복원기술이 발달한 탓에 어떤 자료를 완전히 폐기해야 할 때는 저장장치를 태우는 것이 가장 좋습니다. 무한 덮어쓰기와 디가우징으로는 자료를 완벽하게 삭제하기가 불가능하니까요."

김동의 말을 다 이해하지는 못했지만 무슨 뜻인지는 알았다. 컴퓨터에 있는 자료를 없애야 할 때는 컴퓨터 자체를 완전히 없애 버리는 것이 가장 효과적인 방법이란 뜻인 듯했다.

임재민의 사촌 동생 사건을 수사한 경찰서의 기록을 해킹한 김동은 오래지 않아 주소 하나를 모니터에 띄우는 데 성공했다.

원공후는 임재민의 사촌 동생 사건을 수소문하며 이름 두 개를 알아냈다. 범천 그룹 회장 성만식의 손자 성태훈과 남부병원(南部病院) 원장의 둘째 아들이었다. 남부병원 원장이 사는 동네를 찾아낸 우건과 김동은 그 동네 어귀에 차를 세운 다음, 필요한 정보를 알아내기 위해 애쓰는 중이었다.

김동이 큰 짐을 덜었다는 듯 안도의 숨을 내쉬었다.

"그 병원장의 둘째 아들 이름은 남영훈(南英勳)입니다."

우건은 어둠에 잠긴 고급 주택가를 응시하며 물었다.

"주소는?"

"아버지 남재철(南財哲)의 집 주소와 일치합니다."

김동에게 남재철의 주소를 받은 우건은 차에서 내려 어둠 속으로 걸어갔다. 얼마 지나지 않아 블록 하나를 통째로 차지한 듯 보이는 거대한 저택이 나타났다. 우건은 정문에 있는 명패를 확인했다. 맨 위에 남재철의 이름이 있었다.

복면을 덮어쓴 우건은 지체 없이 몸을 날려 저택의 담을 넘었다. 깔끔하게 손질한 정원이 보였다. 그리고 정원 사이에 저택 현관으로 이어지는 진입로가 있었다. 우건은 진입로 근처에 위치한 정원수 밑에 들어가 기척을 잠시 감췄다.

잠시 후, 독일산 경비견을 앞세운 이동 순찰대원 두 명이 나타나 커다란 플래시로 주위를 비추며 진입로를 수색했다. 예리한 시선으로 주변을 수색하던 순찰대원 두 명의 눈에서 안광이 번쩍였다. 둘 다 무공을 익힌 무인이란 뜻이었다.

정원수가 만든 그림자 속에 숨어 있던 우건은 그들이 근처에 다다랐을 즈음, 무음무영지를 연속 세 번 날려 기습했다.

무음무영지에 맞는 순간, 잠시 멈칫한 순찰대원 두 명은 고목이 쓰러지듯 천천히 넘어갔다. 그들의 이마에는 구멍이 뚫려 있었다. 우건은 순찰대원이 쓰러지는 소리가 나는 것을 막기 위해 격공섭물로 그들의 시신을 천천히 내려놓았다.

그러나 순찰대원과 함께 있던 독일산 경비견은 혈도만 점해 시간이 지나면 정신이 들게 만들어 주었다. 주인을 잘못 만났을 뿐, 임무에 충실한 경비견에게는 죄가 없는 것이다.

이동하며 순찰하는 대원 두 명을 제거한 우건은 현관으로 옮겨갔다. 현관 앞에는 무공을 익힌 경비원 두 명이 허리춤에 칼을 찬 모습으로 경비 중이었다. 일월보로 신형을 감춘 우건은 최대한 가까이 접근한 다음에 무음무영지를 쏘았다.

이번 역시 소리가 나지 않도록 격공섭물로 경비원의 시신을 끌어당겨 사람들의 눈에 잘 띄지 않는 장소에 놓아두었다.

경비원을 모두 제거한 우건은 김동이 준 만능열쇠로 현관문을 열었다. 그러나 바로 들어가지는 않았다. 저택 안에 경비원이 또 있을지 몰라 먼저 기파를 퍼트렸다. 우건을 중심으로 파도처럼 퍼져나간 기파가 저택에 있는 사람의 숫자와 위치를 계속 알려 주었다. 총 세 명이 깊은 잠에 빠져 있었다. 우건은 그중 혼자 자는 사람을 찾아 위로 몸을 날렸다.

그는 2층 왼쪽 방에 있었다. 문 앞에 도착한 우건은 잠기지 않은 문을 슬쩍 열어 안을 확인한 다음, 안으로 들어갔다.

침대 위에 20대 초반으로 보이는 청년이 코를 낮게 골며 잠에 빠져 있었다. 그 청년이 바로 우건이 찾던 남영훈이었다.

침대 옆에 선 우건은 남영훈의 코를 잡아 비틀었다.

두둑!

코뼈가 부러지는 소리가 천둥소리처럼 크게 울렸다.

극심한 고통에 잠이 깬 남영훈은 복면을 쓴 사내가 코앞에 서 있는 모습을 보더니 소스라치게 놀랐다. 그리고 그 순간, 같이 찾아온 엄청난 고통에 목이 터져라 비명을 질러 댔다.

우건은 비명을 지르는 남영훈의 귀에 속삭였다.

"나는 네가 윤간해 죽인 여자의 복수를 위해 온 사람이다."

속삭임을 들은 남영훈은 벼락을 맞은 사람처럼 몸을 부들부들 떨었다. 비명은 어느새 그쳐 있었다. 그러나 통증이 멎어서 그런 것은 아니었다. 두려움이 통증을 먹어 치운 상태였다.

남영훈은 사시나무처럼 몸을 떨었다. 우건은 침대 속에서 풍기는 지독한 지린내에 미간을 찌푸리며 이불을 슬쩍 걷었다.

오줌을 싼 듯 침대 시트가 젖어 있었다.

그때였다.

비명을 들은 남재철 부부가 2층으로 올라오는 소리가 들렸다.

"쳇, 들켰군."

우건은 창가로 걸어가 창문을 열었다.

그러나 바로 도망치지는 않았다.

여전히 사시나무처럼 몸을 떠는 남영훈에게 경고를 해 두었다.

"이게 끝이 아님을 네가 더 잘 알 것이다."

경고한 우건은 열어 놓은 창문을 통해 밖으로 몸을 날렸다. 우건이 몸을 날림과 동시에 방문이 열리며 남재철 부부가 뛰어들어 왔다. 남재철이 무슨 일이냐며 급히 물었을 때, 남영훈은 덜덜 떨리는 손으로 활짝 열린 창문을 가리켰다.

남재철이 급히 달려가 창문 밖을 내다보았다.

그러나 어둠 속에 잠긴 정원만 내려다보일 뿐, 수상한 그림자는 보이지 않았다. 남재철은 그제야 집을 지키는 경비원이 보이지 않는다는 사실을 깨달은 듯 몸을 한차례 떨었다.

남영훈의 비명 소리가 워낙 커서 듣지 못할 리 없었다. 한데 집을 지키는 경비원 네 명이 전부 모습을 드러내지 않았다.

그 말은 그들이 침입자에게 당했다는 뜻이었다.

남재철이 아들을 달래던 부인에게 버럭 소리를 질렀다.

"빨리 범천 그룹에 연락해!"

"아, 알았어요."

부인은 전화기가 있는 거실로 허둥지둥 내려갔다.

한편, 남재철의 집에서 소동을 일으킨 우건은 김동이 기다리는 차에 돌아가 상황이 바뀌길 기다렸다. 남영훈의 비명 소리를 들은 근처 주민들이 하나둘 집의 불을 켜기 시작했다. 또, 경비견으로 기르는 개들은 동네가 떠나가라 짖어 댔다.

김동이 조심스레 물었다.

"그들이 예상처럼 움직여 줄까요?"

"곧 알 수 있겠지."

김동이 차창 밖으로 시선을 주며 권했다.

"제가 감시하겠습니다. 주공께서는 눈을 좀 붙이십시오."

"고맙군."

우건은 김동의 권유대로 잠시 휴식을 취했다. 다행히 오래 기다릴 필요가 없었다. 진청색 밴 두 대가 남재철의 저택 정문 앞에 나타난 것이다. 뒤이어 진청색 밴에서 내린 정장 차림의 사내 대여섯 명이 열려 있는 정문 안으로 뛰어 들어 갔다. 몸놀림을 봐서는 그들 역시 무공을 익힌 무인이었다.

마른 입술에 침을 바른 김동이 떨리는 목소리로 입을 열었다.

"놈들이군요."

사내들은 3, 4분 후에 다시 모습을 드러냈는데 들어갈 때와 다르게 두툼한 가죽 부대 몇 개를 어깨에 짊어진 상태였다. 우건이 제거한 경비원의 시신을 담은 가죽 부대인 듯했다.

뒤이어 겁에 질린 남영훈이 사내들의 호위를 받으며 모습을 드러냈다. 남영훈은 습관적으로 주위를 둘러보다가 사내들이 미리 열어 놓은 차문을 통해 밴 안으로 몸을 밀어 넣었다.

범천 그룹 조직원의 행동을 지켜보던 김동이 차에 시동을 걸었다. 그들이 렌트한 차는 4륜 구동이어서, 시동을 거는 순간 묵직한 진동이 차체를 흔들다가 천천히 안정을 찾았다.

남영훈을 밴에 태운 범천 그룹 조직원들은 이내 차를 돌려 동네를 빠져나왔다. 핸들을 잡은 김동은 그들이 눈치 채지 못하도록 조심하며 큰길로 들어서는 밴의 뒤에 따라붙었다.

남영훈을 실은 밴은 번화가의 도로를 달리다가 다시 좁은 골목을 통해 민가가 밀집해 있는 작은 동네 안으로 들어갔다.

잠시 후, 그들의 밴이 낡은 2층 건물 앞에 정차했다.

우건은 조수석에 앉아 범천 그룹 조직원이 하는 행동을 관찰했다. 잠시 후, 안전을 확인한 조직원들이 남영훈을 호위해 건물 안으로 들어갔다. 우건은 선령안으로 건물을 살폈다.

낡은 외관과는 달리, 속은 철근에 콘크리트를 부어 만든 튼튼한 건물이었다. 그리고 얼마 없는 창문을 두꺼운 암막으로 모두 가려 놓아 밖에서는 건물 안을 염탐할 방법이 없었다. 범천 그룹이 이런 일을 처리하기 위해 만든 안가인 듯했다.

우건은 차분하게 기다렸다.

목표는 남영훈 하나가 아니었다.

다행이 이번 역시 오래 기다릴 필요가 없었다.

서쪽과 남쪽 진입로에서 같은 브랜드의 밴 네 대가 1, 2분 간격으로 나타났다. 그리고 남영훈 때와 마찬가지로 범천 그룹 조직원 10여 명이 밴에서 내린 20대 청년 세 명을 호위해 건물 안으로 들어갔다. 우건은 다시 차분하게 기다렸다.

그러나 이번에는 기다림이 만족할 만한 성과를 만들지 못했다.

가장 중요한 주빈(主賓), 즉 성태훈이 오지 않은 것이다.

하지만 우건은 실망하지 않았다.

오늘은 주빈이 오지 않을 확률이 높았다.

우건은 고개를 돌려 운전석을 바라보았다. 김동이 무릎에 올려놓은 키보드의 자판을 누르며 무언가를 찾는 중이었다.

"올 사람은 다 온 건가?"

김동이 노트북 화면에서 시선을 떼며 대답했다.

"예상하신 대로 성태훈을 제외한 나머지 놈들은 다 온 듯합니다."

김동의 대답을 들은 우건은 고개를 끄덕이며 차문을 열었다. 바닷가 특유의 진득한 공기가 차 안으로 훅 밀려들어왔다.

주위를 둘러본 우건은 차 밖으로 나오며 김동에게 지시했다.

"한자리에 오래 머무르면 근처 주민에게 의심을 살지 모르네. 오는 도중에 잠시 지나쳤던 주유소 근처 주차장에 가 있게."

"알겠습니다."

대꾸한 김동은 렌트한 차를 돌려 큰길로 향했다.

김동이 떠나는 모습을 본 우건은 준비한 장비를 착용했다. 대단한 장비는 아니었다. 얼굴을 가려 주는 검은색 복면과 김동과 연락이 가능한 이어셋이 전부였다. 장비를 모두 착용한 우건은 선령안으로 건물까지 가는 길을 살폈다. 슈퍼와 원룸 빌라, 그리고 전신주 위에 감시 카메라가 달려 있었다.

우건은 카메라를 피해 가며 건물에 접근했다.

건물로 올라가는 계단 앞에 범천 그룹 조직원이 두 명 있었다.

한 명은 상급자인 듯했다. 계단에 앉아 담배를 피우며 뭐라 떠드는 중이었다. 그리고 다른 한 명은 상급자의 질문에 대답하거나, 고개를 끄덕였다. 우건은 일월보로 가까이 접근한 다음, 무음무영지를 날려 두 명의 사혈을 점혈했다.

그들이 쓰러지는 순간, 재빨리 계단을 올라가 정문 문고리를 돌렸다. 문은 닫혀 있었다. 우건은 지체 없이 파금장을 발출해 특수 제작한 철문을 경첩과 함께 통째로 뜯어내 버렸다.

문을 부수며 안으로 뛰어든 우건은 건물 1층을 쓱 둘러보았다.

조직원 10여 명이 1층 가운데 위치한 철제 테이블 주위에 모여 있었다. 우건은 바로 몸을 날리며 청성검을 찔러갔다.

"적이다!"

"어떻게든 막아!"

"놈이 절대 2층으로 올라가지 못하게 해야 한다!"

조직원들이 고함을 지르며 수중의 무기를 뽑았다.

그러나 우건의 청성검이 그들의 반응보다 한발 빨랐다.

우건이 찌른 청성검이 허공을 가를 때마다 핏방울이 튀었다.

생역광음을 찔러 가는 순간, 맨 앞에서 달려들던 적 두 명이 초식을 펼치던 자세 그대로 붕 떠올라 뒤로 날아갔다. 우건은 섬영보로 물러섰다. 우건이 있던 자리에 조직원이 휘두른 칼이 시커먼 도광을 남기며 지나갔다. 우건은 허리를 비틀었다가 펴며 청성검을 비스듬히 휘둘렀다. 그 즉시, 부챗살처럼 뻗어 간 검광이 조직원 세 명의 육신을 갈가리 찢었다.

천지검의 절초 선도선무의 가공할 위력이었다.

그때였다.

우건의 퇴로를 막은 조직원 두 명이 양쪽에서 협공을 해

왔다.

우건은 돌아섬과 동시에 일검단해를 펼쳤다.

카앙!

3미터에 달하는 새파란 검광이 조직원의 몸과 무기를 한꺼번에 갈랐다. 그들의 몸에서 흐른 피가 폭우처럼 쏟아졌다.

우건은 비응보로 몸을 날린 다음, 공중에서 비룡번신으로 몸을 뒤집어 천장을 걷어찼다. 그리고는 천장을 걷어찬 반동을 이용해 지상으로 몸을 날리며 유성추월을 전개했다.

파파파팟!

유성추월은 정말 유성이 떨어지는 듯했다.

새파란 검광이 바닥에 박힐 때마다 적의 팔다리가 허공으로 떠올랐다. 바닥에 내려선 우건은 몸을 한 바퀴 돌리며 생역광음을 여섯 번 연속 찔러 갔다. 출수 속도가 엄청나게 빠른 탓에 우건이 마치 여섯 명으로 늘어난 듯한 모습이었다.

우건을 에워싼 적 여섯 명이 미간에 구멍이 뚫려 즉사했다.

불과 1분 만에 1층에 있던 조직원을 전부 제압한 우건은 몸을 날려 2층으로 올라갔다. 2층 입구에 인기척이 있었다.

우건은 2층 입구에 파금장을 발출했다.

콰콰쾅!

입구가 통째로 무너지며 조직원 두 명의 신형이 드러났다. 우건은 무음무영지를 연속 날려 그들의 사혈을 재빨리 짚었다.

털썩!

힘없이 쓰러지는 조직원의 시체를 지나 2층 안으로 들어갔다. 2층 소파에 앉아 있던 청년 네 명이 멍한 얼굴로 우건을 바라보았다. 마치 지금 상황이 믿기지 않는다는 듯했다.

우건을 본 청년 하나가 창문이 있는 곳으로 달려갔다.

우건은 금선지를 날려 청년의 마혈(麻穴)을 제압했다. 그리고는 천천히 걸어가 엎어진 상태로 쓰러진 청년을 뒤집었다.

청년은 우건의 시선을 피하기 위해 고개를 돌리려 했지만 마혈이 제압당해 그럴 수 없었다. 청년은 우건이 쏟아내는 지독한 살기와 강력한 기파에 숨이 거의 넘어갈 지경이었다.

우건은 청년을 내려다보다 담담히 중얼거렸다.

"나를 기억하나 보군."

청년은 입술을 몇 번 달싹였다. 그러나 두려움에 질린 청년의 입에서는 의미 없는 신음과 흐느낌이 흘러나올 뿐이었다.

청년은 바로 남영훈이었다.

그때였다.

소파에 앉아 있던 청년 세 명이 1층으로 도망치기 시작했다.

우건은 금선지를 날려 그들의 마혈을 제압해 버렸다.

## 5장. 철저한 응징

　우건은 마혈을 제압한 청년 네 명을 소파 뒤에 나란히 앉혀 놓았다. 그리고는 창가에 걸어가 창문을 막은 암막을 걷었다.

　어둠이 내려앉은 밖은 아직 조용했다.

　우건은 창문 구조를 살펴보았다.

　창문은 처음부터 열 수 없는 구조로 만들어져 있었다. 창문 사이에 굵은 쇠창살 다섯 개가 촘촘히 박혀 있어 축골공(縮骨功)을 극성으로 익힌 고수가 아니면 빠져나갈 수단이 없었다.

　우건은 소파로 돌아와 제압한 청년들을 살펴보았다.

네 명 중에 이름과 신분이 정확히 드러난 자는 남영훈이 유일했다. 남영훈은 부산에서 세 손가락 안에 들어가는 남부병원을 소유한 남재철의 아들이었다. 그리고 남영훈 본인 역시 아버지 남재철이 졸업한 의대에 재학 중인 상태였다.

우건의 시선이 남영훈 옆에 있는 청년에게 향했다.

"너부터 차례대로 이름과 아버지 직업을 말해라."

머리카락을 회색으로 탈색한 청년이 겁을 먹은 얼굴로 물었다.

"도, 돈을 원하시는 건가요? 마, 맞다면 원하는 액수를 말씀해 주세요. 저희 아버지가 은행장이니까 내일 날이 밝는 대로 원하시는 액수를 헌금이나 계좌로 보내드릴 수 있어요."

우건은 간절한 표정을 짓는 청년에게 단호한 목소리로 명했다.

"내 질문에 대답해라."

고개를 푹 숙인 청년이 우물거리며 대답했다.

"이, 이우석(李宇石)입니다."

"아버지 직업은?"

"아, 아버지는 동화은행(東和銀行)의 은행장이십니다."

우건은 돌아서서 이어셋을 통해 김동에게 물었다.

"들었나?"

곧 김동의 목소리가 들려왔다.

─들었습니다. 동화은행은 부산, 경남지역에 뿌리내린 지역은행입니다. 은행장 이규석(李珪石)이 은행 지분을 대부분 소유하고 있어 부산에서 다섯 손가락 안에 드는 부자입니다.

고개를 끄덕인 우건은 세 번째 청년에게 명했다.

"이름과 아버지 직업을 말해라."

세 번째 청년은 꽤 성질이 있어 보이는 인상이었다.

실제로 청년은 눈알을 부라리며 우건에게 소리쳤다.

"당신 우리가 누군지 알고 이러는 거야? 우리 아빠에게 말하면 당신 같은 놈들은 쥐도 새도 모르게 죽여 버릴 수 있어!"

우건은 피가 뚝뚝 떨어지는 청성검을 가볍게 흔들었다.

그 순간, 청년의 왼쪽 귀가 통째로 잘려 바닥에 떨어졌다. 마혈을 제압당해 움직일 수 없을 뿐이지, 감각까지 제압당해 통증을 느끼지 못하는 상태는 아니었다. 청년은 바닥에 떨어진 자기 귀를 바라보며 건물이 떠나가라 비명을 질렀다.

우건은 그 모습을 담담히 지켜봤다.

"다음은 오른쪽 귀다."

"으으……."

청년은 그제야 우건이 평범한 사람이 아님을 깨달은 듯했다.

사실, 청년은 눈치 채는 게 너무 늦었다.

앞서 심문받은 이우석은 그들을 지켜 주기로 약속한 범천 그룹 조직원이 나타나지 않는 순간, 눈앞에 있는 이 복면 사내가 보통 고수가 아님을 직감한 터였다. 이런 사내들은 그들이 가진 배경에 겁먹을 성격이 결코 아니었다. 이를 안 이우석은 어떻게든 돈을 미끼로 환심을 사 보려 했던 것이다.

우건의 기세에 눌린 청년이 눈을 내리깔았다.

"제, 제 이름은 조, 조태원(趙太原)입니다……. 아, 아버진 부, 부산지검(富山地檢) 차장검사(次長檢事)로 계십니다……."

우건은 마지막 청년에게 앞서와 같은 질문을 던졌다.

겁을 먹을 대로 먹은 청년은 떨리는 목소리로 우건의 질문에 순순히 대답했다. 그는 문영교육재단(文英敎育財團) 이사장 문성필(文成弼)의 외동아들 문우진(文于珍)이었다.

이어셋으로 대화를 들은 김동이 설명했다.

-문영교육재단은 부산에서 가장 큰 사학법인입니다. 지방대와 전문대, 그리고 고등학교와 중학교 2개를 소유했습니다.

우건은 그들을 내려다보며 속으로 한숨을 내쉬었다.

이 네 명은 남부러울 게 없는 집안의 상속자였다.

남영훈은 부산에서 가장 유명한 병원 중 하나인 남부

병원의 상속자였다. 또, 이우석은 은행장을 아버지로 둔 덕분에 재산이 부산에서 다섯 손가락 안에 드는 부유한 가문에서 태어났다. 조태원과 문우진 역시 마찬가지였다. 조태원은 아버지가 검찰의 꽃이라는 현직 차장검사였다. 그리고 문우진은 지역 내에 영향력이 엄청나게 큰 사학법인 후계자였다.

우건은 담담한 음성으로 물었다.

"내가 너희들을 왜 찾아왔을 것 같은가?"

네 명은 대답하지 않았다.

아니, 못했다.

그들은 그저 우건의 눈치만 살필 뿐이었다.

우건이 어쩔 수 없이 자문자답(自問自答)해야 했다.

"너희들은 몇 달 전 너희 또래의 여자아이 하나를 윤간했다. 또, 그 장면을 촬영해 여자아이를 협박하는 죄까지 지었다. 너희들이 저지른 파렴치한 짓으로 인해 아무 죄 없는 두 사람이 죽었다. 이제 너희들은 그 대가를 치러야 한다."

남영훈을 제외한 세 명은 그제야 우건이 자신들을 찾아온 이유를 눈치 챈 듯 눈에 띄게 흔들리는 모습을 보여 주었다. 남영훈이 그들에게 자세한 내용을 말해 주지 않은 모양이었다.

당황한 청년들은 울부짖으며 살려 달라 간청했다.

"요, 용서해 주세요!"

"사, 살려 주십시오! 살려 주시면 뭐든지 하겠습니다! 경찰에 자수하라면 하겠습니다! 제, 제발 목숨만은 살려 주십시오!"

"저, 전 유, 윤간하지 않았습니다! 믿어 주세요! 정말입니다! 다, 다른 애들이 그 여자애를 강간할 때, 전 망만 봤습니다!"

"저는 다른 애, 애들이 시켜서 같이 한 것뿐입니다!"

우건은 고개를 저었다.

"내겐 너희들에게 베풀 동정 따윈 없다."

대꾸한 우건은 삼매진화을 끌어올려 2층 여기저기에 불을 붙였다. 소파와 암막이 타오르는 모습을 본 청년들은 전보다 크게 울부짖었지만 우건의 손길은 전혀 느려지지 않았다.

불길과 유독 가스가 건물 2층에 가득차길 기다린 우건은 1층에 내려와 같은 작업을 반복했고, 얼마 지나지 않아 건물 전체가 타오르기 시작했다. 우건은 잠시 귀를 기울여 보았다. 모두 숨이 끊어진 듯 사람의 호흡 소리가 들려오지 않았다.

가스에 질식해 죽든, 불에 타 죽든 편안한 죽음은 아니었다.

우건은 건물 내부를 태우는 불길이 산소를 계속 공급받을 수 있도록 정문을 열어 둔 상태에서 건물을 빠져나왔다.

그런 우건의 뒤로 마치 악을 없애는 데는 불길만 한 게 없다는 듯 시뻘건 화염이 혀를 날름거리며 사악한 미소를 지었다.

그로부터 1분 후, 신법을 펼쳐 현장을 떠난 우건은 약속한 지점에 차를 세워 둔 김동과 합류해 새로 구한 아지트를 찾았다.

새 아지트는 부산 외곽 부둣가에 있었다.

우건과 김동이 아지트에 도착해 잠시 휴식을 취했을 때였다. 한나절 내내 부산 번화가를 돌아다닌 원공후와 김철이 다소 피곤해 보이는 모습으로 새로 구한 아지트에 도착했다.

우건의 허락을 받은 김동이 다른 사람들에게 간밤의 일을 설명했다. 임재민의 사촌 동생을 윤간한 범인 중 범천그룹 후계자 성태훈을 제외한 네 명을 성공리에 제거했다는 내용이었다. 김동이 설명을 마친 후에는 김철이 바통을 이어받았다. 김철은 그와 원공후가 한나절 동안 부산 번화가를 돌아다니며 했던 일을 다른 사람들에게 설명하기 시작했다.

원공후과 김철은 부산 번화가를 돌아다니며 범천 그룹 조직원으로 보이는 자들을 찾아내 그들의 숨통을 끊었다. 그리고 시신은 사람들 눈에 잘 띄는 장소에 유기했다. 예상대로 범천 그룹 조직원이 경찰보다 먼저 현장에 나타나 죽은 동료의 시신을 수습해 돌아갔다. 원공후와 김철은 조직원의 뒤를 추적해 그들이 주로 어디에 모이는지 알아냈다.

김철이 부산 지도를 테이블 위에 펼쳤다.

"이곳과 이곳, 그리고 여기 이곳에 적의 아지트가 있었습니다."

지도를 힐끔 본 우건이 고개를 돌려 원공후를 보았다.

"흔적은 남겼소?"

원공후가 걱정 말라는 듯 자신 있는 표정으로 대꾸했다.

"제가 누굽니까? 한 낚시 하는 원공후 아닙니까? 놈들이 좋아하는 떡밥을 살살 뿌려 놨으니까 곧 찌가 신호를 보낼 겁니다."

원공후 말대로 곧 찌가 신호를 보내기 시작했다. 물고기는 생각보다 조심성이 많아 바늘을 숨기는 데 사용한 맛있는 미끼를 무는 데 시간이 오래 걸리지만 사람은 그렇지 않았다.

사람은 바로 미끼를 덥석 물었다. 더구나 자신들의 실력이나 숫자를 과신할 때는 평소보다 더 과감하게 미끼를 물었다.

기파로 적의 접근을 확인한 우건이 다른 사람들에게 말했다.

"왔소."

우건의 경고를 들은 일행은 미리 정한 위치로 움직였다.

그들이 빌린 아지트에는 정문과 뒷문, 그리고 쪽문이 있었다.

우건은 혼자 정문을 맡았다. 그리고 원공후 역시 혼자 뒷문을 맡았다. 반면, 쪽문은 김동, 김철 두 형제가 같이 맡았다.

우건은 정문 옆에 숨어 귀혼청을 전개했다.

즉시, 아지트를 중심으로 사방 10여 미터 안에서 만들어진 소리가 마치 확성기로 확대한 것처럼 우건의 귀에 들려왔다.

선령안을 펼치지 못할 때는 귀혼청 만한 수법이 없었다. 지고한 경지에 오른 무인이라도 소리를 완벽히 감출 수는 없었다. 숨소리, 발자국 소리, 그리고 옷깃이 스치는 소리는 감출 수 있지만 맥이 뛰는 소리는 숨기지 못했다. 물론, 고수일수록 신체반응을 통제하는 데 뛰어난 능력을 발휘하지만 우건은 맥이 뛰는 소리까지 통제하는 고수를 본 적이 없었다.

보통 사람의 귀에는 잘 들리지 않는 미세한 소음이 귀혼청을 거치는 순간 수십 배로 커져 우건에게 정보를 전해 주었다. 심장이 뛸 때 발생하는 심음(心音)을 비롯해 동맥음(動脈音), 장잡음(腸雜音) 등 인체가 내는 미세한 소리들이 마치 청진기로 진찰할 때처럼 증폭되어 쏟아져 들어왔다.

정문으로 접근하는 적은 모두 일곱 명이었다. 그중 두 명은 일류, 나머지 다섯 명은 이류와 삼류를 오가는 수준이었다.

우건은 정문 손잡이가 돌아가는 모습을 보며 신형을 감췄다.

딸깍!

문손잡이가 끝까지 다 돌아가는 순간, 문이 천천히 열렸다. 뒤이어 열린 문을 통해 적이 차례대로 들어오기 시작했다.

우건이 귀혼청을 통해 파악한 대로 적은 모두 일곱 명이었다. 그들의 생김새나 나이는 모두 제각각이었지만, 짙은 색 정장을 착용했다는 점과 도신이 얇은 도로 무장했다는 점에서는 차이가 그리 크지 않았다. 그들은 기척을 완전히 죽인 상태에서 일월보를 이용해 숨어 있는 우건의 존재를 전혀 눈치 채지 못했다. 우건은 일곱 번째 사내가 문을 완전히 통과하길 기다렸다가 문을 닫으며 모습을 드러냈다.

"뒤다!"

감각이 예민한 적 하나가 돌아서며 외치는 순간, 나머지 여섯 명의 사내가 재빨리 돌아섰다. 그러나 그들이 본 것은 새파란 레이저 같은 것이 자신의 몸을 갈라오는 광경이었다.

"아, 암습을……."

"비, 비겁한……."

왼쪽에 있던 적 두 명이 가장 먼저 검광에 잘려 허리가 끊어졌다. 허리를 베어 죽이는 요참(腰斬)은 현장을 금세 끔찍하게 만들었다. 그들이 쏟아 낸 피와 장기가 철퍼덕

소리를 내며 시멘트를 바른 더러운 맨바닥 위에 후드득 쏟아졌다.

일검단해로 두 명을 암습한 우건은 몸을 한 바퀴 돌리며 곧장 선도선무를 펼쳐 갔다. 오른쪽에 위치한 적 하나가 칼을 휘두르려던 자세 그대로 피투성이가 되어 벽으로 날아갔다.

"너희들은 물러서라!"

"이놈은 우리가 맡겠다!"

그때, 일류를 상회하는 고수 두 명이 양쪽에서 달려들며 날카로운 반격을 해 왔다. 콧수염을 기른 자는 우건의 상단을, 턱에 상처가 있는 자는 하단을 각각 베어 왔다. 협공이 물이 흐르듯 아주 자연스러워 빠져나갈 공간이 보이지 않았다.

빠져나갈 수 없다면 답은 한 가지였다.

바로 정면승부였다.

우건은 조옹조락을 펼쳤다.

청성검의 검봉이 회오리처럼 회전하는 순간, 콧수염을 기른 자의 칼과 턱에 상처가 있는 자의 칼이 궤도를 바꾸어 서로를 찔러 갔다. 그야말로 완벽한 이화접목(移花接木)이었다.

"앗!"

"제길!"

당황한 적이 급히 초식을 거둘 때였다.

우건이 앞으로 달려가며 생역광음을 연속 찔러 갔다.

새파란 섬광이 번쩍하는 순간, 콧수염을 기른 자가 심장에 구멍이 뚫려 쓰러졌다. 그러나 턱에 상처가 있는 자는 그보다 고수인 듯 우건이 펼친 생역광음을 가까스로 피해냈다. 그러나 생역광음으로 인해 자세는 이미 무너진 상태였다. 그리고 자세가 무너진 상태에서는 할 수 있는 게 없었다.

우건은 청성검을 맹렬히 회전시켰다.

파파팟!

수십 개의 검광이 교차하듯 장내를 가르는 순간, 적들이 피를 뿌리며 쓰러졌다. 천지검의 절초 성하만상이 만든 결과였다.

우건은 꿈틀거리며 일어서는 적의 미간에 금선지를 날려 편하게 해주었다. 이미 치명상을 입은 적은 살아날 가능성이 전혀 없어 우건이 그의 고통을 덜어준 것이다. 방금 쓰러진 적을 끝으로 정문에는 더 이상 움직이는 적이 없었다.

우건은 적이 흘린 피가 신발을 적시기 전에 김동, 김철형제가 지키는 쪽문으로 몸을 날렸다. 두 사람은 적 세 명과 대결 중이었는데 지시한 대로 방어에 더 치중하는 중이었다.

체력과 맷집이 강한 김철은 앞에 서서 쾌영산화수와 금계탁오권으로 적이 들어오지 못하게 막았다. 그리고 몸이 날랜 김동은 묵애도법으로 적의 빈틈을 날카롭게 찔러 들어갔다.

묵애도법은 원래 중원 추운산장의 절세도법이었는데 몇 달 전 은태무, 장린의 손을 거쳐 원공후의 손에 들어왔다. 우건의 도움으로 묵애도법을 3성까지 연마한 원공후는 제자들을 불러 전수했는데 제자 중에 김동의 성취가 가장 빨랐다.

적 세 명은 솜씨가 꽤 괜찮았지만 김동, 김철 형제가 펼치는 합공에 애를 먹는 중이었다. 아니, 애를 먹는 선을 넘어 패배하기 일보 직전이었다. 바닥에 그들이 흘린 피가 흥건했다.

우건은 김동과 김철이 적을 마저 처리하게 두었다.

김동, 김철 형제는 명사의 지도를 받아 그동안 실력이 일취월장했다. 그리고 삼형제 모두 부모님에게 훌륭한 근골을 물려받아 입문한 기간에 비해 뛰어난 성취를 보이는 중이었다.

그러나 연습으로 이류 수준에 올라가는 것과 실전에서 이류 수준에 해당하는 실력을 보이는 것은 전혀 다른 문제였다.

우건은 살기가 없는 대련에서는 뛰어난 실력을 보이지만

피를 봐야 하는 실전에서는 형편없는 실력을 자랑하는 자들을 여럿 보아 왔다. 긴장, 불안, 초조, 자신감 하락과 같은 심리적인 요인들이 본 실력이 나오지 못하게 만드는 것이다.

이런 심리적인 요인을 극복하는 방법은 하나였다.

바로 실전을 통해 극복하는 것이었다.

물론, 실전을 치르다가 극복하기 전에 죽어 버리면 허사였다.

발길을 돌린 우건은 뒷문으로 몸을 날려 주위를 둘러보았다.

뒷문은 난장판이었다.

적 세 명이 목이 부러진 상태로 누워 있었다. 그들을 쓰러트린 원공후는 또 다른 적 세 명에게 둘러싸여 대결 중이었다.

적 세 명 중 머리가 반쯤 벗겨진 중년 사내와 매부리코의 중년 사내는 꽤 고수여서 원공후의 애를 먹이는 중이었다.

물론, 100여 합쯤 지나면 원공후가 어렵지 않게 이길 수 있는 실력 차였다. 그러나 우건에게는 시간이 많지 않았다. 이들을 빨리 처리해야 다음 단계로 넘어갈 수가 있었다.

강호무림에는 불문율이 몇 가지 있었다. 무공을 익히지 않은 양민에게는 손을 쓰지 않는다거나, 여자와 대결할 때는 가슴이나 사타구니를 공격하지 않는 등이 이에 해당했다. 그리고 또 한 가지는 고수와 고수끼리 대결할 때는 함부로 끼어들지 않는다는 것이었다. 고수들은 자존심이 세기 때문에 대결에 다른 사람이 끼어드는 일을 치욕으로 여겼다.

우건이 손을 쓰면 원공후 역시 치욕으로 여길 터였다.

이는 우건과 원공후가 맺은 관계에 상관없이 원공후 안에 존재하는 강호무림인으로서의 자존심이 그렇게 시키는 것이다.

우건을 힐끔 본 원공후는 이를 악물었다. 그리고는 쾌영 산화수와 금계탁오권을 거두어들임과 동시에 오른팔 소매를 크게 떨쳤다. 그 즉시, 소매 속에서 새카만 도신 하나가 튀어나와 머리가 반쯤 벗겨진 중년 사내의 허리를 곧장 베어 갔다.

천하십대병기의 한자리를 차지한 묵애도의 재등장이었다. 묵애도를 알아보지 못한 중년 사내는 콧방귀를 뀌더니 수중의 칼로 원공후가 휘두르는 묵애도의 도신을 막아 갔다.

쉭!

칼과 칼이 부딪쳤을 때 나야 하는 소리 대신, 예리한 무언가가 물렁물렁한 무언가를 잘랐을 때 나는 소리가 들려왔다.

머리가 반쯤 벗겨진 중년 사내는 시커먼 단도의 날이 자신의 칼을 두부처럼 자른 상태에서 가슴으로 곧장 날아드는 모습을 보았다. 헉 하며 숨을 들이마신 중년 사내가 고개를 살짝 돌려 동료들을 찾았다. 그러나 동료들이 그를 도와주기에는 거리가 너무 멀었다. 그리고 시간이 너무 촉박했다.

중년 사내는 하는 수 없이 보법을 펼쳐 뒤로 물러서며 호신강기를 끌어올렸다. 그리고는 내력을 잔뜩 실은 왼팔로 원공후의 묵애도를 막으려 했다. 왼팔이 아깝긴 하지만 목숨보다 아깝지는 않았다. 중년 사내는 왼팔을 희생해 목숨을 건질 요량이었다. 도법이야 오른손으로 펼치면 그만이었다.

그러나 중년 사내는 묵애도의 진정한 위력을 눈치 채지 못했다.

중년 사내의 왼팔을 팔꿈치부터 잘라 낸 묵애도는 마치 대륙을 질주하는 명마처럼 속도가 전혀 떨어지지 않은 상태에서 호신강기로 상체를 보호하는 사내의 가슴께를 베어 갔다.

촤르륵!

묵애도가 사내의 가슴을 일자(一子)로 갈랐다.

팟!

갈비뼈가 잘리며 심장과 폐가 거의 반 이상 찢어졌다.

중년 사내는 피 한 방울을 묻지 않은 묵애도의 영롱한 도신을 쳐다보다가 뒤로 천천히 넘어갔다. 이제 적은 둘로 줄었다.

원공후는 묵애도로 묵애도법을 펼쳐 나머지 둘을 압박해 갔다. 묵애도법을 익히기 시작한 지 이제 고작 세 달이었다. 최고 수준의 도법을 수습하기에는 너무나 짧은 시간이었다.

그러나 원공후는 그들보다 훨씬 유리한 위치에 있었다.

적은 그들의 무기로 묵애도를 막을 생각을 감히 하지 못했다. 좀 전에 동료가 묵애도에 된통 당하는 모습을 똑똑히 보았기에 묵애도가 날아오면 메뚜기 떼처럼 사방으로 피했다.

그러나 피한다고 될 일이 아니었다.

원공후는 절정에 이른 분영은둔과 이제 막 초보딱지를 뗀 묵애도법을 적절히 섞어 가며 남은 적 두 명을 몰아붙이다가 대여섯 합 만에 그들의 숨통을 끊어 내는 노련함을 선보였다.

묵애도를 거둔 원공후가 참았던 숨을 길게 내쉬며 질문했다.

"애들 쪽은 어떻습니까?"

우건은 귀혼청을 펼쳤다.

무기 부딪치는 소리가 더 이상 들려오지 않았다.

"지금쯤 끝났을 거요."

우건의 말대로 김동과 김철이 씨근벌떡거리며 나타났다.

김철이 드럼통과 같은 가슴을 앞으로 내밀어 보이며 자랑했다.

"저희 둘이 쪽문으로 온 놈들을 모두 해치웠습니다."

"잘했다."

원공후가 남긴 흔적을 추적해온 적을 몰살시킨 일행은 화골산과 삼매진화로 시체와 싸운 흔적을 깨끗이 없앴다. 그리고는 적이 가진 리모컨키를 회수해 아지트 밖으로 나왔다.

멀리 떨어지지 않은 곳에 리모컨키에 반응하는 차들이 있었다.

리모컨키로 차문을 연 김동이 내비게이터 기록을 조사했다.

"차가 출발한 지점과 사부님께서 낮에 조사한 지점이 일치합니다."

다시 말해 원공후, 김철이 범천 그룹 조직원을 추적해 알아낸 적의 본거지와 이 차들이 출발한 지점이 일치한단 뜻이었다.

"다음 단계로 넘어갑시다."

우건 일행은 적이 타고 온 차에 탑승해 그들이 출발한 지점으로 향했다. 일행은 두 대에 나눠 탔는데 우건과 김동은 하얀색 국산 세단을, 원공후와 김철이 검은색 외제차를 골랐다. 이미 내비게이터로 출발 지점을 확인해 둔 터라, 일행은 시계가 정오를 가리킬 무렵 적의 본거지 중 하나로 추정되는 3층 콘크리트 건물 근처에 무사히 도착할 수 있었다.

일행은 모두 김동이 준비한 이어셋을 착용한 상태였다.

건물을 둘러본 우건은 이어셋을 통해 지시를 내렸다.

-여기를 지키던 자들은 방금 전에 있었던 습격에 대부분 동원되었을 테니까 숫자가 많지 않을 거요. 하지만 백퍼센트 확실한 건 아니니까 끝날 때까지 긴장을 늦추지 마시오.

지시를 마친 우건은 눈짓으로 차를 건물 입구에 대라 명했다.

침을 꿀꺽 삼킨 김동이 하얀색 세단을 건물 입구로 몰아갔다. 그런 세단의 뒤를 김철이 모는 검은색 외제차가 따랐다.

차가 오는 소리를 들은 듯 건물에 있던 범천 그룹 조직원 몇이 밖으로 나왔다. 차 유리를 짙게 선팅한 탓에 안에 탄 사람이 동료인지, 아니면 적인지 알아보기가 쉽지 않았다.

끼익!

김동이 브레이크를 밟는 순간, 우건은 재빨리 차문을 열었다. 그리고는 미리 뽑아 둔 청성검을 칼처럼 옆으로 휘둘렀다.

푸르스름한 검광이 빨랫줄처럼 날아가 건물 앞에 나와 있던 적 네 명을 거의 동시에 갈라 버렸다. 문 가까이 있던 두 명은 무기를 뽑을 틈도 없이 일검단해가 만든 검광에 잘려 쓰러졌다. 그리고 팔이 잘린 적 하나가 비명을 지르는 사이, 네 번째 적은 칼을 뽑아 우건의 어깨 위를 내리쳤다.

새하얀 도광이 섬전처럼 떨어졌다.

솜씨가 제법이었다.

우건은 대해인강으로 막아 낸 다음, 생역광음으로 반격해 갔다.

적은 고개를 뒤로 젖혀 생역광음을 피해 냈다. 놀라운 반사 신경이었다. 비록 얼굴 반이 생역광음이 만들어 낸 검광에 의해 피투성이로 변했지만 목숨을 잃지 않는 데는 성공했다.

물론, 사내의 운은 거기까지였다.

우건은 섬영보로 거리를 좁히며 조옹조락을 전개했다. 시내는 하나 남은 눈을 부릅뜬 상태에서 칼을 미친 듯이 휘두르며 막아 봤지만 조옹조락이 만들어 낸 강력한 흡입력에 몸이 둥실 떠올랐다. 사람은 두 다리로 땅을 단단히 딛고 서 있을 때 가장 안정적이었다. 즉, 두 다리가 공중에 뜬 지금은 아주 취약한 상태라 할 수 있었다. 우건은 선인지광을 연거푸 펼쳐 사내를 뒤로 밀어냈다. 균형을 잃은 사내는 뒤에서 누가 잡아당긴 것처럼 뒤로 날아가 문을 박살냈다.

우건은 박살난 문을 통해 안으로 들어가며 금선지를 날렸다.

캉!

벌떡 일어난 사내가 칼로 금선지를 막았다. 그러나 금선지에 실린 막대한 힘까지는 막아 내지 못했다. 손아귀가 찢어지는 순간, 그의 손을 떠난 소중한 무기가 벽에 깊숙이 박혔다.

우건은 무기를 잃은 사내를 상대로 성하만상을 펼쳤다. 검광이 별무리처럼 허공에 명멸하는 순간, 사내는 갈기갈기 찢겨 날아갔다. 우건은 형태를 거의 잃은 사내의 시신을 잠시 내려다보다가 호흡을 가다듬었다. 뒤이어 뛰어든 원공후와 김동, 김철 세 명이 건물 곳곳을 수색하기 시작했다.

2층을 맡은 김철이 계단참에 내려와 전음을 보냈다.

–2층 옷장에 적이 한 놈 숨어 있습니다.

–도청기를 설치하게.

–설치했습니다.

–그를 발견하지 못한 사람처럼 행동하며 1층으로 내려오게.

김철은 즉시 숨어 있는 적이 들을 수 있게 큰 소리로 외쳤다.

"2층은 비었습니다!"

계단으로 내려온 김철은 혹시 몰라 한 번 더 외쳤다.

"방금 죽은 놈들이 마지막인 것 같습니다!"

우건은 눈짓으로 일행에게 퇴각을 명했다.

일행은 차로 돌아가 기다렸다.

한편, 차 뒷좌석에 탄 김동은 헤드폰을 쓴 상태에서 플

라스틱으로 만든 장비를 조작했다. 그 장비는 김철이 건물 2층에 설치해 둔 도청기가 도청한 내용을 수신하는 리시버였다.

"동생이 도청기를 잘 설치한 것 같습니다."

잠시 후, 헤드셋을 벗은 김동이 손으로 오케이 사인을 보냈다.

계획대로 되었다는 사인이었다.

일행은 차를 숨긴 상태에서 건물을 계속 감시했다.

그로부터 20분쯤 지났을 때였다.

서쪽 진입로에서 밴과 승합차 두 대가 빠른 속도로 달려와 건물 옆에 멈춰 섰다. 그리고 다시 30초쯤 지났을 때, 몸이 날렵해 보이는 적 하나가 승합차 안에서 내리더니 벽호유장공(壁虎遊牆功)을 이용해 건물 벽을 기어 올라갔다. 함정을 신경 쓰는 듯 창문 옆에 거미처럼 달라붙어 건물 안을 염탐하던 사내는 이내 몸을 건물 2층에 밀어 넣었다.

다시 1분쯤 지났을 때였다.

굳게 닫혀 있던 밴과 승합차의 문의 벌컥 열렸다. 그리고는 범천 그룹 조직원 10여 명이 차 밖으로 나와 건물로 뛰어갔다.

정찰을 맡은 사내가 건물 안에 매복이 없다고 보고한 듯했다.

우건은 이어셋으로 일행에게 지시했다.

-시작하시오.

운전석으로 돌아온 김동이 시동을 켜 둔 차의 엑셀을 밟았다.

끼이익!

길이 잘든 세단은 건물 입구를 향해 총알처럼 쏘아져 갔다. 5, 6미터 떨어진 골목에 차를 숨겨 두었던 원공후와 김철 역시 이에 뒤질세라 우건, 김동이 탄 세단의 뒤를 바짝 쫓아왔다.

우건의 차가 건물 정문을 막아 퇴로를 차단하는 사이, 성미 급한 원공후가 먼저 뛰어내려 건물 안으로 뛰어들어 갔다.

"적이다!"

"에잇, 막아!"

"한 놈밖에 안 되니까 당장 포위해서 포를 떠 버려!"

곧 건물 안에서 욕설과 비명, 그리고 무언가가 부딪치는 소음이 끊임없이 들렸다. 사부를 걱정한 김동과 김철은 부서진 문으로 곧장 뛰어들어 갔다. 우건은 차에서 내리며 주변을 둘러보았다. 범천 그룹이 사용하는 이 아지트는 다른 건물과 많이 떨어져 있어 소음이 사람들의 주목을 끌지 못했다.

우건 일행에게는 다행이 아닐 수 없었다.

주변을 살펴본 우건은 뚫려 있는 문으로 천천히 걸음을 옮겼다.

우건이 건물 문지방을 막 넘었을 땐 이미 소음이 점차 줄어드는 중이었다. 그리고 우건이 건물 안으로 완전히 몸을 집어넣었을 때는 이미 소음이 완전히 종적을 감춘 상태였다.

우건은 건물 안을 둘러보았다.

방금 전, 건물 안으로 뛰어든 적들이 바닥에 누워 있었다. 그리고 원공후, 김동, 김철 세 명은 호흡을 가다듬는 중이었다.

김철이 옆구리에 상처를 입었지만 중하지는 않았다. 김동이 소지한 지혈제와 붕대로 동생의 상처를 치료하는 중이있다.

우건 일행은 같은 작업을 반복했다.

건물에 널려 있는 시신을 삼매진화와 화골산으로 없앴다. 그리고는 방금 나타난 자들이 이용한 차에 설치한 내비게이터를 확인했다. 내비게이터의 출발 지점과 원공후, 김철 두 명이 알아낸 범천 그룹 본거지 위치가 동일했다. 일행은 범천 그룹 조직원이 타고 온 차에 올라 두 번째 본거지로 향했다.

두 번째 본거지는 낡은 공장이었다.

두 번째 본거지는 첫 번째보다 쉬워 거의 힘을 들이지 않은 상태에서 점령하는 데 성공했다. 그리고 첫 번째 때와 마찬가지로 한 명을 살려두어 그가 지원을 요청하게 만들었다.

한데 이번에는 같은 작전이 통하지 않았다. 우건 일행이 적 하나를 일부러 살려 두어 그가 지원을 요청하게 만든 다음, 지원 오는 다른 적을 해치운다는 사실을 눈치 챈 모양이었다.

한 차에 옮겨 탄 우건 일행은 작전을 다시 상의했다.

새로 세운 작전은 간단했다.

적이 오지 않는다면 이쪽에서 가는 작전이었다.

범천 그룹 조직원이 사용하는 세 번째 본거지는 부산과 양산(梁山) 사이에 위치한 어느 개인 사유지였다. 작은 언덕을 통째로 사들여 작은 농장으로 개발한 사유지였는데, 본채와 별채를 합쳐 다섯 채의 크고 작은 건물이 지어져 있었다.

본거지 근처에 도착한 김동이 노트북에 위성 지도를 띄웠다.

"담은 여기고 본채는 이 건물 같습니다."

설명을 들은 원공후가 신기하다는 듯 위성 지도를 살펴보았다.

"이런 지도는 어디서 구한 거냐? 해킹했냐?"

김동이 피식 웃었다.

"포털 사이트에 올라와 있는 100퍼센트 합법적인 지도입니다."

"세상 참 좋아졌군. 이런 지도가 버젓이 올라와 있다니."

지도를 통해 습격 방법을 정한 일행은 날이 어두워지길 기다렸다가 행동에 나섰다. 적이 두 번째 본거지에 지원 병력을 보내지 않았다는 말은 세 번째 본거지를 지키는 범천 그룹 조직원의 수가 예상보다 훨씬 많을 수 있다는 뜻이었다.

일행은 작전을 다시 한 번 점검한 후에 쳐들어갔다.

선봉은 우건이 맡았다.

복면을 쓴 우건은 청성검을 뽑아 쥔 다음, 농장 담을 넘었다.

삐이이익!

호각소리가 울리는 순간, 우건을 향해 각종 암기가 쏟아졌다.

우건은 대해인강으로 자신을 향해 날아드는 암기를 피했다. 그리고는 공중에서 몸을 뒤집어 지상으로 내려가며 유성추월을 펼쳤다. 10여 개의 시퍼런 검광이 유성이 낙하하듯 암기를 발사한 범천 그룹 조직원의 정수리 위에 떨어졌다.

"으악!"

"크아아악!"

비명 소리를 들으며 지상에 내려선 우건은 사방에서 덮쳐 오는 날카로운 도광을 보며 제자리에서 한 바퀴를 돌았다. 당연히 우건이 손에 쥔 청성검이 같이 돌며 검광을 뿜어냈다.

부챗살처럼 퍼져 날아간 검광이 적이 쏘아 낸 도광을 막아 냈다.

캉캉캉캉!

검광과 도광이 서로 부딪치며 시뻘건 불똥을 사방에 토해냈다.

우건은 재차 날아오르며 성하만상과 조옹조락, 선인지광을 펼쳐 주위를 에워싼 적 대여섯 명을 검하고혼으로 만들었다.

담을 지키던 순찰 병력을 제거한 우건은 곧장 본채로 나아갔다. 호각소리를 들은 적들이 건물 안에서 달려 나오며 우건을 공격해 왔다. 우건은 섬영보와 비응보로 적의 공격을 피하며 생역광음과 선도선무, 유성추월로 치명적인 반격을 가했다. 그가 걸음을 옮길 때마다 피와 살점이 비처럼 쏟아졌다. 우건은 뒤를 기습한 적의 가슴에 철혈각을 한 방 먹여준 다음, 농장 본채로 보이는 중앙 건물을 향해 달렸다.

우건의 파죽지세와 같은 돌진을 처음으로 저지한 것은 머리가 반백인 노인이었다. 노인은 수중의 칼을 섬전처럼 휘두르며 우건의 요처를 날카롭게 베어 왔다. 우건은 이를 악물었다. 그들이 세운 작전의 요지는 우건의 활약에 달려 있었다.

노인을 상대로 시간을 끄는 것은 별로 좋은 선택이 아니었다.

노인의 도법은 범천 그룹 조직원이 펼치던 도법과 일치했다. 그들은 이름은 모르지만 한 가지 도법을 주로 사용했다. 마치 도신을 이용해 삼각형을 그리는 것 같은 도법이었다.

물론, 노인의 실력은 일반 조직원에 비해 몇 수 위였다.

우건은 정수리를 베어 오는 노인의 칼을 보며 섬영보로 피했다.

우건이 피한 자리에 떨어진 노인의 칼은 정확히 1센티미터를 더 내려간 후에 정지했다. 놀라운 수발(收發) 능력이었다.

이는 야구선수가 전력을 다해 휘두른 배트가 공이 빗나가는 순간, 정확히 1센티미터를 더 나간 후에 멈춘다는 뜻이었다.

원래 있던 자리에서 1미터 좌측으로 이동한 우건은 노인의 빈틈에 생역광음을 찔러 넣었다. 힘과 속도를 적절히 조절했기에 노인이 이를 피하기가 쉽지 않을 거라 생각했다. 그러나 노인은 멈춰 세운 도를 곧장 수평으로 휘둘러 막았다.

카앙!

맑은 쇳소리가 울리며 우건의 청성검이 뒤로 살짝 밀려났다.

내력은 노인이 우위에 있었다.

절륜한 내력으로 우건의 공격을 막아 낸 노인은 재빨리 칼을 쥔 두 팔을 뒤집어 올려쳤다. 삼각형의 마지막 변에 해당하는 공격이었다. 우건은 철판교의 수법으로 이를 피했다.

그러나 도신에 실린 경력이 워낙 날카로워 수연이 사준 검은색 드레스셔츠 윗부분이 잘리며 탄탄한 근육으로 가득한 맨살이 드러났다. 우건이 제때 호신강기로 보호하지 않았다면, 잘리는 것은 상의가 아니라 우건의 가슴이었을 것이다.

노인은 아깝다는 듯 잠시 입술을 깨물고는 다시 맹렬한 도법을 펼쳐 왔다. 도신이 허공을 직선으로 가를 때마다 새하얀 도광이 빗살처럼 쏟아져 왔다. 우건은 상대를 빨리 쓰러트리려는 생각을 접었다. 그리고는 신중한 자세로 반격에 나섰다.

## 6장. 초토화(焦土化)

범천 그룹은 합법적인 사업체와 불법적인 사업체로 나뉘어 있었다. 그중 불법적인 사업체는 혈사방(血沙幇)이라 불렸는데, 사실 이 혈사방이 범천 그룹의 핵심이나 마찬가지였다.

범천 그룹은 혈사방이 부산과 경남에서 마약, 매춘, 갈취 등으로 벌어들인 수익을 합법적인 사업체인 건설, 유통, 부동산에 투자해 돈세탁을 일삼았다. 그리고 이 합법적인 사업체를 내세워 대외적으로 정상적인 기업처럼 보이게 조작했다.

합법적인 사업체는 범천 그룹 회장 성만식이 고용한 전

문경영인이 이끌었지만, 혈사방은 조직의 성격상 그럴 수가 없어 성만식이 직접 키운 고수들이 주요 간부직을 도맡았다.

혈사방은 방주와 세 명의 부방주, 그리고 일종의 고문(顧問)에 해당하는 두 명의 장로가 이끌었는데, 우건의 앞을 막아선 이는 장로 중 하나인 염왕도(閻王刀) 박포(朴捕)였다.

박포는 범천 그룹 회장 성만식이 30여 년 전에 처음 거두어들인 부하 중 하나로 성만식의 성명절기인 천라삼중도법(天羅三重刀法)의 삼사도법(三絲刀法)을 대성한 절정고수였다.

부방주 사안랑 유세건이 정체불명의 적에게 습격당해 방주에게 하사받은 넓은 저택과 수십 명의 부하들을 잃은 상태로 나타났을 때, 혈사방의 간부들은 놀라움을 금치 못했다.

사안랑 유세건은 다른 부방주나 장로들에 비해 무공 실력이 떨어졌다. 그러나 그 부족한 무공 실력을 만회하고도 남을 뛰어난 심계 덕분에 좀처럼 허점을 드러내지 않는 자였다. 한데 그런 유세건이 적에게 팔 한쪽을 잘린 낭패한 모습으로 나타났으니 다른 간부들이 놀라지 않을 도리가 없었다.

한데 유세건이 습격당한 일은 시작에 불과했다.

범천 그룹의 차기 후계자인 성태훈과 함께 어울려 다니며 사고를 치는 바람에 골칫덩이로 전락한 남부병원 병원장 아들 남영훈과 동화은행 은행장 아들 이우석, 그리고 부산지검 차장검사 아들 조태원, 문영교육재단 이사장 아들 문우진이 범천 그룹이 마련한 안가에 숨어 있다가 정체불명의 적에게 습격당해 네 명 모두 불에 탄 시체로 발견되었다.

혈사방 방주 성대혁(成大赫)이 안가가 불에 탄 사건의 흉수를 찾아내기 위해 수하들을 대거 내보냈을 때, 이번에는 부산 번화가에서 대낮에 부하들이 하나둘 죽어 나가기 시작했다.

다행히 대로변에서 부하들을 죽인 흉수의 꼬리를 밟아 실력이 뛰어난 고수 네 명에게 20여 명에 이르는 병력을 붙여 주어 흉수를 죽이든지 아니면 생포해서 데려오게 하였다.

한데 흉수를 죽이러 간 부하들이 감감무소식이었다.

그들이 가진 연락 수단으로 연락을 시도했지만 답장이 없었다.

이에 몸이 단 혈사방 방주 성대혁이 흉수를 찾으러 간 수하들이 마지막으로 연락을 보낸 지점으로 다른 수하들을 급파하려는 순간, 혈사방이 쓰는 본거지 중 하나에서 적이 급습해 왔다며 급히 지원을 요청해 왔다.

성대혁은 바로 다른 본거지에 있던 부하들에게 지원 요청이 들어온 곳을 지원하란 명을 내렸다. 그러나 그곳을 지원하러 간 부하들 역시 얼마 지나지 않아 소식이 완전히 끊겼다.

그러고 나서 1시간쯤 흘렀을 때, 두 번째 본거지에서 다시 지원 요청이 들어왔다. 성대혁은 그제야 자신이 적의 유인 작전에 속았다는 것을 알고 길길이 날뛰었다. 그리고는 마지막 남은 본거지에 부방주 한 명과 장로 하나를 급파해 그곳으로 쳐들어올 가능성이 높은 적을 제거하란 지시를 내렸다.

그 장로가 바로 우건의 앞을 막아선 염왕도 박포였다.

같이 온 부방주 도룡자(屠龍子) 우정구(于精究)는 본채를 수비하며, 길목을 지키는 박포를 뒤에서 지원하는 중이었다.

박포는 태어나 처음으로 자신의 목숨을 위협할 대적을 만났다는 생각에 온몸의 감각을 극도로 끌어올려 대항했다. 박포는 상대에 비해 내력에서만 약간 우위에 있을 뿐이었다. 초식의 정교함과 연계하는 초식의 위력은 상대보다 떨어졌다.

박포는 복면을 쓴 적의 검법을 확인하며 그의 사문이 어디인지 유추해 보았다. 그러나 떠오르는 문파가 없었다. 제천회, 구룡문, 그리고 특무대에는 저런 검법을 쓰는 자가 없었다.

그렇다면 그가 모르는 문파에서 보낸 고수라는 뜻이었
다. 박포는 불현듯 요즘 수도권 인근 지역을 혼란의 도가니
속으로 몰아넣은 정체불명의 고수가 떠올랐다. 그 고수는
명진제약 회장 한명진으로 위장해 있던 독수괴의 한세동을
시작으로, 현대무림에 존재하는 3대 살수단체 중 하나인
혈림을 혈림주 혈운검과 함께 지도상에서 지워 버린 사내
였다.

그리고 근래에는 홍귀방, 제천회 망인단 등에 마수를 뻗
쳐 내로라하는 고수들을 연파하며 현대무림을 충격에 빠트
렸다.

독수괴의 한세동과 홍귀방 사건에는 특무대가 참여한 것
으로 알려졌지만 여러 정보를 종합해 판단한 결과, 독수괴
의 한세동과 홍귀방 대방주 마검귀 장헌상을 죽인 자는 특
무대가 아니었다. 즉, 제3의 인물이 끼어 있었다는 의미였
다.

지금까지 밝혀진 정보로는 특무대가 몰래 키운 신진 고
수일 확률이 가장 높았기에 은근슬쩍 특무대 이름을 거론
하며 상대를 떠보았다. 그러나 복면 사내의 눈빛은 흔들림
이 없었다. 적이지만 감탄이 나오는 심기(心氣)였다.

박포는 아홉 초식으로 이루어진 삼사도법을 연달아 세
번 펼쳤다. 물론, 초식의 순서를 바꾸어 상대를 헷갈리게

만들었지만 같은 초식을 다시 쓸수록 슬슬 불안감이 엄습했다.

불안감은 이내 초조함을 불러왔다. 그리고 초조함은 성급함으로 이어졌다. 복면을 쓴 상대의 나이를 정확히 알 수는 없지만 그보다 젊은 것은 확실했다. 상대가 펼치는 검법이 후반으로 갈수록 더 맹렬한 위력을 떨치는 게 증거였다.

내력과 체력은 비슷하지만 엄연히 다른 개념이었다.

내력은 수련한 내공의 양에 기반을 두지만 체력은 평소 단련에 투자한 시간과 생물학적 나이에 기반을 두었다. 즉, 동일한 시간을 투자했을 경우 젊을수록 나이가 든 사람에 비해 체력에서 앞설 수 있단 뜻이었다.

내력은 아직 자신 있지만 체력은 그렇지 못했다.

다리가 후들거리며 칼자루를 쥔 손에서 힘이 자꾸 빠져나갔다.

박포는 대결을 오래 끌수록 자신에게 불리하다는 점을 깨닫기 무섭게 바로 결정을 내렸다. 이런 식으로 대결이 흘러가다가 가랑비에 옷이 젖듯 패배로 끝나는 것보다는, 어찌 되었든 치명상을 가할 수 있는 시도를 해 본 연후에 패배하는 것이 무인의 자존심을 지키는 마지막 방법이라 생각했다.

젊다는 말은 패기가 있다는 말과 같았다. 그러나 패기가 꼭 좋은 것만은 아니었다. 패기는 양면성을 지닌 단어였다.

좋은 점만 보자면 한도 끝도 없지만 나쁜 점 역시 아주 많았다.

그중 대표적인 것이 바로 경험 부족에서 오는 실수였다.

즉, 경험이 많은 사람에 비해 조심성이 부족하다는 뜻이었다.

박포는 상대의 이 점을 공략하기로 마음먹었다.

상대 역시 자신과의 싸움을 빨리 끝내고 싶어 할 터였다. 상대의 나이가 자신과 비슷하다면 승기를 잡기 위해 끈기 있게 기회를 노리겠지만 젊은 사람은 참을성이 부족했다.

박포는 초식을 펼치며 물러서다가 발을 살짝 헛디뎠다.

물론, 이는 박포가 의도한 결과였다.

여기서 경험이 없는 자라면 마치 큰 실수를 했다는 듯 얼굴에 낭패한 기색을 떠올릴 것이다. 그러나 그런 행동은 오히려 상대에게 경각심을 심어줄 수 있었다. 발을 헛디디기 무섭게 짓는 낭패한 표정은 오히려 상대를 의심하게 만들었다.

당연히 노회한 박포는 신출내기처럼 행동하지 않았다.

발을 헛디뎠지만 마치 아무 일 없었다는 듯 무심한 표정으로 다가오는 상대를 응시했다. 그러나 무심한 표정과는 달리 발을 헛디디는 조금 전의 행동으로 지금까지 유지해 오던 균형이 살짝 어긋나 버렸다. 하류잡배에게는 보이지 않는 허점이었지만 그를 상대하는 적에게는 보이는 허점이었다.

박포의 예상이 맞아떨어졌다.

적은 박포가 발을 헛디디는 바람에 드러난 미세한 허점을 향해 쾌검 초식을 날카롭게 찔러 왔다. 지금까지 두세 차례 경험한 쾌검 초식이었다. 그리고 그때마다 사력을 다해 피해야 했던 쾌검 초식이었다. 그러나 상대가 어디를 찔러 올지 알 수 있는 쾌검 초식은 더 이상 쾌검 초식이 아니었다.

박포는 옆구리를 상대에게 내어 줄 각오를 한 채 공격을 감행했다. 쾌검 초식을 펼친 상대가 막을 수 없는 예측불허의 기습이었다. 박포는 쾌검 초식이 만들어 낸 검광이 옆구리 요혈에 틀어박히는 모습을 보며 쾌재를 불렀다. 비록 옆구리를 찔려 중상을 입겠지만 상대는 왼쪽이 무방비 상태로 놓일 터였다. 박포는 가장 자신 있어 하는 초식으로 비어 있는 상대의 왼쪽을 향해 치명적인 살초를 재빨리 전개해 갔다.

박포는 옆구리에서 전해지는 극통을 참아가며 수중의 도를 상대의 왼쪽 어깨에 내리쳤다. 박포는 자신이 이겼다고 생각했다. 그가 쓴 초식은 삼사도법의 절초였다. 호신강기로 막기에는 위력이 너무 강해 상대의 왼쪽 어깨부터 오른쪽 옆구리까지 일자로 갈라 버릴 수 있는 위력을 가지고 있었다.

그때였다.

쿠르르릉!

마치 마른하늘에 날벼락이 떨어진 것처럼 천둥소리가 귀 바로 옆에서 폭발하듯 터졌다. 소리가 얼마나 큰지 눈앞이 하얘지며 상대의 모습이 시야에서 사라져 버릴 지경이었다.

시야가 다시 돌아왔을 때였다.

박포는 태양처럼 뜨거운 무언가가 가슴을 파고드는 기분을 느꼈다. 아니, 기분이 아니었다. 실제로 엄청난 위력의 뜨거운 장력이 그의 가슴에 있는 장기를 몽땅 녹여 버린 것이다.

박포는 온몸이 타는 듯한 극통을 참으며 고개를 돌렸다. 그가 내려치던 도는 오른팔과 함께 허공에 그대로 멈춰 있었다.

박포는 다시 고개를 들어 상대를 쳐다보았다.

상대는 여전히 물이 흐르는 듯한 담담한 시선으로 그를 쳐다보는 중이었다. 박포는 그제야 상대가 왼쪽을 무방비로 놔둔 이유가 지금의 이 일격을 위해서임을 깨달을 수 있었다.

함정을 판 것은 그였지만 함정을 이용한 것은 상대였다.

오히려 상대가 실전 경험에서 그보다 앞서 있던 것이다.

박포는 자신의 마지막이 멀지 않았다는 것을 깨달았다.

가슴의 장기가 모두 타 버린 사람은 오래 버틸 수가 없었다.

"괴, 괴물 같은 자로군⋯⋯."

유언처럼 그 한마디를 남긴 박포는 그대로 허물어져 내렸다.

태을진천뢰로 강적을 쓰러트린 우건은 호흡을 가다듬었다. 망인단 단주 장린과의 대결은 우건에게 많은 아픔을 주었다. 이곳에 온 후 처음으로 거의 죽을 뻔한 위기에 처했었다.

솔직히 송지운의 도움이 없었으면 그는 이미 이 세상 사람이 아니었다. 한데 그런 혈전을 겪고 났더니 마치 개안(開眼)한 것처럼 모든 것이 달리 보이기 시작했다. 특히, 그동안 계속 신경 써 오던 초식의 발전에 커다란 진보가 있었다.

장린과 대결하기 전이었다면 방금 쓰러트린 강적을 상대하는 데 생각보다 많은 내력을 썼을 것이다. 그러나 지금은 불과 2할이 채 넘지 않는 내력으로 상대를 완벽히 압도했다.

그때였다.

본채 주위에 성채처럼 늘어서 있던 별채에 화재가 발생했다. 자연적으로 생긴 화재가 아님을 말해 주듯 별채를 태운 불길은 순식간에 사방으로 번져 농장 전체를 태우기 시작했다.

우건은 청성검에 묻은 피를 닦아 내며 고개를 끄덕였다.

계획대로 원공후, 김동, 김철 세 명이 불을 지르기 시작한 것이다.

우건은 간간이 보이는 적을 쓰러트리며 본채로 접근해 갔다. 적들은 갑자기 번진 화재를 진압하느라 정신이 없었다. 우건은 그들 사이를 지나 본채인 2층 건물 앞에 당도했다.

그때, 팔다리가 길쭉한 인영 하나가 우건보다 먼저 본채 안으로 뛰어들었다. 원공후였다. 성미 급한 원공후가 불을 지르는 일로는 만족하지 못한 듯 적의 소굴로 먼저 뛰어든 것이다.

뒤이어 김동과 김철이 그런 사부를 지원하기 위해 건물 안으로 허겁지겁 들어갔다. 우건은 본채에 또 다른 고수가 숨어 있을지 모른단 생각에 그들의 뒤를 따라 안으로 들어 갔다.

건물 안에서 우건의 눈에 가장 먼저 들어온 광경은 160 센티미터를 갓 넘은 왜소한 원공후가 190센티미터가 훌쩍 넘을 듯한 40대 중반의 거한과 치열한 혈투를 펼치는 모습 이었다.

거한은 언월도(偃月刀)로 원공후의 왜소한 신형을 두더지 를 때려잡듯 찍어 누르려 들었다. 반면, 원공후는 거한이 휘두 르는 언월도를 아슬아슬한 차이로 피해 다니며 묵애도로 묵 애도법을 펼치거나, 쾌영산화수로 거한의 하체를 쓸어 갔다.

거한은 바로 혈사방 방주 성대혁에게 염왕도 박포와 함께 세 번째 본거지를 사수하라는 명을 받은 도룡자 우정구였다.

원공후와 우정구가 치열한 혈투를 벌이는 동안, 김동과 김철은 사방을 뛰어다니며 남은 적을 궁지에 몰아넣어 해치웠다.

우건은 김동과 김철을 도와주며 전장을 정리했다.

어렵지 않게 우정구를 제외한 모든 적을 쓰러트릴 수 있었다.

화르륵!

별채를 태우던 불길이 강풍을 타고 본채로 넘어오는 모습을 본 우건은 고개를 돌려 원공후와 우정구를 바라보았다. 두 사람의 대결은 점입가경(漸入佳境)이란 표현이 딱 맞았다.

원공후는 그가 자랑하는 분영은둔을 극성으로 펼쳐 우정구의 강공을 가까스로 피하는 중이었다. 반면, 우정구는 좀처럼 잡히지 않는 원공후 때문에 하관을 덮은 수염이 올올이 곤두서 있었다. 우건은 원공후보다 우정구 쪽에 더 집중했다.

우정구는 자기 신장만 한 언월도를 성냥개비처럼 가볍게 휘둘러 공격했는데 상당히 거칠어 마치 무공을 모르는 사람이 아무렇게나 휘두르는 듯했다. 그러나 속을 자세히 들여다보면 그 안에 숨겨져 있는 초식의 오묘함이 보이기 시작했다.

우정구의 도법은 박포의 도법과 펼치는 방법은 비슷하지만 그 형태에 있어서는 약간의 차이가 있었다. 박포의 도법이 마치 칼로 삼각형을 계속 그리는 듯했다면, 우정구의 도법은 언월도로 사각형을 그리는 듯한 도법이었다.

실제로 우정구가 사용하는 도법은 범천 그룹 회장 성만식의 성명절기인 천라삼중도법 중에 사현도법(四懸刀法)이었다.

우정구가 박포 못지않은 고수인 탓에 원공후는 대결하는 내내 적지 않은 고초를 겪어야 했다. 지금까지는 분영은둔의 위력을 빌려 간신히 평수를 유지했지만 지쳐서 몸놀림이 둔해지는 순간, 우정구의 저 무지막지한 언월도가 목이나 사지 중 하나를 날려 버릴 게 분명했다. 반면, 원공후가 펼치는 묵애도법이나 쾌영산화수로는 일격필살이 힘들었다. 묵애도법은 아직 손에 익지 않았고 쾌영산화수는 강골로 보이는 우정구를 단숨에 쓰러트리기엔 위력이 조금 약했다.

원공후는 묵애도의 날카로움으로 우정구가 쓰는 언월도를 잘라 보려 했지만 특수한 합금으로 만든 듯 잘 통하지 않았다. 오히려 그 와중에 완력에 밀려 위험한 상황까지 겪었다.

노련한 보법으로 위기를 벗어난 원공후는 결국 최후의 수단을 꺼냈다. 묵애도의 절초를 연달아 펼쳐 우정구를 잠시 물러서게 만들었다. 그리고는 소매 속에서 구슬을 꺼내 던졌다.

바로 원공후가 가진 비장의 절기 일투삼낙이었다.

"쳇, 이제 하다하다 암기까지 쓰는군."

코웃음을 친 우정구는 언월도로 만든 강풍으로 구슬을 밀어내려 했다. 그러나 구슬을 강풍과 충돌하는 순간, 바로 터졌다.

더구나 방금 폭발한 구슬은 보통 구슬이 아니었다.

전자 기기에 해박한 김동이 이번에 새로 개조한 구슬이었다.

구슬은 마치 섬광탄처럼 공중에서 강한 빛을 뿜어내며 터졌다.

우정구의 두 눈은 강철로 만든 게 아니었기 때문에 본능적으로 눈을 감아 빛으로부터 안구를 보호할 수밖에 없었다.

그때, 첫 번째 구슬과 일직선으로 날아온 두 번째 구슬이 우정구 앞에서 폭발했다. 두 번째 구슬 안에는 작은 쇠구슬 수십 개가 들어 있었다. 우정구는 재빨리 눈을 뜨며 언월도를 풍차처럼 회전시켜 날아드는 작은 쇠구슬을 막아 갔다.

캉캉캉캉!

쇳소리가 울릴 때마다 우정구가 뒤로 죽죽 밀려났다. 미처 막지 못한 작은 구슬이 언월도 사이를 빠져나와 몸에 박혔다. 곧 왼팔과 오른다리, 그리고 어깨에 핏물이 흘러내렸다.

그러나 어쨌든 우정구는 두 번째 구슬까지 막는 데 성공했다.

그때였다.

전혀 예상하지 못했던 세 번째 구슬이 갑자기 얼굴로 쏟아져 왔다. 마치 구슬이 은신술을 펼치다가 튀어나온 듯했다.

일투삼낙은 세 개의 구슬을 차례대로 던지는 것이 아니라, 동시에 던지는 수법이었다. 다만, 그 속도를 달리해 마치 시간을 달리해 던진 것처럼 상대를 기만하는 것이다. 그리고 지구와 달, 해가 일직선에 섰을 때처럼 첫 번째 구슬 뒤에 두 번째 구슬을, 그리고 두 번째 구슬 뒤에 세 번째 구슬을 숨겨 두어 상대하는 적은 구슬 하나만 볼 수 있었다.

우정구는 두 개의 구슬을 막았지만 피해가 전혀 없지 않았다. 첫 번째 구슬에 당해 시력이 아직 정상이 아니었다. 그리고 두 번째 구슬 안에서 튀어나온 작은 구슬이 상체와 얼굴을 제외한 곳곳에 박혀 들어 내력이 제대로 돌지 않았다.

그런 상황에서 갑자기 나타난 세 번째 구슬은 재앙과 같았다.

"이런 지독한······!"

우정구는 급히 철판교의 수법으로 이를 피하려 했다. 갑작스럽기는 했지만 구슬이 날아드는 속도를 봤을 때, 피할 수 있을 것 같았다. 그러나 이는 우정구의 착각이었다. 느리게 움직이던 세 번째 구슬이 갑자기 섬전처럼 빨라진 것이다.

푸욱!

세 번째 구슬이 우정구의 심장에 박혀 폭발했다.

주먹보다 작은 구슬이 폭발할 때 생긴 위력이라고는 믿기지 않을 만큼의 폭발력이 우정구의 거대한 신체를 찢어 발겼다.

즉사한 우정구는 수십 조각의 육편으로 변해 사방에 흩어졌다.

일투삼낙은 과연 그 위력이 대단한 필살수법이었다. 속도가 워낙 빨라 물러서거나, 옆으로 몸을 피하는 방법으로는 막을 수가 없었다. 일투삼낙은 오히려 상대가 물러서면 물러설수록 위력이 강해졌다. 그리고 옆으로 피하다가는 측면이 무방비로 드러나 정면에서 막는 것보다 피해가 더 커졌다.

우건은 속으로 적잖이 감탄했다.

우건이 원공후를 처음 만난 것은 비무행을 위해 중원에 막 발을 디뎠을 때였다. 그 전에 몇 차례 시비가 붙어 태을문의 무공을 사용한 적 있었는데 그 소문이 아주 빠르게 퍼져 태을문의 무공과 무기에 침을 흘리는 날파리가 들끓었다.

당시 중원 무인들에게 조선이라는 작은 나라에 위치한 태을문은 신비의 대상이었다. 그리고 태을문이 만들어 낸 여러 무공과 그들이 쓰는 무기는 호기심과 탐욕의 대상이었다.

우건에게 접근한 날파리 중에는 한창 도둑으로 명성을 떨치던 쾌수 원공후가 끼어 있었다. 원공후는 당시에 그가 자랑하던 분영신법으로 가까이 접근해 우건의 봇짐을 뒤지려 했다.

그러나 선령안을 펼치는 우건에게 은신술로 접근하는 행동은 섶을 지고 불을 뛰어드는 무모한 행동이나 다름없었다.

우건에게 간파당한 원공후는 금계탁오권과 쾌영십팔수, 구룡각 등을 모두 동원해 저항해 보았지만 우건이 펼치는 태을문 무예의 정수를 감당하지 못했다. 잡힐 위기에 처한 원공후는 결국 최후의 수단으로 방금 전 본 일투삼낙을 전개했다.

그러나 위력은 지금 펼친 수법에 비해 훨씬 떨어졌다.

그때는 구슬이 섬광탄처럼 폭발하지 않았다. 그저 구슬을 깨트리면 안에 든 독분(毒粉)이 퍼져 중독시키는 게 다였다.

백독불침(百毒不侵)에 가깝던 우건은 일투삼낙을 파훼한 다음 원공후를 그 앞에 무릎 꿇렸지만, 당시만 해도 아직 순수함을 잃지 않았을 때라 몇 마디 훈계한 후에 풀어 주었다.

그러나 지금 다시 원공후가 펼치는 일투삼낙을 상대해야 한다면 그때처럼 쉽게 파훼하지 못할 것 같단 생각이 들었다. 일투삼낙을 펼치는 모습을 처음부터 끝까지 옆에서 지켜본 터라, 쉽게 당하진 않겠지만 만약 우정구처럼 전혀 모르는 상태에서 당한다면 꽤 애를 먹을 수 있단 생각이 들었다.

일투삼낙을 파훼하는 가장 좋은 방법은 피하거나 물러서는 게 아니라, 시전자인 원공후에게 먼저 달려드는 것이었다.

일투삼낙수법으로 던진 쇠구슬이 제 궤도에 올라 지닌 위력이 절정으로 치닫기 전에 최대한 거리를 좁힌 다음, 무기나 몸으로 막아 피해를 최소화하는 수법이 가장 좋아 보였다.

달라진 건 위력 하나만이 아니었다.

원공후를 처음 본 날, 그는 일투삼낙을 펼친 후에 기력이 다해 쓰러졌었다. 또, 원공후가 태성골프장에서 홍귀방 이 방주 조남옥을 일투삼낙으로 쓰러트렸을 때 역시 탈진해 쓰러지기 직전이었다는 말을 들은 적 있었다. 그렇다면 불과 몇 달 전까지는 일투삼낙을 펼치면 기력이 다했다는 뜻이었다.

한데 지금은 멀쩡히 자기 다리로 서 있었다. 심지어 눈에 정광이 번쩍이는 게 내력에 여유가 있는 것처럼 보였다. 그동안 실력이 일취월장한 게 쾌영문 제자만은 아닌 모양이었다.

우건은 원공후에게 고생했다는 뜻으로 고개를 끄덕여보였다.

칭찬받는 게 익숙지 않은 원공후가 머리를 긁적거렸다.

"공자 앞에서 문자 쓴 것 같아 부끄럽기 짝이 없습니다."

우건은 고개를 저었다.

"아니오. 아주 훌륭한 수법이었소. 심법에 진전이 있었던 것이오?"

원공후가 고개를 끄덕였다.

"제가 익힌 심법은 질이 떨어져 어느 정도 단계에 올라가면 한계가 있었습니다. 그건 제게 심법을 가르쳐 주신 선사(先師) 역시 마찬가지였습니다. 해서 선사께서 세상을 하직하실 때 저에게 이르기를, 심법에 더 이상 진전이 없거든 괜히 무리하여 몸을 망치지 말고 초식을 갈고 닦으라 하셨습니다. 저는 선사의 말씀을 좇아 심법이 한계에 다다른 후에는 초식 연구에 매진했습니다. 한데 혈운검의 무영은둔과 장헌상의 거처에 있던 비급들, 그리고 얼마 전에 얻은 장린의 묵애도 비급을 연구하다 보니 새로운 세상이 열리는 게 아니겠습니까? 요즘 그 덕분에 아주 살맛이 납니다."

우건은 원공후에게 어떤 깨달음을 얻었는지 물어보았다.

두 사람이 쾌영문의 쾌영십팔수와 분영신법의 위력을 끌어올리기 위해 함께 연구할 때 심법 역시 같이 연구해 우건은 쾌영문의 독문심법인 일목구엽심법(一木九葉心法)을 자세히 알고 있었다. 원공후의 고백대로 상승심법은 아니어서 어느 정도 완성한 후에는 진전을 보기가 아주 어려웠다.

원공후는 즉시 그가 요사이 새로 깨달은 점을 자세히 알려 주었다. 심법에 관해서는 태을문이 그야말로 천하제일인지라, 오히려 원공후 쪽에서 먼저 부탁해도 모자랄 지경이었다.

원공후의 설명을 들은 우건은 다시 한 번 감탄을 금치 못했다.

일목구엽심법은 하류잡배가 익히는 질 낮은 심법이 아니었던 것이다. 원공후에게 일목구엽심법의 구결을 처음 들었을 때는 이해가 가지 않는 점이 많아 한 귀로 듣고 한 귀로 대충 흘려보냈는데, 이번에 깨달은 점을 더해 다시 들었을 때는 이해가 안 가던 것들이 점차 이해가 가기 시작했다.

"으음, 일목구엽심법은 쾌영문주나 쾌영문주 선사가 생각하는 것처럼 수준이 떨어지는 심법이 아닌 것 같소. 아니, 오히려 일절로 꼽히기에 부족하지 않은 심법인 것처럼 보이오."

처음 듣는 얘기라는 듯 원공후의 작은 눈이 찢어질 듯 커졌다.

"그, 그게 무슨 말씀이십니까?"

"정확하진 않지만 아마 어떤 고수가 남긴 절세심법을 일부만 가져와 따로 만든 게 지금의 일목구엽심법인 것 같소. 이를 테면 상하(上下)로 나눈 구결의 하(下) 부분만 따로 떼어 놓은 탓에 심법이 떨어지는 게 아닌가 하는 생각이 들었소."

원공후는 그가 무엇을 하는지 몰랐을 테지만 그는 자기가 가진 재능으로 사라져 버린 심법의 상(上) 부분을 찾아낸 것이다. 물론, 아직 일부일 뿐이었다. 사라진 상 부분을 완전히 복원하기 위해서는 앞으로 많은 연구가 동반되어야 할 것이다.

우건이 원공후와 심법의 상 부분에 대한 얘기를 나눌 때, 김동과 김철은 농장 이곳저곳을 뒤져 살아 있는 적이 있는지 찾았다. 얼마 지나지 않아 부상당한 조직원 둘을 찾아냈다.

김동은 머리가 좋았다. 사부와 주공이 심각한 대화를

나누는 중임을 눈치 챈 그는 그들을 방해하지 않는 선에서 부상당한 조직원을 추궁했다. 방법은 전형적인 착한 경찰과 나쁜 경찰이었다. 김철이 먼저 자신의 드럼통과 같은 가슴팍의 위용을 자랑하며 한껏 위협을 가했다. 그러면 부상당한 조직원은 겁을 집어먹기 마련이었다. 그때, 김동이 나타나 천사처럼 부상부위를 치료해 주고 마실 물을 떠다 주었다.

단순하지만 의외로 잘 먹히는 방법이었다.

실제로 조직원은 김동을 의지하기 시작했다. 그리고 김동에게 점수를 따서 이 지옥 같은 곳을 빠져나가기 위해 애썼다.

인심을 얻은 김동은 좋은 말로 위로하며 원하는 정보를 캐냈다.

다행히 곧 귀가 번쩍 뜨일 만한 정보를 알아냈다.

김동이 대화를 나누는 우건과 원공후에게 걸어가려 할 때였다.

대화를 마친 우건이 불이 붙기 시작한 본채를 나오며 말했다.

"지금쯤 근처 주민의 신고를 받은 소방관과 경찰관이 출동했을 것이네. 자네들이 알아낸 내용은 안전한 곳에서 듣겠네."

김동은 화들짝 놀라 멍한 얼굴로 우건을 쳐다보았다.

그는 우건이 원공후와 뭔가 긴요한 이야기를 하고 있어 그들 형제가 무슨 일을 했는지 알지 못할 거라 생각했다. 한데 우건은 마치 귀가 뒤통수에 달려 있는 사람처럼 모르는 게 없었다.

이는 우건이 익힌 분심공을 알지 못하기에 일어난 촌극이었다. 우건의 분심공은 한 번에 두 가지 일을 할 수 있었다. 그리고 한 번에 두 가지 생각을 동시에 할 수 있었다. 또, 상극에 해당하는 두 가지 무공을 동시에 펼칠 수가 있었다.

이 모두가 도문 비전이라 불리는 분심공의 공능이었다.

김동이 우선의 뒤를 따라가는 원공후에게 급히 물었다.

"사부님, 살아 있는 자들은 어찌할까요?"

원공후가 고개를 돌려 김철과 함께 있는 조직원들을 보았다.

그들은 간절한 눈빛으로 원공후를 응시하고 있었다.

원공후가 고개를 끄덕였다.

"안전한 곳에 데려다 주거라."

"알겠습니다."

김동과 김철은 부상당한 조직원을 한 명씩 업고 농장을 빠져나왔다. 일행이 농장의 담을 막 넘었을 때였다. 기다렸다는 듯 불길이 크게 일어나 남아 있는 본채를 태우기 시작했다.

차가 다니는 길가 한편에 부상당한 조직원 두 명을 내려
놓은 김동과 김철은 우건과 합류해 부산 시내로 다시 들어
갔다.

그들이 떠나고 1분쯤 지났을 때, 신고를 받은 소방서의
소방차 대여섯 대가 사이렌을 울리며 농장 쪽으로 급히 올
라갔다.

차에 오른 김동이 조직원을 추궁해 알아낸 정보를 보고
했다.

"저들은 범천 그룹 내에 있는 혈사방이란 조직의 조직원
이었습니다. 그리고 혈사방에는 방주와 부방주 세 명, 그리
고 고문 역할을 하는 장로 두 명이 간부로 있는데 염왕도
박포란 자는 주공 손에 목숨을 잃었고 사부님이 본채 안에
서 쓰러트린 그 거구는 부방주인 도룡자 우정구라는 자였
습니다."

원공후가 고개를 끄덕이며 물었다.

"범천 그룹 회장이란 자는 지금 어디에 있다고 하더냐?"

"며칠 전에 서울에 올라가서 아직 내려오지 않았다고 합
니다."

"무슨 일로 갔는지는 알아냈느냐?"

김동이 고개를 저었다.

"그것까지는 모르는 것 같았습니다."

"그럼 성태훈이란 놈은 지금 어디에 있다고 하더냐?"

"혈사방 방주인 아버지 성대혁과 함께 그룹 소유의 요트에 숨어 있답니다. 박포와 우정구가 우리를 막는 데 성공하면 돌아오고 성공 못하면 대마도(對馬島)로 밀항할 계획이랍니다."

미간을 찌푸린 원공후가 다시 물었다.

"그럼 밀항을 하겠군. 놈들의 요트가 있는 위치는?"

"수영만(水營灣)입니다."

원공후가 고개를 돌려 우건을 보았다.

"어떻게 하시겠습니까?"

"수영만으로 갑시다. 이참에 뿌리를 완전히 뽑아 놔야겠소."

"그러실 줄 알았습니다."

히죽 웃은 원공후가 운전석에 앉은 김철에게 수영만으로 가라는 지시를 내렸다. 일행은 얼마 후, 노을이 내려앉은 수영만에 도착했다. 차를 주차장에 주차한 김동과 김철은 정찰을 위해 수영만을 한 바퀴 돌아본 다음에 차로 돌아왔다.

김동이 차문을 닫으며 보고했다.

"혈사방 방주 성대혁의 요트는 아직 떠나지 않은 상태였습니다."

팔짱을 낀 원공후가 만족한 듯 입가에 엷은 미소를 지었다.

"후후, 아직 연락을 못 받은 모양이군."

원공후가 기뻐하는 것은 어쩌면 당연했다.

우건 일행이 혈사방의 농장을 공격할 때, 숨어 있는 적까지 일일이 찾아내 목숨을 끊지는 않았다. 그리고 그 말은 도망친 적의 숫자가 열 손가락으로 다 헤아리기 어렵단 말이었다.

한데 도망친 자들 중 어느 누구도 요트에 연락하지 않은 것이다. 그 말은 범천 그룹 혈사방의 결속이 강하지 않다는 뜻이었다. 혈사방의 결속이 강했다면 어떻게든 요트에 연락하여 성대혁 일행이 대마도로 밀항하게 도와주었을 것이다.

우건은 일행과 작전을 상의한 다음, 차에서 내려 김동이 찾아낸 요트 부근으로 이동했다. 김동 말대로 요트는 아직 부두에 정박해 있었다. 우건은 요트 갑판이 보이는 장소에 숨어 선령안을 펼쳤다. 무기를 든 대여섯 명이 갑판에 서 있었다.

-내가 먼저 진입하겠소.

원공후에게 이어셋으로 통보한 우건은 일월보를 펼쳐 선착장에 접근했다. 선착장 입구에는 칼을 든 두 명이 서 있었다.

그들에게 최대한 가까이 접근한 우건은 은신을 품과 동시에 무음무영지를 날려 두 명을 조용히 쓰러트렸다. 미간

사이에 구멍이 뚫린 적 두 명이 앞으로 천천히 쓰러졌다. 우건은 한 명은 손으로 받아 조심스레 눕혔다. 그리고 다른 한 명은 격공섭물로 끌어당겨 소리가 나지 않게 기대 놓았다.

문지기를 처리한 우건은 선착장을 통해 요트 위로 올라갔다.

요트 갑판에는 초조한 표정을 한 사내 다섯 명이 담배를 피우거나, 아니면 휴대전화로 계속 통화를 시도하는 중이었다.

우건은 재빨리 접근하며 왼손으로 금선지를 연달아 펼쳤다. 황금색 레이저 같은 섬광 다섯 개가 허공을 가르는 순간, 적 두 명이 피를 뿌리며 쓰러졌다. 그러나 세 명은 금선지를 피하거나, 지력을 요혈이 아닌 곳으로 유도해 피해를 최소화했다. 이런 지근거리에서 우건의 기습을 피한단 말은 요트에 있는 자들이 대부분 혈사방의 간부라는 뜻이었다.

"적의 습격이다!"

"앞쪽이 당했다!"

곧 대형 요트 여기저기서 고함소리가 들리며 적들이 갑판으로 쏟아져 나왔다. 그때, 요트 선미와 좌현, 그리고 우현 세 곳에 폭음이 울리며 하얀 연기가 갑판 위를 어지럽혔다.

미리 세워 둔 작전에 따라 원공후와 김동, 김철 세 명이 서울에서 가져온 연막탄을 터트려 적의 시야를 어지럽힌 것이다.

적들은 연막탄이 만든 짙은 연기 속에서 잠시 시야를 잃었지만 선령안이 있는 우건은 대낮과 다름없이 볼 수 있었다.

우건이 적의 숫자를 어느 정도 줄였을 때, 원공후, 김동, 김철이 요트 위에 올라와 합세했다. 그리고 연막탄이 만든 연기가 해풍에 휩쓸려 자취를 감추었을 때, 갑판 위에 자기 발로 서 있는 적은 없었다. 호흡을 갈무리한 우건은 기파를 퍼트려 보았다. 요트 선실 쪽에 서너 명이 더 남아 있었다.

우건은 목소리에 내력을 담아 소리쳤다.

"요트를 불태워야 나타나겠소?"

높낮이가 거의 없어 특이한 느낌을 주는 우건의 목소리가 메아리처럼 윙윙 울리며 대형 요트 선실 안까지 밀려들어 갔다.

그 말을 기다렸다는 듯 네 명이 갑판 위로 올라왔다.

그중 한 명은 구면이었다. 바로 우건의 손에 오른팔을 잃은 사안랑 유세건이었다. 김동이 범천 그룹 조직원을 추궁해 알아낸 정보에 따르면 그는 혈사방의 부방주 중 하나였다.

우건은 유세건의 오른팔을 먼저 보았다.

아니, 오른팔이 있던 자리를 보았다는 표현이 맞았다. 지금은 팔이 있어야 할 자리에 빈 소매만이 펄럭거릴 뿐이었다.

우건은 시선을 돌려 유세건 옆에 서 있는 청년을 보았다. 그는 20대 초반으로 보이는 젊은이였다. 벌거벗은 여자를 그린 문신과 금발로 염색한 머리카락, 그리고 얼굴 여기저기에 피어싱한 모습이 동네 질 나쁜 불량배를 연상시키는 자였다.

이름은 물어보지 않았지만 범천 그룹 회장 성만식의 손자이며 혈사방 방주 성대혁의 외동아들인 성태훈이 분명해 보였다.

성태훈은 이번 사건을 일으킨 주동자였다.

그가 평소 친하게 지내던 패거리와 함께 임재민의 사촌동생을 윤간하지 않으면 오늘과 같은 살육은 일어나지 않았다.

우건은 그를 향해 물었다.

"네가 성태훈인가?"

성태훈은 좌우에 있는 어른들의 실력을 믿는 듯 냉큼 우건에게 가운데 손가락을 펴 보였다. 엿 먹으라는 뜻의 욕이었다.

성태훈은 친절히 그 의미까지 직접 알려 주었다.

"좆 까, 개새끼야!"

고개를 살짝 저은 우건의 시선이 성태훈 옆에 서 있는 중년 사내에게 향했다. 성태훈과 닮은 외모를 봐서는 그가 바로 혈사방의 방주를 맡고 있는 악인혈(惡人血) 성대혁인 듯했다.

이어서 우건의 시선이 마지막 사내에게 향했다.

마지막 사내는 꽤 고수로 보이는 중년 사내였다. 나이는 40대 후반으로 보였는데 몸에서 풍기는 기도가 심상치 않았다. 오히려 옆에 서 있는 성대혁보다 기도가 더 뛰어나 보였다.

김동이 알아낸 정보에 따르면 그는 도룡자 우정구, 사안랑 유세건과 함께 혈사방 부방주를 맡고 있는 무정도(無情刀) 고월(高月)이었다. 실제로 다들 쉬쉬하는 편이지만 무정도 고월이 혈사방에서 가장 강한 고수란 소문이 자자한 듯했다.

고월은 김동, 김철은 물론이거니와 몇 십 분 전 일투삼낙으로 진을 잔뜩 뺀 원공후 역시 상대하기가 만만치 않은 자였다.

즉, 우건이 그를 상대해야 다른 사람들이 편하다는 말이었다.

우건은 강렬한 기파를 쏘아 보내 무정도 고월을 건드렸다. 미간을 찌푸린 고월은 결국 참지 못하고 먼저 선공에 나섰다.

우건과 고월을 시작으로 원공후는 악인혈 성대혁과, 김동은 사안랑 유세건과, 김철은 소악(小惡) 성태훈과 맞붙었다.

7장. 인과응보(因果應報)

    우건은 분심공으로 무정도 고월을 상대하며 다른 사람들
의 대결을 유심히 지켜보았다. 고월은 우건이 다른 사람들
의 대결까지 신경 쓰는 모습을 보며 자존심에 커다란 상처
를 입었다. 자신과 대결 중인 상대가 다른 대결에 관심을
드러내는 것은 굳이 고월에 한정 지을 필요 없이 성격이 강
한 웬만한 무인들은 모두 자존심이 극도로 상할 법한 상황
이었다.

    고월은 그가 익힌 무정도법(無情刀法)의 절초를 이용해
우건을 압박해 갔다. 그러나 우건은 천지검법으로 막아 내
며 여전히 고월보다 다른 사람들의 대결에 더 많은 신경을

썼다. 우건이 분심공을 익혀 동시에 두 곳에 집중할 수 있다는 사실을 모르는 고월은 갈수록 분기탱천해 살수를 계속 펼쳤다.

우건은 시선을 돌려 고월의 무정도법에 집중하기 시작했다. 성대혁, 성태훈, 유세건과 대결하는 다른 일행들이 단시간 내에 쓰러지지 않을 것 같다는 확신이 들었기 때문이었다.

물론, 유세건과 대결하는 김동이 초반부터 수세에 몰린 게 약간 마음에 걸렸다. 그러나 유세건이 우건에게 주로 쓰던 오른팔을 잘린 데다, 유세건 본인의 실력이 다른 부방주에 비해 떨어지는 탓에 김동 을 완벽히 압도하지는 못했다.

더구나 총명한 김동은 자신이 애초에 유세건의 상대가 아님을 직감한 터라, 묵애도법의 초식으로 철저히 수비에 임했다.

한편, 우건은 고월의 무정도법이 예사 도법이 아님을 깨달았다. 범천 그룹 조직원이 사용하던 천라삼중도법과는 완전히 궤를 달리하는 도법으로 실전적인 초식으로 이루어져 있었다.

검법에 비해 도법이 훨씬 실전적이기는 하지만 무정도법처럼 허세나 격식을 완전히 없앤 도법을 찾기는 쉽지 않았다. 이런 도법을 쓰는 곳은 우건이 알기로 한 곳밖에 없었다.

바로 군대였다.

군인의 무예는 무조건 쉬워야 했다. 그리고 강해야 했다. 이 두 가지 조건을 모두 충족해야만 좋은 병영무예(兵營武藝)였다.

우건은 무정도법이 병영무예임을 확신했다.

관심이 생긴 우건은 고월이 펼치는 무정도법을 자세히 관찰했다. 한데 그럴수록 뭔가 이상한 점이 눈에 띄기 시작했다.

태을문은 고구려와 고려가 한반도를 지배하던 시절까지는 관부와 약간의 왕래가 있었다. 그때, 태을문과 친하게 지내던 군 장수가 병사들이 익힐 무예를 만들어 달라 부탁해 왔다.

태을문은 이에 십자도법과 십자창법을 새로 창안해 그들에게 전수해 줬다. 둘 다 병영무예의 조건을 훌륭히 충족하여 누구나 익힐 수 있지만 위력은 아주 뛰어난 그런 무예였다.

그러나 태조 이성계에 의해 고려가 망한 후에는 민간에 전해지던 십자도법과 십자창법의 맥이 완전히 끊겼다. 안타까움을 느낀 태을문 선조들은 이 십자도법과 십자창법을 태을문의 수준에 맞게 재창안하거나 변형하여 태을문의 여러 신공들과 결합시켰다. 그 결과, 중원의 여러 도법과 창법에 전혀 뒤떨어지지 않는 완벽한 실전형 무공이 만들어졌다.

훗날 이 십자도법과 십자창법은 태을문의 무공을 총 정리한 33종의 절예 중의 한자리를 당당히 차지하는 기염을 토했다.

태을문이 천여 년 동안 만들어 낸 무공이 수백 가지인 점을 생각해 보면 33종에 들어가는 게 결코 쉬운 일이 아니었다.

한데 범천 그룹 혈사방 부방주 고월이란 자가 펼치는 무정도법의 여러 초식에서 십자도법의 흔적을 발견할 수 있었다.

우건은 깜짝 놀랐지만 부동심이 있어 티는 크게 나지 않았다.

물론, 도법이 비슷하다고 해서 같은 위력을 낼 수 있는 것은 절대 아니었다. 고월이 익힌 무정도법은 완벽하지 않았다.

더욱이 십자도법의 중요한 오의(奧義) 몇 가지가 빠져 있었다.

두 가지 추측이 가능했다.

첫 번째는 십자도법을 익힌 태을문의 누군가가 중요한 오의를 일부러 빼놓은 상태에서 타인에게 전수했을 가능성이었다.

두 번째는 태을문의 누군가가 십자도법을 제대로 전수했지만 전수를 받은 이가 구결을 완벽하게 이해하지 못해 그 다음에 전수받은 이에게 불완전한 구결을 가르쳐 준 경우였다.

처음에는 초식 한두 개가 엉성한 상태로 전수되었을 테지만, 세월이 흐르는 와중에 더 많은 부분이 사라져 십자도법의 정수를 잃어버린 상태로 전해졌을 가능성이 있었다.

우건은 후자의 가능성에 더 무게를 두었다.

즉, 우건은 그동안 태을문이 그의 항렬을 끝으로 멸문한 것으로 알았는데 사실은 그게 아니었던 것이다. 그리고 그 말은 태을양의미진진에 갇혀 있던 고수들 외에 지금까지 독자적으로 명맥을 이어오고 있는 문파가 있을 수 있단 의미였다.

어쨌든 고월이란 자가 어떤 연유로 저 도법을 익혔는지는 모르겠지만 최소 태을문의 직계나 방계일 가능성이 있었다.

고월이 몸담고 있는 범천 그룹이란 조직은 끔찍이 싫었지만 그렇다고 태을문과 관련 있을지 모르는 자를 죽일 순 없었다.

우건은 고월을 깨우쳐 주어야겠다는 생각이 들었다.

방법은 있었다.

아니, 정말 확실한 방법이 하나 있었다.

우건은 청성검을 마치 도처럼 휘두르기 시작했다.

무인에게 검은 찌르기 위한 무기지만, 휘두를 수 없어

찌르는 데 쓰는 것은 아니었다. 이를 이해하려면 무인과 일반 병사의 차이를 먼저 알아야 했다. 내력이 없는 병사는 칼처럼 무겁고 날이 날카로운 무기가 필요했다. 그래야 갑옷을 입은 적을 벨 수 있었다. 그러나 내력을 연성한 무인은 가볍고 날이 무딘 검으로 상대를 일격에 죽일 수가 있었다.

또, 상식적으로 베는 동작보다 찌르는 동작이 훨씬 간결하기에, 내력을 익힌 무인은 검으로 찌르는 방식을 선호했다. 간결한 찌르기로 적을 죽일 수 있는데 굳이 검이나 칼로 허점이 많이 드러나는 베기를 선호할 필요가 없는 것이다.

이처럼 검으로 찌르는 형식의 검법이 발전한 것은 이런 이유에서지 검으로 적을 베기 힘들어 그런 것은 결코 아니었다.

우건은 실제로 청성검을 이용해 도법을 펼쳐 나갔다.

쉬익!

우건은 십자도법의 기수식이며 첫 번째 초식에 해당하는 일도횡단으로 고월이 펼친 무정도의 첫 번째 초식에 맞서 갔다.

카앙!

고월의 초식은 중간에 막혀 더 이상 뻗어 나가지 못했다. 굵은 눈썹을 살짝 찌푸린 고월은 다시 두 번째 초식을 펼쳐 왔다.

우건 또한 십자도법의 두 번째 초식 이도개심으로 반격
했다.

카앙!

또 다시 쇳소리가 울리는 순간, 고월이 펼치던 초식이 중
간에 방해를 받아 우건이 아닌 바닥을 향해 날아가 버렸다.

고월의 눈썹은 마치 송충이가 기어가듯 잔뜩 찌푸려져
있었다.

그럴 수밖에 없었다.

마치 우건이 그가 펼치는 초식의 허점을 모두 간파했다
는 듯 초식이 가진 약한 고리를 정확히 찾아내 베어 왔던
것이다.

고월은 세 번째 초식과 네 번째 초식을 연달아 펼쳤다.
그가 익힌 무정도법은 초식의 순서를 바꿀 수 없었다. 첫
번째 초식부터 마지막 초식까지 물이 흐르듯 자연스럽게
연계해야 초식의 단계가 올라갈 때마다 위력을 높일 수 있
었다.

우건은 당연히 십자도법의 세 번째 초식 삼도포월과 네
번째 초식 사도추뢰를 연달아 펼쳐 고월의 공세를 차단해
버렸다.

이는 가짜가 진짜를 이길 수 없다는 평범한 진리에 해당
했다.

무정도법 자체는 꽤 뛰어난 도법이지만 초식의 오의

상당수가 유실된 가짜나 다름없었다. 반면, 우건이 펼치는 십자도법은 그 정수가 모두 살아 있어 당해 낼 재간이 없었던 것이다.

이를 테면 무정도법의 상극이 십자도법인 것과 같았다.

고월은 눈치가 빠른 듯 이미 우건이 펼치는 무공이 검법이 아닌 도법임을 알아챘다. 그리고 우건이 펼치는 도법이 자신의 도법과 비슷하지만 약간 다르다는 것 또한 깨달았다.

물론, 우건의 십자도법이 자신의 도법보다 위력이 훨씬 강했다.

만약 우건이 진심으로 도법을 전개했으면, 그는 지금쯤 팔다리 중 하나가 잘려 피를 쏟아 내고 있을 가능성이 아주 높았다.

고월의 눈동자가 크게 흔들렸다.

고월 역시 우건의 도법에서 이상한 점을 눈치 챈 모양이었다.

고월의 흔들리던 눈동자가 한순간 차갑게 빛났다. 우건이 감히 예상하기로는 그 역시 자신과 같은 결론에 도달한 듯했다.

고월은 도를 잡은 손에 힘을 빼며 전음을 보내왔다.

-그 도법의 이름이 무엇입니까?

우건은 여느 때처럼 복면을 착용했지만 목소리나 풍기는

분위기를 봤을 때 나이가 아주 많지 않다는 것을 알 수 있었다.

한데 고월은 존대로 물어왔다. 우건의 예측대로 무정도법과 십자도법 사이에 숨은 곡절을 눈치 챈 게 틀림없는 듯했다.

우건 역시 전음으로 대답했다.

-십자도법이오.

우건의 대답에 충격을 받은 듯 고월이 숨을 크게 들이켰다.

-태, 태을문의 십자도법이란 말입니까?

-그렇소.

-그, 그럼 당신이 정말 태을문의 문도란 말입니까?

-나는 지금까지 다른 문파의 문도 중에 십자도법을 익힌 사람이 있단 말을 들어보지 못했으니, 당신 말이 맞을 거요.

고월의 눈이 찢어질 듯 커졌다.

-호, 혹시 태을문 28대 제자 일검선(一劍仙) 우 대협이십니까?

이번에는 우건이 놀랐다.

고월이 태을문과 연관이 있을지 모른단 생각을 하긴 했지만, 그가 가까운 사람만 아는 우건의 별호를 알 거라 생각하지는 못했다. 우건을 잘 모르는 무인들은 그를 불용선

(不容仙), 혈검선(血劍仙), 해동살귀(海東殺鬼) 등으로 불렸다. 그리고 우건을 잘 아는 가까운 지인들은 그를 일검선, 무심검(無心劍), 태을신검(太乙新劍)과 같은 별호로 불렸다.

우건은 부동심을 일으키며 물었다.

─나를 아시오?

─아, 알 수도 있고 모를 수도 있습니다.

묘한 말을 남긴 고월의 눈빛이 원래대로 돌아왔다.

─전 지금 첩자 임무를 맡아 범천 그룹 혈사방에 잠입한 상태입니다. 원래 소속은 구룡문이란 문파인데 혹시 아십니까?

우건은 바로 대답했다.

─들은 적이 있소.

─제게 일장을 날려 주십시오. 그럼 저는 부상당한 척 이 자리에서 도망치겠습니다. 그리고 조용해지면 다시 찾아뵙도록 하겠습니다. 제가 다시 연락할 수 있는 방법이 있겠습니까?

우건은 잠시 고민하다가 김동이 준 대포폰 번호를 알려주었다.

번호를 기억한 고월이 다시 전음을 보냈다.

─제가 욕을 좀 하겠습니다.

고월은 우건의 승낙을 기다리지 않았다.

"멍청한 놈, 그따위 수법으로 나를 죽일 수 있을 것 같으냐!"

소리친 고월이 무정도법의 절초를 펼쳐 왔다.

그러나 우건은 이미 고월의 수법을 낱낱이 파악한 상태였다.

우건은 그에 맞는 십자도법의 초식으로 막은 다음, 파금장을 날렸다. 고월은 급히 피하기 위해 몸을 날렸지만 아슬아슬한 차이로 실패해 결국 옆구리에 일장을 얻어맞고 말았다.

갑판 위를 붕 날아간 고월은 차가운 밤바다에 풍덩 빠졌다.

그리고는 모습을 감췄다.

고월이 거짓으로 패해 모습을 감췄다는 사실을 모르는 다른 적들은 애가 타기 시작했다. 우건은 곧장 두 번째 상대를 향해 몸을 날렸다. 바로 사안랑 유세건이었다. 사안랑 유세건을 맡은 김동은 어깨와 허벅지에 일도씩 맞아 피를 철철 흘리고 있었지만, 용케 두 발로 서서 상대의 공격에 저항하는 중이었다. 김동은 뒤로 물러서라는 우건의 전음을 받기 무섭게 쾌영문의 분영은둔을 펼쳐 신형을 감추려 하였다.

한데 유세건은 무공보다 심계가 뛰어난 자였다.

자신 쪽으로 달려드는 우건과 뒤로 물러서며 내뺄 준비를 하는 김동을 보기 무섭게 바로 결정을 내렸다. 그는 피하지 않았다. 그 대신 김동에게 달려들어 천라삼중도법이 아니라 홍대곤의 목을 부러트리는 데 사용했던 수공을 펼쳐 갔다.

"앗!"

김동은 목의 요혈을 찔러 오는 유세건의 왼손을 보며 헛바람을 집어삼켰다. 쓴웃음을 지은 우건은 유세건의 공격부터 차단했다. 우건이 급히 전개한 일검단해가 유세건의 왼팔을 잘라 내려는 순간, 뒤로 훌쩍 물러선 유세건이 신법을 펼쳐 도망치기 시작했다. 일검단해를 거두어들인 우건이 도망치는 유세건을 쫓으려 돌아섰을 땐 이미 선미에 가 있었다.

김동을 향해 펼쳤던 수공은 처음부터 전력이 실리지 않은 허초였다. 진짜 목적은 우건이 막게 만든 후에 도망치는 것이었다. 과연 심계가 깊은 자가 시도해 볼 만한 수법이었다.

우건은 일보능천으로 쫓아갔다.

유세건은 재빠른 동작으로 요트 선미에 있던 보트를 내렸다.

요트에 구비된 구명보트였다.

유세건은 구명보트가 채 자리를 잡기 전에 뛰어내렸다. 그리고는 구명보트에 올라타 30마력짜리 엔진에 시동을 걸었다. 드르륵 하는 소리와 함께 시동이 걸린 보트가 튀어나갔다.

선미에 도착한 우건은 미간을 찌푸렸다.

유세건은 벌써 10미터 거리에 있었다. 그리고 멀어지는 속도는 점점 더 빨라져 눈 깜짝할 사이에 사라져 버릴 기세였다.

우건은 재빨리 요트 선미에 있던 밧줄을 청성검에 묶어 던졌다. 우건의 손을 떠난 청성검이 섬전처럼 앞으로 쏘아져 갔다.

한편, 자신에게 날아드는 청성검을 본 유세건은 구명보트 바닥에 바짝 엎드려 피하려 했다. 청성검이 날아가는 방향이 보트 위였기에 바닥에 바짝 엎드리면 검에 맞을 일이 없었다.

아니, 없을 줄 알았다.

갑자기 속도를 줄인 청성검이 마치 다이빙을 하는 수영선수처럼 밑으로 홱 꺾이더니 그대로 보트를 향해 수직 낙하했다.

푸우욱!

청성검은 유세건과 보트를 같이 꿰뚫어 버렸다.

구멍이 뚫리는 바람에 바람이 빠진 보트는 유세건의 시신을 관처럼 싼 상태에서 바다 밑으로 천천히 가라앉기 시작했다.

우건은 그 틈에 밧줄을 당겨 청성검을 무사히 회수했다.

이번에는 사실 요행이 좀 끼어 있었다.

비검만리로 유세건을 죽이기에는 이미 거리가 너무 벌어진 상태였다. 그리고 비검만리로 요행히 유세건을 죽인다고 해도 그건 또 그것대로 문제였다. 우건이 그 자리에 도착했을 때는 이미 청성검이 바다 속으로 가라앉을 확률이 높았던 것이다. 적과 혈투를 벌이는 동료들이 남아 있는 상황에서 검을 찾겠다고 바다에 뛰어들 수는 없는 노릇이었다.

유세건과 같은 자를 처리하느라, 오금의 정화를 캐다가 수십 일 넘게 정련해 완성한 보검을 버려야 하는 상황에 처했다.

그때, 요트 바닥에 놓여 있던 밧줄이 우건의 눈에 들어왔다. 넓은 요트의 많고 많은 자리 중에서 하필 그 자리에 밧줄이 있었다는 말은 유세건의 명줄이 오늘로 끊어질 운명이었던 게 틀림없었다. 어쨌든 우건은 청성검의 검 자루에 밧줄을 묶어 비검만리 수법으로 유세건을 향해 쏘아 보냈다.

그러나 예상대로 거리가 너무 멀었다. 유세건은 청성검이 도착하기 전에 구명보트 바닥에 납작 엎드려 공격을 피했다. 거리가 가까웠다면 유세건이 아니라 유세건 할아버지가 오더라도 천지검법의 구명절초인 비검만리를 피하지 못했다.

비검만리는 단순히 검을 엄청나게 빠른 속도로 던지는

투검술(投劍術)이 아니었다. 비검만리가 투검술의 일종이었다면 지금까지 그 초식에 죽어 나간 고수들이 슬퍼할 것이었다.

비검만리로 던진 검은 엄청나게 강렬한 기파를 내포하고 있다가 상대 앞에서 방죽이 터지듯 기파를 쏟아 냈다. 기파에 적중당한 적은 순간적으로 거미줄에 걸린 벌레처럼 몸을 움직일 수가 없어 자신에게 날아드는 검을 피하지 못했다.

그러나 비검만리는 거리가 너무 멀 경우, 검을 채운 기파가 서서히 빠져나가 그 위력이 갈수록 떨어졌다. 10미터를 기준으로 1미터를 더 날아갈 때마다 위력이 2배씩 급감했다.

즉, 15미터쯤 이르면 위력이 거의 없다고 봐야 했다.

그런 이유로 요트와 16미터쯤 떨어진 위치에 있던 유세건이 우건이 펼친 비검만리를 피한 것은 어쩌면 당연한 일이었다.

유세건이 비검만리를 피했을 때, 우건은 잠시 갈등했다. 이대로 청성검을 거두어 유세건을 살려 보내느냐, 아니면 아직 실전에서 써 본 적이 없는 미지의 수법을 이용해 마지막으로 한 번 시도해 보느냐를 놓고 마음속으로 갈등한 것이다.

그러나 갈등한 시간은 길어 봐야 촌각(寸刻)에 불과했다.

우건은 무언가를 해 보기 전에 포기하는 성격이 절대 아니었다.

우건은 청성검을 묶은 밧줄에 내력을 밀어 넣었다.

검이나 도를 사용하는 무인은 기본적으로 생명이 없는 물체에 내력을 밀어 넣는 일에 도가 튼 사람들이었다. 그 일을 제대로 못하면 검과 도를 제대로 쓰지 못하는 사람이었다.

다행히 우건은 생명이 없는 물체에 내력을 밀어 넣는 기술에 있어 따라올 자가 그리 많지 않은 솜씨의 소유자였다. 그러나 길어야 2미터에 불과한 철제 무기에 내력을 불어넣는 일과 15미디가 넘는 밧줄에 내력을 불어넣은 일은 난이도가 천양지차였다. 당연히 후자가 훨씬 어려운 법이었다.

그러나 우건은 잘 해냈다. 그리고 결국엔 밧줄 끝에 묶어 놓은 청성검에까지 내력을 밀어 넣는 데 성공했다. 여기까지가 어려운 부분이지, 그 다음은 식은 죽 먹기나 다름없었다.

청성검을 움직여 구명보트 바닥에 엎드린 유세건과 보트를 거의 동시에 관통해 마침내 간적의 숨통을 끊는 데 성공했다.

밧줄을 당겨 청성검을 회수한 우건은 방금 전의 느낌을 계속 간직하려 노력했다. 우건은 방금 전 아주 원시적인 방법으로 검법의 끝이라 불리는 이기어검(以氣御劍)을 시도했다.

이기어검은 말 그대로 기로 검을 조종하는 단계를 뜻했다. 이기어검을 완벽하게 연성하면 백 리 밖에 있는 적에게 검을 날려 수급을 벨 수 있었다. 그리고 검을 날린 상태에서 검신에 올라타 새처럼 공중을 마음대로 활보할 수도 있었다.

그야말로 검법의 끝, 아니 무공의 끝에 해당하는 전설상의 경지였다. 보통 전설은 허무맹랑하거나, 아니면 사람이 원하는 이상향을 가리키는 경우가 많았다. 즉, 현실적으로 실현 불가능한 경지라는 뜻이었다. 그러나 이기어검은 달랐다.

우건은 이기어검을 완벽하게 사용한 전대 무인을 한 명 알았다.

바로 태을문을 세운 태을조사였다.

태을조사는 우연한 기회에 신인(神人)이 남긴 천서(天書) 상중하 세 권을 얻어 거의 100년 동안 수련한 신선이었는데, 우화등선하기 전에 이기어검을 완벽히 연성해 하루에 천여 리를 거뜬히 오갔다는 기록이 태을문 문서에 남아 있었다.

태을조사는 우화등선하기 전에 제자들을 모아놓고 이기어검을 가르치기 위해 그 안에 들어 있는 무학의 이치를 설명했다.

그러나 태을조사의 재능을 따라가지 못한 제자들은 그

이치를 깨닫지 못해 전혀 엉뚱한 결과물을 내놓기 일쑤였다. 크게 실망한 태을조사는 자신의 심득을 다른 방식으로 남겨 재능 넘치는 후손들 중 하나가 이어받기를 간절히 원했다.

그 심득의 결과물이 바로 천지검법이었다.

천지검법은 기수식인 인답장도부터 마지막 초식인 천지합일까지 익히기 쉬운 초식이 없었다. 그런 천지검법을 우건이 어린 나이에 대성한 것은 그야말로 기적과 같은 일이었다.

한데 그중에서도 익히기가 어려운 초식이 몇 개 있었는데, 그중 대표적인 초식이 바로 비검만리와 성구폭작, 그리고 천지합일이었다. 비검만리와 성구폭작, 그리고 천지합일 이 세 초식은 이기어검에 쓰이는 무리를 아주 쉽게 설명한 도해서(圖解書)와 같았다. 이 세 초식을 완벽히 이해해 펼칠 수 있으면 이기어검으로 가는 문을 열 수가 있었다.

우건은 천지검법을 완성한 후에 당연히 이기어검을 연구했다.

그러나 천지검법을 연성하는 것과 이기어검의 경지에 도달하는 것은 전혀 다른 문제였다. 그리고 시간 역시 부족했다.

이기어검을 연구하기 시작한 지 얼마 지나지 않아 사부 천선자의 명으로 사문을 배신한 반도 조광을 잡으러 떠나야 했다.

태을양의미진진에 갇혔다가 현대무림에 발을 들여놓게 된 후에는 이기어검을 신경 쓸 상황이 아니었다. 우선 내력을 회복하여 무공을 예전 수준으로 끌어올리는 게 먼저였다.

내력을 회복하지 못한 상태에서 이기어검을 연구하는 것은 산수를 제대로 못하는 아이가 수학을 풀려는 것과 같았다.

한데 유세건이란 악적을 처단하기 위해 요행을 바라며 사용한 수법에서 이기어검의 실체를 약간이나마 체험할 수 있었다.

우건은 유세건을 죽일 때, 밧줄을 사용해 청성검을 움직였다. 그러나 이기어검은 밧줄 없이 그런 결과를 만들어 내는 경지였다. 즉, 밧줄이 있고 없고의 차이가 엄청나게 큰 것이다.

우건은 묵상을 통해 지금 얻은 깨달음을 좀 더 정제(整齊)하고 싶은 마음이 굴뚝같았지만 다른 일행이 여전히 대결 중이었다. 그런 상황에서 한가롭게 묵상이나 할 수는 없었다.

요트 선수로 돌아온 우건은 상황이 변했다는 사실을 바로 알 수 있었다. 유세건이 도망치는 바람에 상대를 잃은 김동은 동생 김철과 함께 소악 성태훈을 밀어붙이는 중이었다.

불과 1분 전까지, 무인이라기보다는 동네 질 나쁜 양아치에 더 가까워 보였던 성태훈은 칼자루에 보석이 덕지덕지 박힌 보도로 김철과 막상막하의 대결을 벌이는 중이었다. 그런 상황에서 무시 못 할 실력자인 김동까지 가세한 상황이었다. 그야말로 성태훈에게는 발등에 불이 떨어진 격이었다.

아들의 위기를 눈치 챈 혈사방주 악인혈 성대혁은 어떻게든 원공후를 뒤로 물러서게 한 다음, 아들을 구해 주려 하였다.

그러나 원공후 역시 악착같이 버티며 제자들이 성태훈을 빨리 끝내길 기도했다. 원공후는 만만치 않은 상대였던 도룡자 우정구를 상대로 악전고투를 벌이다가 일투삼낙이라는 비장의 수법을 이용해 간신히 승리를 쟁취했다. 그 후에 수영만으로 오는 동안 운기조식을 통해 약간의 내력을 회복하긴 했지만, 아직 완전하진 아니었다. 그러나 부방주보다 실력이 떨어지는 방주쯤은 아직 막아 낼 능력이 있었다.

우건은 성태훈을 거의 쓰러트리기 직전까지 몰아붙이는 데 성공한 김동과 김철을 보며 잠시 갈등했다. 강호무림에 발을 내디딘 무인이 실력을 쌓는 데는 실전만 한 수단이 없었다.

멀리 갈 필요 없이 망인단 단주 장린이란 강적을 상대로 절체절명의 위기까지 몰렸던 우건은 그 후에 상당한 깨달음을 얻어 염왕도 박포와 같은 고수를 손쉽게 해치울 수 있었다.

김동과 김철이 성태훈을 쓰러트린다면, 앞으로 무인으로 살아가는 데 분명 큰 도움을 받을 터였다. 그러나 상황이 별로 좋지 않았다. 원공후는 성대혁과의 대결을 억지로 이어나가는 중이었다. 그리고 호기심이 왕성한 부두 노동자나 근처에 정박해 있는 다른 요트의 주인이 이 요트에서 벌어지는 변고에 관심을 보이기 시작하면 좋을 게 그다지 없었다.

우건은 전음으로 김동과 김철을 물러나게 했다.

김동과 김철은 즉시 분영은둔을 펼쳐 성태훈과의 거리를 벌렸다. 성격이 악독한 성태훈은 마치 미친개처럼 물러서는 김철을 물어뜯으려 했지만 우건의 방해로 뜻을 이루지 못했다.

우건은 청성검으로 성태훈을 겨누며 물었다.

"그 모녀에게 강제로 독약을 먹여 동반자살한 것처럼 꾸몄느냐?"

성태훈은 씩씩거리며 소리쳤다.

"그 멍청한 년이 경찰에 신고를 하겠네, 인터넷에 올려 폭로하겠네 같은 설레발만 안 떨었어도 굳이 손쓸 필요가 없었겠지! 그년들이 죽은 일은 그년들 탓이지, 내 탓이 아니야!"

"강제로 독약을 먹여 동반자살한 것처럼 꾸몄다는 말이로군."

담담한 표정으로 말을 마치는 순간, 우건의 몸에서 흘러나온 서늘한 살기가 성태훈의 몸을 그물처럼 옥죄기 시작했다.

최후를 직감한 성태훈이 이를 갈며 악을 써댔다.

"오늘은 너희들이 이겼을지 모르지만, 할아버지가 부산으로 돌아오는 순간 너희들은 다 죽은 목숨이야, 이 개새끼들아! 할아버지가 네놈들의 살점을 하나, 하나 떼어 가며 잔뜩 괴롭히다가 죽일 거라고! 내 말 알아들었어! 이 씨팔놈들아!"

우건은 고개를 저었다.

"내 걱정은 할 필요 없다."

"으아악!"

괴성을 지른 성태훈이 보석이 덕지덕지 박힌 보도로 성만식의 성멸절기인 천라삼중도법의 절초를 펼치며 우건을 공격해 왔다.

그러나 형태만 간신히 갖췄을 뿐, 천라삼중도법의 위력을 제대로 끌어내지 못했다. 또, 평소에 체력단련을 제대로 하지 않은 탓에 커피를 잔뜩 마신 사람처럼 손발을 덜덜 떨었다.

쉭!

우건은 금선지로 성태훈의 오른팔 곡지혈(曲池穴)을 찔렀다. 황금색 광채가 허공을 짧게 가르는 순간, 성태훈의 오른손 손목에서 피가 살짝 튀었다. 성태훈은 비명을 질러 댔다.

쉬익!

우건은 지체 없이 두 번째 금선지를 날려 성태훈의 왼팔 곡지혈에 구멍을 뚫었다. 이제 성태훈 두 팔 모두 쓰지 못했다.

양팔의 손목에 위치한 곡지혈은 인체의 중요한 맥문(脈門) 중에 하나로 공격을 받으면 팔을 쓰는 데 어려움을 겪었다.

양팔을 늘어트린 성태훈은 광견병에 걸린 개처럼 짖어 댔다. 욕인 것은 분명하지만 알아들 수 있는 단어는 그리 많지 않았다.

우건은 청성검을 두 번 내리쳐 성태훈의 두 팔을 잘라 냈다.

성태훈의 비명 소리가 찢어질 듯 커졌다.

그때, 원공후의 다급한 목소리가 들려왔다.

"조심하십시오!"

우건이 고개를 돌리는 순간, 원공후가 비틀거리며 물러서는 모습이 보였다. 다행히 외견상으로는 다친 곳이 없어 보였다.

시선을 더 안으로 돌렸다.

그때였다.

입가에 피를 흘리는 성대혁이 성난 얼굴로 달려들었다.

"독수를 당장 멈춰라!"

그러나 우건은 멈출 생각이 없었다.

비명 소리가 다른 사람들의 주의를 끌지 않도록 청성검을 옆으로 휘둘렀다. 그 즉시, 성태훈의 머리가 잘려 바닥에 떨어졌다. 우건에게 달려드는 성대혁의 표정이 더 흉포해졌다.

성대혁 역시 젊은 시절에는 아들 못지않은 문제덩어리였다.

현대무림의 무인들이 성대혁에게 붙여 준 별호는 악인혈(惡人血)이었다. 악인의 피를 물려받았다는 뜻의 그 별호에서 성대혁이 가진 그 잔인함을 충분히 유추해 볼 수가 있었다.

"이 개자식!"

우건은 아들의 죽음으로 이성을 상실한 성대혁에게 왼손 손가락을 튕겨 지력을 쏘아 보냈다. 그 즉시, 우건의 검지에 횃불처럼 맺혀 있던 작은 불덩어리가 쏜살같이 허공을 갈랐다.

성대혁은 아들을 죽인 우건과 동귀어진할 생각으로 방어를 포기했다. 왼팔을 앞으로 쭉 뻗어 우건이 쏘아 보낸 청회색 불덩어리를 막아 낸 다음, 승부를 볼 작정이었던 것이다.

그러나 이는 성대혁의 치명적인 오판이었다.

우건이 쏘아 보낸 청회색 불덩어리의 정체는 바로 불문 최강 지력이라 평가받는 전광석화였다. 그 옛날 선승들이 백성을 괴롭히던 마두를 없애기 위해 만든 신공절학인 것이다.

청회색 불덩어리는 문자 그대로 전광석화처럼 날아가 성대혁의 왼팔을 단숨에 휘감아 버렸다. 성대혁은 그제야 자신이 치명적인 오판을 했음을 깨달았다. 왼팔에 닿은 불꽃은 옷과 살을 순식간에 태웠다. 그리고는 근육을 태운 다음 뼈를 녹이기 시작했다. 왼팔이 재로 변해 흩어질 무렵, 왼쪽 어깨로 번져 간 불길이 상체와 머리를 태우기 시작했다.

"으아아악!"

비명을 지른 성대혁은 몸을 비틀어 몸에 붙은 불을 꺼 보려 했지만 전광석화는 태울 수 있는 게 남지 않을 때까지는 인위적으로 끌 수 없었다. 불길이 혀를 태운 듯 비명 소리가 짐승이 그르렁거리는 소리처럼 들렸다. 뒤이어 새파란 불길에 완전히 휩싸인 성대혁은 재로 변해 서서히 흩어졌다.

전광석화의 엄청난 위력에 원공후와 김동, 김철은 말을 제대로 잇지 못했다. 세상에 이런 무공이 있으리라곤 생각지 못했다. 그야말로 하늘 위에 하늘이 있음을 깨닫는 순간이었다. 담담한 표정으로 돌아선 우건은 김동과 김철에게 요트를 뒤져 보게 했다. 잠시 후, 김동과 김철이 금괴와 채권 등 수십 억 상당의 재물이 담긴 마대 자루와 함께 돌아왔다.

외국으로 밀항하는데 맨몸으로 갈 수는 없었을 것이다. 그렇다고 부동산처럼 처리가 쉽지 않은 물건을 현금화할 수는 없었을 테니, 휴대가 쉬운 금괴와 채권 등만 챙긴 듯했다.

요트 위의 시체를 정리한 일행은 임재민의 고모가 머물던 아파트에 돌아가 장례 준비를 서둘렀다. 제사상에 원수의 수급을 올려놓은 건 아니지만 범천 그룹 회장 성만식 외에는 모두 죽었기에 원한을 상당 부분 갚은 셈이나 마찬가지였다.

며칠 후, 죽은 모녀의 유일한 친족이나 다름없는 임재민이 상주를 맡아 병원 장례식장에서 상을 치렀다. 그리고는 고인의 유지에 따라 화장한 다음, 부산 교외 납골당에 안치했다.

장례를 마친 다음에는 성대혁의 요트에서 거두어들인 재물을 처리하기 시작했다. 금괴와 채권을 원래 가격보다 싼 가격에 내놓은 덕분에 금세 20억에 가까운 현금을 마련할 수 있었다.

우건은 그 돈을 성폭력 피해자를 돕는 단체와 고아원,

사회 복지 지설 등에 임재민의 고모와 사촌 동생 이름으로 기부했다.

재물까지 처리한 후에는 수영만으로 아지트를 옮겨 주인 없는 요트를 감시하기 시작했다. 이번 부산행에서 가장 중요한 일을 처리하기 위해선 요트를 감시할 필요가 있었다.

김은 삼형제와 임재민이 돌아가며 요트를 감시하는 동안, 우건은 원공후와 함께 쾌영문의 심법인 일목구엽심법을 연구했다.

쾌영문의 전대 문주였던 한심선생(閑心先生)은 유일한 제자인 원공후를 정성스레 가르쳤다. 그러나 쾌영문의 무공은 신공절학은커녕 일류라는 칭호조차 얻기 힘든 수준이었다.

분영신법, 백사보, 금계탁오권, 쾌영십팔수 등은 그런 대로 괜찮은 무공이었지만 뼈대를 이루는 심법이 형편없었던 것이다.

그 심법이 바로 쾌영문이 가진 유일한 심법에 해당하는 일목구엽심법이었다. 한심선생은 생전에 일목구엽심법을 1갑자 가까이 연구했지만 심법의 수준이 떨어진다는 사실만 재차 확인했을 뿐이었다. 이에 낙담한 한심선생은 세상을 떠나기 전 원공후에게 일목구엽심법은 한계가 명확하니 분영신법과 쾌영십팔수를 중심으로 수련하라는 유언을 남겼다.

원공후는 선사의 유언을 충실히 따라 일목구엽심법은 쳐다보지 않았다. 대신, 초식을 연마하는 데 집중했다. 덕분에 천하에서 세 손가락 안에 들어가는 신투(神偸) 대열에 들었다.

한데 이곳에 넘어와 우건이 준 혈림 림주 혈운검의 비급과 홍귀방 대방주 마검귀 장헌상의 비급, 그리고 제천회 망인단 단주 묵령심애도 장린의 비급 등을 연구하며 적지 않은 깨달음을 얻은 원공후는 일목구엽심법에 자신이 모르는 어떤 비밀이 숨겨져 있단 사실을 연공 중에 우연히 발견했다.

비록 그 안에 숨겨져 있는 비밀을 다 풀지는 못했지만 일목구엽심법의 위력이 전보다 훨씬 강해진 덕분에 혈사방의 도룡자 우정구라는 강적을 생각보다 쉽게 꺾을 수가 있었다.

그러나 원공후 혼자서는 일목구엽심법에 숨겨져 있는 비밀을 다 풀 재간이 없었다. 원공후는 우건에게 도움을 청했다.

우건은 원공후의 요청을 흔쾌히 받아들였다.

우건은 원공후와 함께 일목구엽심법의 구결을 가장 작은 단위까지 일일이 해체했다가 다시 붙이는 작업을 시작했다.

그렇게 두어 번을 반복했을 무렵, 우건은 일목구엽심법

의 문제점이 무엇인지 깨달을 수 있었다. 일목구엽심법은 원래 하나의 나무에 아홉 개의 잎이 달려 있다는 심법의 이름처럼 기둥에 해당하는 나무가 가장 중요했다. 우선 중심인 나무가 제대로 서야 잎이든 꽃이든 새로 날 수 있는 것이다.

한데 쾌영문의 일목구엽심법은 정작 그 중요한 나무가 쏙 빠진 상태에서 나머지 아홉 개의 나뭇잎만 남아 있는 상태였다. 심법의 위력이 제대로 나오지 않는 게 어쩌면 당연했다.

원공후가 급히 물었다.

"그럼 제가 연공 중에 우연히 깨달은 것은 대체 무엇입니까?"

"쾌영문주가 사라진 나무의 일부를 발견한 것 같소."

원공후가 사탕을 발견한 아이처럼 간절한 눈빛으로 물었다.

"그럼 주공께서는 심법을 원래대로 복원하실 수 있으십니까?"

우건은 원공후의 눈을 보며 대답했다.

"쾌영문주가 실마리를 찾아 준 덕분에 어쩌면 가능할 것 같소."

감격한 원공후가 환희에 찬 표정으로 몸을 부들부들 떨었다.

이는 쾌영문이 일류문파로 도약할 수 있는 절호의 기회
였다.

8장. 대면(對面)

　구결 일부가 사라진, 그리고 훼손이 심한 심법을 복원하는 일은 당연히 쉽지 않았다. 그러나 쾌영문의 경우, 천우신조(天佑神助)로 원공후가 사라진 구결 일부를 찾아낸 덕분에 일목구엽심법의 복원을 진행할 수 있는 길이 열려 있었다.

　일목구엽심법은 중심에 심법의 뼈대를 이루는 일목(一木), 즉 기둥을 먼저 세워야 했다. 그리고 그 세운 기둥에 나뭇잎이 나기 시작할 때부터 위력이 점차 강해지는 심법이었다.

　그런 식으로 기둥에 나뭇잎이 하나가 달리면 1성, 아홉 개가 달리면 9성을 의미했다. 한데 쾌영문은 기둥을 세우지 않은 상태에서 억지로 잎을 피우려다 보니, 마치 하류잡배가 익히는 허술한 심법처럼 위력이 나오지 않았던 것이다.

우건은 원공후와 끊임없이 대화하며 사라진 기둥을 찾기 위해 애썼다. 그렇게 3일 밤을 꼬박 새웠을 때, 마침내 기둥이 자랄 수 있는 기반, 즉 심법의 뿌리를 찾는 데 성공했다.

이제 그 뿌리를 키워 기둥으로 만드는 일은 오롯이 원공후의 몫이었다. 원공후는 침식을 잊어가며 심법에 몰두했다.

그러나 호사다마(好事多魔)라는 말처럼 좋은 일이 생기면 그 좋은 일을 방해하는 나쁜 일이 동반하는 것은 세상의 이치였다. 지금 역시 마찬가지였다. 원공후가 막 입정(入靜)에 들었을 때, 성대혁의 요트를 감시하던 김은이 일어섰다.

"누가 온 것 같습니다."

그 말에 입정에서 깨어난 원공후가 고개를 절레절레 저었다.

"하여튼 이놈들은 남 잘되는 꼴을 죽어도 못 보는군."

겉으론 툴툴거렸지만 행동은 재빠르기 짝이 없었다. 이미 요트가 내려다보이는 창가에 숨어 밖을 살펴보는 중이었다.

우건 역시 창문을 통해 요트를 내려다보는 중이었다.

김은의 말대로 검은색 야행복(夜行服)을 걸친 중년 사내

하나가 고양이처럼 소리를 내지 않은 채 요트에 접근 중이었다.

요트를 지키는 사람이 없는 것을 확인한 중년 사내는 요트 선수 위로 몸을 훌쩍 날렸다. 단 한 번의 도약으로 4, 5미터 높이에 있는 요트 선수 위에 정확히 안착했다. 중년 사내가 펼치는 신법을 확인한 원공후가 침을 꿀꺽 삼켰다. 신법을 펼치는 모습만 봐서는 절대 무시할 만한 상대가 아니었다.

요트 선수에 도착한 중년 사내가 이곳저곳을 뒤졌다. 생존자나 싸움의 흔적을 찾는 듯했다. 그러나 우건 일행이 요트를 떠날 때 깔끔하게 정리한 탓에 흔적이라 할 만한 게 없었다.

중년 사내는 실망한 듯 다시 부두로 돌아와 항구 좌우를 면밀히 살폈다. 중년 사내의 시선이 일행이 숨은 3층 건물의 2층을 훑는 순간, 다들 바닥에 엎드린 상태로 숨을 참았다.

수색을 마친 중년 사내는 그가 처음 왔던 서쪽으로 몸을 날렸다.

김은이 멀어지는 중년 사내의 뒷모습을 주시하며 물었다.

"그가 우리를 보지 못한 걸까요?"

확신하기 어렵다는 듯 원공후가 우건에게 바통을 넘겨주었다.

"주공께선 어떻게 생각하십니까?"

우건은 방금 전의 상황을 떠올리며 대답했다.

"그가 퍼트린 미세한 기파가 몇 차례 우리 주위를 지나갔소."

"그럼 그가 우리 존재를 알고 있었단 말이겠군요."

"그렇소."

우건의 대답을 들은 일행은 서로의 얼굴을 바라보며 고개를 끄덕였다. 중년 사내가 며칠 만에 갑자기 나타난 이유는 명확했다. 그들이 있는 장소로 우건 일행을 유인하려는 것이다.

즉, 중년 사내를 쫓아가면 함정이 기다린다는 뜻이었다.

우건은 성대혁의 요트가 내려다보이는 이곳에 새 아지트를 만들며 두 가지 상황을 각각 염두에 두었다.

첫 번째는 성만식 등이 요트에 나타나는 상황이었다. 성만식이나, 성만식의 부하가 요트에 나타날 확률은 아주 높았다. 아들 성대혁과 손자 성태훈이 마지막으로 목격된 곳이 요트였다. 아들과 손자의 생사를 알아보려면 요트를 찾는 수밖에 없었다.

만약, 첫 번째 가정대로 성만식이 요트에 먼저 나타난다면 우건 일행은 이를 기습해 유리한 위치를 먼저 선점할 수 있었다.

두 번째 가정은 아들과 손자가 이미 살해당했다는 사실을 안 성만식이 복수하기 위해 그들을 유인하는 상황이었다. 우건 일행이 요트를 감시하고 있는 것을 역이용하는 것이다.

한데 정황으로 봐선 두 번째 가정이 맞아떨어진 듯했다.

아들과 손자가 이미 죽었다는 사실을 안 성만식이 우건 일행을 자신들 쪽으로 유인해 피의 복수를 하려는 게 분명했다.

성만식은 범천 그룹 회장이었다. 동원할 수 있는 전력이 우건 일행의 예상을 벗어날 수 있다는 의미였다. 그리고 자신의 뒤를 이을 아들과 손자가 흉수의 손에 살해당한 상황이었다.

현재로서는 성만식이 복수에 눈이 멀어 끌어 모을 수 있는 가장 강한 전력을 동원하여 복수에 나설 가능성이 아주 높았다.

그러나 우건은 물러설 생각이 전혀 없었다.

범천 그룹 회장 성만식을 없애지 못하면 이번 부산행은 절반의 성공만을 거둘 뿐이었다. 그리고 우건은 미적지근한 걸 싫어했다.

우건은 일행을 둘러보며 담담한 목소리로 말했다.

"적이 판 함정임을 모른다면 위험할 수 있지만, 다행히 지금은 적이 함정을 파놓았다는 사실을 우리가 아는 상태라 크게 위험하지는 않을 거요. 내 지시에 따라 정확히 움직이면 모든 사람이 살아서 부산을 떠날 수 있을 거라 생각하오."

"예."

일행의 대답을 들은 우건은 복면을 쓴 상태에서 방금 요트를 정찰한 중년 사내가 갔던 부두 서쪽으로 신법을 펼쳤다.

오래지 않아 중년 사내가 지저분한 골목 안으로 사라지는 모습이 보였다. 중년 사내가 요트를 수색할 때 보여 준 실력이라면 지금쯤 몇 킬로미터 떨어진 곳에 있어야 이치에 맞았다. 그러나 중년 사내는 우건을 유인해 오라는 지시를 이행하기 위해 우건이 쫓아올 때까지 친절히 기다려 주었다.

중년 사내가 그를 유인하는 중이 맞다면 우건은 못 이기는 척 그의 의도에 따라주기로 마음먹었다. 중년 사내는 자신이 우건을 유인하는 거라 생각하겠지만. 우건 입장에서는 알아서 적의 심장부로 안내해 주는 충실한 길잡이일 따름이었다.

지저분한 골목과 낙후된 구도심(舊都心)을 막 지났을 때였다.

폐차장과 고물상을 겸하는 사업장이 나타났다.

우건은 지체 없이 담을 넘어 안으로 들어갔다.

고물상 중앙에 여섯 명이 서 있었다.

그중 한 명은 우건을 유인한 중년 사내였는데 그는 머리카락이 백발인 노인에게 무언가를 열심히 보고하는 중이었다.

보고를 다 마친 다음에는 손가락을 들어 우건을 가리켰다. 마치 저놈이 당신의 아들과 손자를 죽인 자라 말하는 듯했다.

실제로 중년 사내의 보고를 들으며 백발노인의 표정이 시시각각 변했다. 그리고 마지막에는 분노란 단어 외에는 설명이 불가능한 감정을 드러냈다. 우건은 날카로운 살기한 가닥이 10여 미터 떨어진 공간을 관통해 자신에게 날아오는 것을 느꼈다. 우건은 피하지 않았다. 같이 기파를 방출해 백발노인이 그에게 쏘아 보낸 살기를 강하게 맞받아쳤다.

우건은 백발노인의 살기를 받아치며 선령안을 펼쳤다.

그 즉시, 백발노인의 어깨 위에서 아지랑이처럼 올라오는 붉은색 살기가 보였다. 그리고 그 살기는 백발노인의 정수리 위에서 작은 공처럼 뭉친 다음, 우건을 향해 쏘아져왔다.

물론, 우건이 쏘아 보낸 기파 역시 선령안에 선명히 드러났다. 우건이 쏘아 낸 기파는 더러운 얼룩이 전혀 없는 깨끗한 흰색이었다. 아니, 더러운 얼룩이 없다기보다는 감정이 전혀 실리지 않았다는 표현이 더 정확해 보였다. 어쨌든 흰색 기파는 백발노인의 붉은색 살기를 점차 밀어붙었다.

기선 제압에 실패한 백발노인은 못마땅한 표정으로 살기를 거두었다. 우건 역시 쏘아 보낸 기파를 천천히 거두어들였다.

소강상태에 접어든 틈을 이용해 기파를 다시 그물처럼 넓게 퍼트려 보았다. 주위 100여 미터 안으로 다른 적의 기척은 느껴지지 않았다. 즉, 눈앞에 있는 여섯 명이 전부란 의미였다.

우건은 폐차장 입구를 향해 고개를 끄덕여 보였다.

잠시 후, 김동과 김철 두 명이 달려와 우건 양옆에 시립했다.

침을 꿀꺽 삼킨 김동이 떨리는 목소리로 전음을 보냈다.

-저 백발노인이 범천 그룹 회장 성만식입니다. 범천 그룹이 주최한 행사를 촬영한 영상 속에서 본 기억이 있습니다.

우건은 말없이 고개를 끄덕였다.

그때였다.

앞으로 나온 성만식이 우건에게 삿대질을 하며 물었다.

"하나만 묻자. 내 아들과 손자를 죽인 진짜 이유가 무엇이냐?"

우건은 담담한 목소리로 대답했다.

"당신의 아들과 손자는 죽어 마땅한 쓰레기였소. 지금

와 생각해 보면 오히려 너무 쉽게 죽인 것 같아 아쉬울 따름이오."

성만식이 이를 부드득 갈았다.

"누가 널 보냈느냐? 특무대냐? 아니면, 구룡문 그 개자식들이냐?"

성만식이 구룡문이라는 이름을 꺼내는 순간, 우건은 성대혁의 요트에서 구룡문이 범천 그룹 혈사방에 잠입시킨 첩자라는 신분을 털어놓았던 무정도 고월의 얼굴이 불쑥 떠올랐다.

이유는 알 수 없지만 고월은 태을문의 독문 도법인 십자도법을 상당 부분 베낀 것으로 보이는 무정도법을 펼쳤었다.

고월에게 김동이 준 대포폰의 번호를 주었으니 언젠가는 연락이 올 것이고 그를 통해 일의 전말을 알 수 있을 것이다.

우건의 대답을 듣지 못한 성만식은 스스로 답을 구했다.

"아니지, 아니야. 그들이 키워 낸 고수 중에는 내가 30년 동안 이룩한 기업(企業)을 단 며칠 만에 박살낼 수 있는 능력자가 없을 테니까. 그렇다면 회의 다른 조직이거나, 요즘 중국에서 맹위를 떨친다는 참선당(斬仙黨)이 보낸 모양이군."

우건은 성만식의 자문자답을 통해 몇 가지 정보를 새로

얻었다.

우선 성만식이 언급한 회라는 부분이었다.

그가 아는 회는 제천회 하나였다. 우건보다 이쪽 사정을 훨씬 잘 아는 원공후 또한 다른 회에 대해 언급한 적이 없었으니, 성만식이 언급한 회 역시 제천회일 가능성이 높았다.

우건은 성만식이 정말 제천회를 언급한 거라면, 제천회란 명칭 전체가 아닌 회란 글자만 언급한 이유가 있을 거라 생각했다. 그가 제천회와 관련이 없다면 앞뒤에 언급한 특무대, 구룡문, 참선당처럼 전체 이름을 말했을 것이다. 그러나 그는 제천회의 회란 마지막 글자만 언급했다.

보통 전체 명칭 대신에 조직의 명칭 중 한 글자만 따로 떼어 내 호칭하는 경우는 한 가지 이유밖에 없었다. 바로 자신이 소속되어 있는 조직을 부를 때 사용하는 경우였다.

자기가 다니는 회사나 학교를 다른 사람에게 소개할 때, 별다른 수식어를 붙이지 않거나 보통 우리 회사로 칭하지, 무슨 회사나 무슨 학교라 칭하지 않는 행동과 같은 이치라 할 수 있었다.

다시 말해 성만식은 제천회와 아주 관련이 깊은 사람이란 뜻이었다. 그리고 자신이 세운 범천 그룹을 공격한 범인으로 회의 다른 조직을 의심한다는 말은 지금 제천회 내부에서 암투가 벌어지는 중임을 의미했다. 제천회의 결속력이 아주 강하다면 회의 다른 조식을 의심할 이유가 없는 것이다.

우건은 망인단주 장린의 제자로 위장해 있던 송지운의 도움을 받아 제천회를 곤경에 빠트린 상태였다. 우건은 제천회 핵심 조직 중 하나인 망인단을 제거했다. 그리고 핵심 간부 중 하나로 보이는 마동철이 청와대 간부와 거래하는 장면을 촬영해 인터넷에 올렸다. 그 바람에 대통령은 탄핵됐고 마동철은 회 내에서 징계를 받았을 가능성이 높았다.

핵심 간부인 장린과 마동철이 낙마했으니까 제천회 내부에서는 그 두 사람의 자리를 차지하기 위한 암투가 한창 진행 중일 터였다. 그렇다면 제천회 소속으로 보이는 성만식이 회의 다른 조직을 의심하는 게 근거 없는 의심까지는 아니었다.

성만식이 우건에게 준 마지막 정보는 중국에서 맹위를 떨친다는 참선당의 존재였다. 참선당이 삼합회와 같은 일반적인 폭력 조직이라면 성만식이 따로 거론할 이유가 전혀 없었다.

즉, 참선당 역시 무인이 주축을 이룬 무림방파란 뜻이었다. 원공후는 태을양의미진진에 갇혀 있다가 이곳으로 넘어온 고수들 중 일부가 고향이 있는 중국으로 돌아갔다는 말을 한 적이 있었다. 그렇다면 그들이 모여 문파를 세웠다고 해서 크게 이상한 일은 아니었다. 우건은 참선당이라는 이름을 머릿속에 기억해 두었다. 참선당이라는 이름이 마음에 걸렸기 때문이었다. 참선당이란 단어를 문자 그대로 풀어쓰면 신선을 죽이는 무리라는 뜻이었다. 신선은 도교에서 쓰는 말이니까 도교와 적대적인 단체라는 것을 의미했다. 태을문의 후계자로서 신경이 쓰이지 않을 도리가 없었다.

우건은 고개를 살짝 저었다.

"마음대로 생각하시오."

성만식이 아들과 손자, 그리고 수십 년 동안 키운 부하들을 죽인 원수 앞에서 꽤 오래 참는다는 생각이 들었을 즈음, 마침내 성만식 근처에 있던 고수 세 명이 먼저 움직였다.

성만식이 범천 그룹을 멸망시킨 흥수를 상대하면서 지원 병력을 다섯밖에 데려오지 않았단 말은 그 다섯의 실력이 하류잡배 수십 명을 대신할 수 있을 만큼 뛰어나다는 뜻이었다.

우건은 반원형을 그리며 그를 포위해 들어오는 세 명을 쓱 훑어보았다. 나이는 30대 후반에서 40대 초반으로 보였는데, 대체로 인상이 비슷한 점을 고려하면 삼형제인 듯했다.

무기는 없었다.

권각이나 장법을 사용할 확률이 높았다.

그들은 정확히 우건과 5미터 떨어진 위치에 멈춰 섰다.

그들이 좋아하는 거리가 5미터인 듯했다.

원래 무인은 자기가 좋아하는 특정한 거리가 있기 마련이었다. 암기를 쓰는 자는 거리를 두는 것을 좋아하고 권각을 익힌 자는 가까운 거리를 선호하는 게 자연스러운 현상인 것이다.

나이가 가장 많아 보이는 가운데 사내가 자신들을 소개했다.

"우리 삼형제는 회의 호법(護法)을 맡고 있는 중원삼살(中原三殺) 최형익(崔形益), 최도익(崔道益), 최주익(崔柱益)이오."

최형익 좌측에 선 최도익과 우측에 선 최주익이 동시에 고개를 살짝 끄덕였다. 대결에 앞서 상대에게 별호와 이름을 가르쳐 준다는 말은 그들이 하류잡배가 아니라는 것을 뜻했다.

그들의 소개를 들은 우건은 자신의 예측이 맞았음을 깨달았다.

제천회의 호법을 맡은 고수들이 세 명이나 출동했다는 말은 성만식이 이끄는 범천 그룹이 제천회의 조직이란 뜻이었다.

우건은 가볍게 포권했다.

"나는 성 무(無)자에 명인(名人)이라는 이름을 쓰는 사람이오."

눈치가 빠른 듯 중원삼살 최 씨 삼형제는 동시에 미간을 찌푸렸다. 성 무자와 이름 명인을 합치면 무명인(無名人)이었다. 즉, 우건이 그의 이름을 밝히길 원하지 않는단 뜻이었다.

우건에게 모욕을 당했다고 생각한 듯 최 씨 삼형제가 득달같이 달려들었다. 최형익은 가운데서 장중한 장법을 펼쳤다. 그리고 좌측을 맡은 최도익은 권법을, 우측을 맡은 최주익은 수공을 펼쳐 세 방향에서 거의 동시에 공격을 시작했다.

삼형제 개개인의 실력은 그다지 뛰어난 편이 아니었다. 그러나 협공을 개시하는 순간, 강력한 압력이 그를 찍어 눌렀다.

우건은 대해인강으로 최형익의 장법을 막으며 뒤로 물러섰다. 그때, 최도익이 날카롭게 찌른 주먹이 살짝 흔들리며 우건의 왼쪽 대혈 다섯 개를 거의 동시에 사정권 안에 두었다.

우건은 선령안으로 최도익의 공격을 재빨리 훑었다.

곧 허벅지에 위치한 기문혈(箕門穴)을 찔러 오는 주먹 외에 나머지 주먹 네 개가 시야에서 사라져 버렸다. 우건은 몸을 반쯤 돌리며 생역광음으로 최도익의 주먹 한가운데를 찔렀다.

"앗!"

깜짝 놀란 최도익은 주먹을 급히 거두며 뒤로 물러섰다. 네 개의 허초와 한 개의 실초로 이루어진 자신의 복잡다단한 초식을 우건이 금세 간파해 낼 줄 몰랐던 모양이었다.

최형익과 최도익이 일패도지하는 사이, 중원삼살의 막내 최주익이 팔을 어지럽게 휘두르며 우건의 목과 허리를 공격했다.

우건은 물러서며 일검단해를 펼쳤다.

청성검이 만든 날카로운 검광이 중앙을 가르는 순간, 급히 수공을 거두어들인 최주익이 옆으로 훌쩍 뛰어 물러섰다. 최주익 역시 1대1로는 우건을 상대하기 어렵다는 의미였다.

눈빛을 빠르게 교환한 삼형제는 자신들의 장기인 협공으로 상대해 왔다. 사실, 협공이라기보다는 진법으로 압박하는 합격진(合擊陣)이 더 알맞는 표현이었다. 삼형제는 우건의 주위를 빠르게 회전했는데, 속도가 빨라 그들이 입은 검은색 무복(武服)이 길게 늘어진 것처럼 보였다. 뒤이어 그들이 자랑하는 권법과 장법, 수공이 우건의 빈틈을 매섭게 찔렀다.

우건은 본능적으로 그들의 속도를 따라잡으려는 시도가 별 도움이 안 된다는 것을 직감했다. 흔한 말로 빠르게 움직이는 무언가를 잡으려면 속도가 아니라 집중력이 필요했다.

즉, 정중동(靜中動)이 필요한 때였다.

우건은 중원삼살의 공격을 유수영풍보(柳樹迎風步)로 피했다.

유수영풍보는 긴 가지를 늘어트린 버드나무 고목 한 그루가 거대한 폭풍 속을 헤쳐 나오는 모습을 형상화한 보법이었다.

버드나무는 결코 폭풍에 정면으로 도전하는 법이 없었다. 그저 춤을 추듯 가지를 유연하게 흔들어 흘려보낼 따름이었다.

물론, 버드나무 역시 믿는 구석이 있었다.

그긴 바로 버드나무기 땅속 깊이 묻어 둔 수천수만 갈래의 뿌리였다. 그 뿌리가 버드나무를 지탱해 주는 기둥이었다.

우건은 마치 몇 천 년의 풍상을 홀로 견뎌낸 고목(古木)처럼 땅을 단단히 디딘 상태에서 상체의 유연한 움직임으로 중원삼살 삼형제가 해 오는 날카로운 기습을 가볍게 막아 냈다.

부웅!

우건은 중원삼살의 둘째 최도익이 찔러 온 주먹을 허리를 살짝 비틀어 가볍게 피했다. 그리고는 여전히 허리를 비튼 상태에서 오른손의 청성검으로 생역광음을 펼쳐 반격해 갔다. 당하는 상대 입장에서는 쉽게 예상하기 힘든 반격이었다.

무인은 누구나 최상의 자세에서 공격하기를 원했다. 그래야 막혔을 때, 물러서거나 더 강한 공격으로 이어갈 수 있었다.

그러나 우건은 불안정한 자세에서 초식을 펼쳤다.

상대가 예측하기 쉽지 않은 반격이었다.

우건이 갑작스럽게 펼친 생역광음이 최도익의 허벅지를 찔러 갔다. 그러나 생역광음을 막은 상대는 최도익이 아니라, 그의 뒤에 위치한 최형익이었다. 생역광음은 쾌검 중의 쾌검이었지만 상대가 위치를 바꾸는 속도 역시 엄청났다.

부웅!

최형익은 장법의 방어초식으로 우건의 생역광음을 저지했다.

그러나 생역광음에 실린 힘은 평범한 내력이 아니었다. 우건이 천지조화인심공으로 연성한 내력은 순도가 아주 높았다.

"크윽."

생역광음을 막는 데는 성공했지만 그 안에 실려 있는 강력한 내력에 의해 최형익의 몸이 지상에서 살짝 떠올랐다. 당연히 몸이 뜨는 바람에 회전하는 속도 역시 크게 느려졌다.

우건은 기회라 생각했다.

즉시, 최형익에게 왼손으로 전력을 다한 태을진천뢰를 펼쳤다.

쿠르릉!

막 벼락이 치는 소리가 장내를 관통하려 할 때였다.

우건의 사각, 즉 보이지 않는 곳에 있던 중원삼살의 막내 최주익이 곰 발바닥처럼 두꺼운 손바닥으로 우건의 등을 후려쳤다. 등에는 명문혈이란 급소가 있었다. 호신강기를 펼쳤다곤 하지만 제대로 맞는다면 중상을 피할 수가 없었다.

우건은 하는 수 없이 태을진천뢰를 포기한 상태에서 청성검으로 방어했다. 최주익은 큰형 최형익을 우건의 살수 아래서 빼내는 게 목적이었다는 듯 손을 거두며 뒤로 물러섰다.

우건의 공격은 결국 실패로 돌아갔다.

그러나 이번 한 수는 중원삼살을 당황하게 만드는 데 충분했다.

웬만큼 뛰어난 내력을 연성하지 않은 상태에선 우건의 공격을 막아도 막은 게 아니었다. 물리적인 면만 보면 장력으로 검을 막고 권법으로 장력을 막아 낼 수 있었다. 그러나 두 개의 강력한 힘이 충돌하는 순간에 고하를 결정하는 건 결국 평생에 걸쳐 연성한 내력이었다. 얼마나 순수한 내력을 보유했는지가 가장 중요한데, 내력의 순도(純度)에서 지고 들어가는 순간 떼어 낼 수 없는 암세포처럼 상대의 내력을 조금씩 갉아먹어 갔다.

우건은 99퍼센트의 완벽한 순도를 가진 내력을 초식에 싣는 반면, 신공이라고 부르기에 다소 모자람이 있는 심법으로 내력을 연성한 중원삼살의 초식에는 잡스러운 기운이 섞여 있었다. 그래서 초식과 초식이 부딪치는 순간, 중원삼살은 우건의 내력이 자신들의 내력을 찍어 누른다는 느낌을 받았다. 고수와의 대결에서는 그리 좋은 징조가 아니었다.

또 한 번 눈빛을 교환한 중원삼살은 숨겨 둔 패를 공개했다.

바로 그들이 자랑하는 삼엄진(三奄陣)이었다.

삼엄진은 눈을 가리는 엄목(奄目), 귀를 막는 엄이(奄耳), 냄새를 맡지 못하게 하는 엄비(奄鼻) 세 가지를 합친 말로, 쉽게 말해 상대의 시력과 청력, 그리고 후각을 차단하는 진법이었다. 아무리 뛰어난 고수라도 인체의 주요 감각 기관 중 가장 중요한 세 가지 기관이 막히면 힘을 쓰지 못했다.

중원삼살은 지체 없이 삼엄진을 가동했다.

방법은 간단했다.

우건의 주위를 도는 속도를 더 높이는 것이었다. 그리고 삼엄진의 구결에 따라 내력을 운용하여 강력한 척력(斥力)을 만들어 내는 것이었다. 척력은 인력의 반대말로 밀어내는 힘이었다. 중원삼살의 몸에서 흘러나온 강력한 척력이 우건의 몸을 옭아맨 채 강력한 압력으로 찍어 누르기 시작했다.

우건은 천지조화인심공을 운기해 삼엄진의 압력을 견뎌
냈다.

그러나 삼엄진은 이제 시작일 뿐이었다.

잠시 후, 바닥에 있던 흙과 모래, 그리고 돌멩이가 갑자
기 떠올라 우건에게 쏘아져 갔다. 우건은 즉시 대해인강과
파금장, 그리고 호신강기로 그에게 날아드는 것들을 막아
냈다.

파파파팟!

파금장과 대해인강이 허공을 가를 때마다, 모래와 돌멩
이가 부서지며 생긴 미세한 먼지들이 꽃잎처럼 허공에 흩
어졌다.

그러나 그게 실수였음을 깨닫는 데는 그리 오랜 시간이
걸리지 않았다. 흙과 모래, 그리고 돌멩이가 부서지며 생긴
미세한 먼지들이 중원삼살이 만들어 낸 강력한 척력과 합
쳐지는 순간, 마치 끈끈이에 달라붙는 벌레처럼 우건을 에
워쌌다.

우건은 급히 호신강기의 범위를 넓혀 대항했다.

우건을 에워싸려던 먼지의 장막(帳幕)은 호신강기에 막
혀 더 이상 다가오지 못했다. 그러나 그 바람에 우건은 중
요한 감각 기관 중 시력과 청력, 그리고 후각 세 가지를 잃
었다.

눈에 보이는 거라고는 시커먼 먼지가 만든 장막뿐이었다.

그리고 들리는 거라고는 고막을 울리는 작은 진동뿐이었다. 또, 맡을 수 있는 것은 흙 특유의 비릿한 냄새가 전부였다.

우건은 기파를 퍼트렸다.

그러나 기파는 먼지가 만든 장막에 막혀 밖으로 나가지 못했다. 마치 먼지의 장막이 그와 세상을 분리시켜 놓은 듯했다.

우건은 신중한 표정으로 코앞 10센티미터까지 단숨에 밀려들어 온 먼지의 장막을 향해 좌장으로 파금장을 날려 보았다.

쿵!

먼지의 장막이 물결치듯 흔들렸다. 그리고는 마치 고무처럼 우건이 쏘아 낸 파금장의 장력을 머금었다가 그대로 다시 뱉어 냈다. 우건은 급히 머리를 젖혀 장력을 피했다.

재빨리 피하지 않았으면 자기가 발출한 장력에 자기 머리가 날아가는 그야말로 세상에서 가장 멍청한 방법으로 목숨을 끊은 사람들의 목록 위에 우건의 이름이 올라갔을 것이다.

우건은 오른손의 청성검으로 먼지가 만든 장막에 생역광음을 찔러 갔다. 그러나 마찬가지였다. 생역광음은 먼지의 장막에 부딪치기 무섭게 튀어나와 우건의 심장으로 쏘아져 왔다.

우건은 이미 한 차례 경험한 바 있었기에 몸을 돌려 피했다.

우건은 두 번의 실험으로 한 가지 중요한 정보를 얻었다. 장막은 공격을 상대에게 되돌려 보내는 비상한 재주가 있었다.

그때였다.

먼지가 만든 장막 속에서 주먹 하나가 불쑥 튀어나왔다.

거리가 워낙 가까웠던 탓에 막거나 피할 시간이 없었다.

퍽!

우건은 호신강기를 뚫고 들어오는 강렬한 충격에 순간적으로 머리가 멍해지는 느낌을 받았다. 충격을 간신히 해소한 우건은 급히 장막을 갈랐던 주먹을 찾아보았다. 그러나 주먹은 이미 온데간데없이 사라진 상태였다. 그리고 구멍이 뚫렸던 장막 역시 전처럼 틈이 없는 상태로 돌아가 있었다.

중원삼살 중 둘째 최도익이 찔러 넣은 것으로 보이는 주먹은 시작에 불과했다. 장막이 소리 소문 없이 갈라질 때마다 최형익의 장력과 최주익의 수공이 우건의 빈틈을 찔렀다.

최형익의 장력을 가까스로 피한 우건은 최주익의 수공이 등을 찔러 오는 것을 느끼고 재빨리 돌아서며 호신강기를 끌어올렸다. 순수한 내력으로 만든 강력한 호신강기가 치명상을 입는 상황은 막아 주었지만 충격까지 해소해 주진 못했다.

우건은 내장이 흔들리며 비릿한 무언가가 식도로 올라오는 느낌을 받았다. 뒤이어 비릿한 피 냄새가 후각을 자극했다.

내상을 입은 것이다.

심하지는 않았지만 가랑비에 옷 젖는 걸 모른다는 옛 속담처럼 계속 당하다 보면 치명적인 상태로 발전할 게 분명했다.

그러나 우건은 내상을 신경 쓰지 않았다.

지금은 빠른 속도로 장막을 빠져나가는 최주익의 털이 숭숭 난 오른팔이 그의 모든 관심을 받는 중이었다. 우건은 손을 급히 뻗어 최주익의 팔목을 잡아 갔다. 전에 한 번 펼친 바 있는 수법으로 생역광음을 수공으로 변환한 초식이었다.

생역광음은 그를 실망시키지 않았다.

최주익의 팔목을 가까스로 붙잡는 데 성공한 것이다.

우건이 최주익의 팔을 잡아당기며 맥문에 자신의 내력을 밀어 넣어 혈도를 제압하려는 순간, 옆구리와 등에서 장력과 권풍이 몰아쳐 왔다. 막내를 구하기 위해 최형익과 최도익이 나선 것이다. 우건은 잠시 고민했다. 0.1초만 더 지나면 최주익을 제압할 수 있었다. 그러나 그렇게 하면 최형익과 최도익의 공격을 무방비 상태에서 맞을 수밖에 없었다.

우건은 쓴웃음을 지으며 최주익의 팔을 놓아주었다.

그리고는 돌아서서 최형익과 최도익의 공격을 분쇄했다.

중원삼살은 범천 그룹 회장 성만식으로 가는 계단에 불과했다.

계단 위에서 피를 너무 많이 흘리면, 정작 성만식을 만났을 때 제대로 싸워 볼 힘이 남아 있지 않을 가능성이 높았다.

우건은 중원삼살이 연달아 해 온 다섯 번의 기습을 받아야 했다. 그리고 그중 두 번은 피하지 못해 내상이 더 심해졌다.

식도와 기도로 올라오는 피와 탁기(濁氣)를 뱃속으로 다시 밀어 넣은 우건은 결정의 시간이 왔음을 직감할 수 있었다.

우건은 사부 천선자에게 합격진을 상대하는 법을 배웠다. 그중 가장 인상적인 가르침은 상대가 합격진으로 만들어 내는 위력보다 더 강한 힘으로, 그리고 더 빠르게 공격을 가해 진을 파괴하는 게 가장 편한 방법이라는 것이었다.

우건은 사부의 조언에 따르기로 마음먹었다. 그리고 그가 익힌 무공 중에 가장 강력한 두 가지를 쓰기로 마음먹었다.

첫 번째는 태을진천뢰였다.

고막을 흔드는 천둥소리가 울리는 순간, 먼지가 만든 장막이 크게 출렁였다. 전에 파금장으로 공격했을 때는 물결치는 것 같았다면, 지금은 성난 파도가 해변으로 끊임없이 몰려가는 듯했다. 그러나 중원삼살이 펼친 진법은 아주 단단했다.

끊어질 것 같으면서도 결국 끊어지지 않았다. 그리고는 우건이 발출한 태을진천뢰의 장력을 우건에게 다시 되돌려 보냈다.

우건은 이미 예상한 터라 철판교의 수법으로 장력을 피했다. 그리고는 바로 벌떡 일어나 태을진천뢰가 가한 충격을 해소하기 위해 꿈틀거리던 먼지 장막에 천지합일을 찔러 갔다.

청성검과 함께 날아오른 우건이 그대로 검을 앞세워 먼지의 장막 중심부로 짓쳐 갔다. 그러나 결과는 만족스럽지 않았다.

중원삼살이 만든 먼지 장막은 탄력과 복원력이 아주 뛰어난 고무처럼 좀처럼 틈을 주지 않았다. 우건은 최형익과 최도익의 공격을 왼손으로 막아 내며 계속 천지합일을 펼쳐 갔다.

천지합일은 과연 천지검법의 최강 초식다웠다.

영원히 뚫리지 않을 것 같던 장막에 미세한 구멍이 뚫렸다.

구멍의 크기는 상관없었다.

상관있는 것은 구멍의 유무였다.

이젠 무언가를 시도해 볼 수 있는 발판이 생긴 것이다.

우건은 청성검의 검봉을 회전시키기 시작했다. 그 순간, 검봉이 드릴처럼 장막을 돌파하며 구멍의 크기를 순식간에 벌렸다.

그로부터 정확히 1초 후, 먼지의 장막을 빠져나온 우건은 그동안 참았던 숨을 크게 들이마시며 주위를 빠르게 살폈다.

최형익과 최도익, 그리고 최주익 삼형제가 믿을 수 없다는 눈으로 우건을 쳐다보았다. 그들이 자신 있게 펼친 삼엄진은 지금까지 이런 방식으로 파훼된 적이 없었던 것이다.

중원삼살은 다시 삼엄진을 펼치려 했지만 가만히 지켜보고 있을 우건이 아니었다. 우건은 천지검법의 절초를 연이어 펼쳐 최형익을 먼저 몰아붙였다. 최도익과 최주익이 큰형을 구하기 위해 달려들었지만, 우건은 마치 상대의 목을 문 투견처럼 최형익을 놓아주지 않았다. 최형익을 놓아준 상태에서 최도익과 최주익을 다시 상대하다가는 좀 전과 같은 일을 되풀이할 수밖에 없었다. 우건이 원하지 않는 흐름이었다.

최도익이 찌른 주먹이 우건의 오른 어깨 위를 강타했다.

그리고 최주익의 수공은 우건의 등을 한 차례 훑으며 지나
갔다.

그러나 우건은 신경 쓰지 않았다.

그저 눈앞에 있는 최형익에게 온 정신을 집중할 따름이
었다.

"지독한 놈이구나!"

우건의 유성추월과 오도선무, 선인지광을 가까스로 막아
낸 최형익이 다시 자세를 가다듬으려는 순간, 새파란 검광
하나가 최형익의 미간을 관통했다. 최형익은 술에 취한 사
람처럼 비틀거리다가 앞으로 쓰러져 더 이상 움직이지 않
았다.

"안 돼!"

"큰형!"

최도익은 쓰러진 최형익을 향해 몸을 날렸다. 그리고 최
주익은 분노가 이글거리는 눈으로 우건을 노려보며 달려들
었다.

그러나 중원삼살은 세 명이 함께 있을 때 가장 강했다.
당연히 한 명이 줄어든 상황에서는 위력이 전과 같을 수 없
었다.

"크아아악!"

최주익은 불과 세 초식 만에 가슴이 갈라져 쓰러졌다.

이미 절명한 최형익을 바닥에 조심스레 눕혀 놓은 최도

익이 전장으로 다시 돌아왔을 때는 이미 막내가 가슴에 있는 장기란 장기는 다 빠져나온 참혹한 상태로 죽어 가고 있었다.

"으아악!"

괴성을 지른 최도익이 그가 알고 있는 가장 강력한 초식으로 우건을 공격해 왔다. 그러나 그 혼자서는 할 수 있는 일이 많지 않았다. 그는 최주익보다 실력이 좋아 다섯 초식을 버텼지만 그게 다였다. 최도익은 머리가 잘려 쓰러졌다.

그때였다.

중원삼살을 쓰러트린 우건이 숨을 고르려는 찰나에 희끗한 그림자 하나가 대붕처럼 붕 날아올랐다가 유성처럼 떨어져 내렸다. 대붕이 떨어지는 곳에는 김동과 김철이 서 있었다.

대붕의 정체는 바로 성만식이었다.

성만식은 중원삼살 두 명이 쓰러지는 모습을 확인하는 순간, 바로 남아 있는 부하 두 명에게 재빨리 지시한 다음, 그 자신은 대붕처럼 곧장 날아올라 김동과 김철을 기습해 갔다.

김동과 김철을 죽여 우건의 심신을 흩트려 놓을 생각인 것이다.

그러나 성만식은 모르는 게 하나 있었다.

이곳에 있는 다른 사람들보다 실력이 현저히 떨어지는 김동과 김철이 모습을 드러낸 이유는 지금과 같은 상황을 연출하기 위해서였다. 우건은 적 중 누군가가 김동과 김철을 기습할 거라 예상했다. 물론, 그 적이 성만식일 줄은 몰랐지만.

우건이 일검단해로 성만식의 앞을 막아서는 순간, 김동과 김철은 기다렸다는 듯 분영은둔으로 자신의 신형을 감췄다.

바로 눈앞에서 탐스런 먹이를 놓친 성만식은 화가 난 듯 뒤로 홱 돌아섰다. 그리곤 우건을 향해 곧장 짓쳐 왔다. 그의 손에 든 칼이 허공에 수십 개의 도형을 만들기 시작했다.

마침내 천라삼중도법의 진수가 펼쳐지기 시작한 것이다.

성만식이 상대를 우건으로 바꾸는 바람에 성만식의 지시를 받아 우건을 상대할 예정이던 적 두 명은 발길을 멈춰야 했다. 그들은 우건을 이 폐차장으로 유인했던 중년 사내와 매부리코에 찢어진 눈을 가진 작달막한 체구의 노인이었다.

중년 사내는 바로 혈사방의 장로 중에 하나인 천중도(天重刀) 제관일(諸貫日)이었다. 그리고 매부리코에 작달막한 체구를 지닌 노인은 제천회 본회(本會)가 보유한 다섯 명의 대외사자(對外使者) 중에 하나인 단척노인(短尺

老人)이었다.

두 사람은 즉시 방금 전 성만식의 살수를 피해 신형을 감추었던 김동과 김철을 찾아 나섰다. 그때, 갑자기 제관일의 머리 위에서 팔다리가 길쭉한 중년 사내가 튀어나와 시커먼 단도를 찔러 왔다. 제관일은 급히 피했지만 공격 방향과 시기가 워낙 공교로워 이마 밑으로 핏방울이 뚝뚝 떨어졌다.

물론, 제관일을 암습한 사람은 바로 보이지 않던 원공후였다.

"이런 쥐새끼가!"

욕을 내뱉은 세관일이 먼저 원공후에게 달려들었다. 단척노인은 원공후의 실력이 만만치 않다고 판단한 듯 그런 제관일을 돕기 위해 몸을 날리려 했다. 그러나 그는 뜻을 채 이루지 못했다. 갑자기 나타난 세 명이 그 앞을 막아선 것이다.

갑자기 나타나 단척노인 앞을 막아선 사람들은 김은, 김동, 김철 삼형제였다. 곧 달빛이 내려앉은 폐차장 공터에 세 개의 대결이 벌어졌다. 하나는 우건과 성만식이었고, 다른 하나는 원공후와 제관일의 대결이었다. 그리고 마지막 하나는 단척노인과 김은, 김동, 김철 삼형제의 1대3 대결이었다.

운동 경기면 더 많은 승리를 가져간 쪽이 이기겠지만

이건 경기가 아니었다. 이긴 쪽이 진 쪽을 죽이는 생사결이었다.

물론, 아직 승자는 가려지지 않았다.

## 9장. 압도(壓倒)

　　성만식은 치밀한 사람이었다. 그리고 냉정한 사람이었다. 치밀하지 않았다면, 그리고 냉정한 성격이 아니었다면 지금의 기업을 일궈 내지 못했을 것이다. 물론, 범천 그룹을 만든 게 아주 어려운 일까지는 아니었다. 30여 년 전 그가 처음 부산 땅을 밟았을 때, 부산은 야쿠자와 거래하는 조폭 몇 명이 부산의 밤을 지배하는 상황이었다. 성만식은 불과 하루 사이에 그 조폭들을 모두 때려잡았다. 그리고 혈사방이란 조직을 새로 만들어 부산의 밤을 장악하기 시작했다.

　　성만식이 자신을 따르는 부하 몇 명과 함께 부산에 세운

혈사방은 본회의 지원을 받아 빠른 성장세를 보였다. 일신
우일신(日新又日新)이라는 단어가 떠오를 만큼 하루가 다
르게 영향력이 커져 갔다. 그리고 30여 년이 지난 지금, 그
는 부산의 밤뿐만 아니라 낮까지 지배하는 왕으로 군림했
다.

한데 그가 자리를 비운 닷새 만에 모든 게 끝나 버렸다.

혈사방은 범천 그룹의 핵심이었다.

혈사방이 범천 그룹이 소유한 사업체를 통제하지 않으면
이문을 쫓는 상인들은 각자도생(各自圖生)을 시도할 게 분
명했다.

한데 갑자기 나타난 몇 놈이 그 혈사방을 완벽히 몰락시
켰다.

혈사방이 그동안 심혈을 기울여 키운 조직원의 90퍼센
트가 놈들의 손에 의해 죽은 것으로 보였다. 그리고 나머지
10퍼센트는 놈들이 두려워 부산을 떠나거나, 조용한 곳에
숨어 성만식과 우건 일행의 대결에 촉각을 곤두세우고 있
었다.

그 밥버러지 같은 놈들은 누가 승리하느냐에 따라 태도
를 달리할 게 분명했다. 성만식이 이기면 어쩔 수 없었다는
듯 다시 그 앞에 나타나 비굴한 모습으로 용서를 구할 것이
다.

반대로 적이 승리하면 그의 시체에 침을 뱉으며 그가

지금까지 쌓아 올린 업적을 부정할 게 틀림없었다. 그리고 혈사방이 사자진 부산을 차지하기 위해 이전투구를 벌일 것이다.

그러나 성만식은 아직 포기하지 않았다.

혈사방은 혈사방일 따름이었다.

그 혈사방을 만든 자신이 살아 있다는 점이 중요했다. 그리고 아직 죽지 않았다는 점이 중요했다. 그가 살아만 있으면, 제2의 혈사방이든 뭐든 다시 만들어 낼 자신이 있었다.

그러나 그가 죽으면 그 모든 게 허사였다.

그가 30년 동안 쌓아 올린 업적은 그의 죽음과 동시에 더럽혀지고 과소평가되어 쓰레기통에 처박힐 것이다. 성만식은 죽으면 죽었지, 그런 식으로 평가당하고 싶은 마음이 없었다.

성만식은 아들과 손자, 그리고 아끼는 부하들을 죽인 적을 쳐다보았다. 적은 복면을 쓴 상태였다. 복면 밖으로 드러난 것은 깊은 물속처럼 담담한 빛을 뿌리는 눈동자뿐이었다.

성만식이 치밀하지 않았다면, 그리고 냉정하지 않았다면 아들과 손자를 살해한 원수에게 곧장 달려들어 승부를 보았을 것이다. 그러나 그는 냉정한 성격을 갖고 있었다. 그리고 아주 치밀했다. 자신이 죽으면 그가 그동안 이룩해 온 모든 업적이 물거품으로 변해 사라진다는 것을 이미 알고 있었다.

성만식은 이 복면을 쓴 강적이 어떻게 싸우는지 몰랐다. 손에 검을 들고 있기는 하지만 그게 다였다. 어떤 검법인지, 그리고 검법 외에 다른 무공을 쓰는지 미리 알아둬야 했다.

성만식은 회에서 그를 지원하기 위해 보내 준 중원삼살최 씨 삼형제를 먼저 내보냈다. 최 씨 삼형제 개개인의 실력은 별 볼 일 없었지만, 그들이 펼치는 삼엄진은 그렇지 않았다. 중원삼살이 회를 배신한 강적을 상대로 삼엄진을 펼치는 모습을 우연히 목격한 성만식은 자신이 그 강적의 입장이었다면 어땠을지 생각해 보았다. 결론은 하나였다. 삼엄진을 펼치기 전에 중원삼살을 죽이지 않으면 기회가 없다는 것이었다.

한데 적은 삼엄진을 부수고 나와 중원삼살을 없앴다.

불길한 느낌을 받은 성만식은 재빨리 머리를 굴렸다.

그리고 적을 정신적으로 먼저 흔들어놓지 않으면 승산이 없을지 모른단 불길한 느낌이 들었다. 생각이 끝나기 무섭게 곧장 대붕처럼 날아올라 김동과 김철을 향해 쏘아져 갔다.

그리고 그사이 혈사방 여섯 명의 주요 간부 중 유일하게 살아남은 천중도 제관일장로와 중원삼살과 함께 그를 돕기 위해 회에서 나온 대외사자 단척노인에게 전음을 보내 복면을 쓴 적이 자신을 방해하지 못하도록 지시했다.

계획은 완벽해 보였다.

우건은 막 중원삼살의 마지막 남은 생존자를 덮쳐 가는 중이었고 그 자신은 이미 김동과 김철 두 명을 목전에 둔 상태였다. 칼을 살짝 뻗으면 김동과 김철의 목을 자를 수 있었다.

김동과 김철이 우건과 무슨 관계인지는 알지 못했지만, 이런 자리에 함께 나타났다는 것은 음으로든 양으로든 상당한 관계를 맺고 있다는 것을 의미했다. 성만식이 김동과 김철을 끔찍한 방법으로 살해하면 우건을 흔들 수 있는 것이다.

그러나 누구나 처음에는 그럴 듯한 계획을 가지고 있지만 정작 실전에 들어갔을 때는 계획대로 진행되는 게 하나도 없을 거라는 어느 격언처럼, 계획은 처음부터 틀어졌다.

우건은 중원삼살의 마지막 남은 생존자를 성만식의 예상보다 훨씬 빨리 처리했다. 그리고 바로 몸을 돌려 성만식의 옆구리에 빨랫줄 같은 검광을 쏘아 보냈다. 성만식은 검광이 옆구리에 닿기도 전에 살점을 후벼 파는 것 같은 고통을 느꼈다. 호신강기 같은 수법으로 막을 수 없단 뜻이었다.

더욱이 눈앞에 있던 김동과 김철이 거짓말처럼 모습을 감추었다. 은신술의 일종인 것 같은데 좀처럼 흔적을 찾을 수가 없었다. 이에 실망한 성만식은 얼른 돌아서서 그가 자랑하는 천라삼중도법으로 우건이 찌른 일검단해를 막아 갔다.

카앙!

검과 도가 부딪치며 소름끼치는 쇳소리가 울려 퍼졌다.

성만식은 거리를 벌리며 상대를 잃은 제관일과 단척노인에게 방금 꽁지를 만 쥐새끼 두 마리를 찾아보란 지시를 내렸다.

그러나 그들이 얼마 움직이기도 전에 공중에서 튀어나온 원공후가 제관일을, 그리고 한 명 더 늘어난 삼인조가 단척노인 앞을 막아섰다. 계획을 세운 것은 성만식이었지만, 계획을 성공시킨 것은 그가 아니라 복면을 쓴 적, 우건이었다.

성만식은 수중의 도를 앞으로 내밀어 우건을 견제했다. 그리고 그 틈에 얼른 다른 대결의 진행 상황을 살펴보았다. 제관일은 조금 밀렸지만 어찌 되었든 버티고는 있는 상황이었다. 그리고 단척노인은 3인조에 맞서 우위를 점하는 중이었다.

단척노인이 3인조를 최대한 빨리 없앤 후 그를 돕거나, 아니면 제관일을 돕는다면 이번 싸움은 그들의 승리가 확실했다.

노회한 성만식은 자신이 해야 할 일이 뭔지 바로 깨달았다. 그는 복면을 착용한 이 강적을 상대로 시간을 최대한 끌어야 했다. 그러면 단척노인이 이 상황을 정리할 수가 있었다.

성만식은 복면을 쓴 우건의 눈빛을 살피며 물었다.

"제천회 범천단(梵天團)을 공격한 진짜 이유가 무엇인가? 자네를 보낸 자들이 부산을 손에 넣으라고 시키던가? 아니면 단순히 제천회나 나에게 타격을 주기 위해 이러는 건가?"

우건은 성만식이 시간을 끌려 한다는 것을 알았다.

성만식이 다른 두 대결을 쳐다볼 때, 우건 역시 분심공으로 다른 두 대결을 지켜보았다. 원공후는 앞으로 천여합 이상 버틸 수 있었지만 김 씨 삼형제는 단척노인의 상대가 아니었다. 삼형제의 손발이 톱니바퀴처럼 맞물려 돌아가지 않았으면 이미 바닥에 누워 피를 흘리고 있었을지 몰랐다.

성만식은 단척노인을 믿고 시간을 끌려는 중이었다. 물론, 그 덕분에 우건은 성만식의 진짜 정체를 알아낼 수 있었다.

성만식은 제천회 범천단이란 조직의 단주가 틀림없었다.

제천회에 일전에 상대한 망인단과 지금 상대하는 범천단과 같은 조직이 얼마나 있는지는 모르겠지만 이번에 범천까지 없애면 제천회에 상당한 타격을 줄 수 있을 것 같았다.

우건은 담담한 목소리로 대꾸했다.

"헛짚었소."

"헛짚었다니? 그게 무슨 말인가?"

"내가 당신이 사랑하는 범천단이란 조직을 없애려는 진짜 이유는 그들이 분리수거가 필요한 쓰레기이기 때문이오. 특히, 당신의 아들과 손자가 쓰레기 중의 쓰레기이기 때문이오."

성만식의 입가가 살짝 비틀렸다.

"그런 수준 낮은 격장지계가 통할 거라 생각한 건가? 정말 그렇게 생각했다면 자네에게 실망을 감출 수가 없을 것 같군."

우건은 피식 웃었다.

"격장지계 따위가 아니오. 난 그저 실상을 알려 주었을 뿐이오."

성만식은 그제야 우건의 말에 뼈가 있음을 눈치 챈 듯했다.

노회한 성만식은 곧 그 뼈의 의미를 찾아냈다.

우건이 성만식의 아들 성대혁을 거론하는 것은 이상한 일이 아니었다. 아들은 범천단의 핵심인 혈사방의 방주였다. 물론, 아들의 재능은 형편없었다. 그가 자신의 아들이 아니었으면, 결코 혈사방의 방주에 오르는 일은 없었을 것이다.

어쨌든 아들은 혈사방의 방주였기에 범천단을 공격함에 있어 그 이름을 먼저 거론하는 것이 그리 이상한 일은 아니었다.

한데 우건은 혈사방에 별다른 직책을 소유하지 않은, 그리고 친구들과 어울려 다니며 사고나 치길 좋아하는 손자를 콕 집어 언급했다. 성만식은 우건이 범천단을 공격한 이유가 무엇일지 다시 생각해 보았다. 잠시 후, 성만식은 우건이 범천단을 공격한 이유가 그의 세력을 차지하기 위해서거나, 자신에게 타격을 주기 위해서가 아님을 깨달을 수 있었다.

그리고 그와 동시에 손자가 얼마 전에 친 사고가 떠올랐다.

손자와 그 친구들은 몇 달 전에 어떤 어린 아가씨를 유혹해 보려다가 실패했다. 그 후의 일은 지저분했다. 감히 범천 그룹을 등에 업은 자신을 거절했다는 것에 화가 난 손자가 그녀를 납치했다. 그리고 친구들과 함께 윤간했다. 심지어 그 장면을 촬영한 동영상을 돌려보며 낄낄대기까지 하였다.

며칠 후, 윤간을 당한 아가씨는 모친과 함께 경찰서를 찾아 자신이 당한 일을 신고했다. 물론, 범천 그룹의 뇌물을 받은 형사들은 상부에 보고하기 전에 범천 그룹에 먼저 알렸다.

이번 일을 맡은 사람은 혈사방에서 가장 지모가 뛰어나다는 평가를 받는 부방주 사안랑 유세건이었다. 유세건은 즉시 경찰을 협박해 이 일이 외부에 새어 나가는 일을 막았다. 그리고 중앙 언론이나 지방 언론이 취재하지 못하게 철저히 차단했다. 또, 피해자와 피해자의 모친에게 강제로 독약을 먹여 마치 모녀가 우울증으로 동반자살한 것처럼 꾸몄다.

부산에 돌아온 성만식은 바로 아들과 손자의 죽음을 조사했다. 그리고 혈사방이 어떻게 몰락했는지 그 과정을 조사했다.

그 와중에 손자와 어울려 다니던 친구들이 몰살당했다는 소식을 들었다. 그러나 우건 일행이 혈사방을 칠 때 생긴 부수적인 피해라 생각했지 그게 목적일 거란 생각은 못했다.

성만식이 믿을 수 없다는 표정으로 물었다.

"설마 손자가 친 사고 때문에 이런 엄청난 일을 벌였단 건가?"

우건은 담담히 대꾸했다.

"당신에겐 사고일지 모르지만 피해자는 그렇게 생각하지 않을 거요."

"하찮은 복수를 위해 자네와 같은 고수가 목숨을 걸었단 말인가?"

"누군가는 복수를 해야 망자의 원혼을 달랠 수 있지 않겠소?"

되물은 우건은 분심공으로 단척노인과 김 씨 삼형제의 대결을 살펴보았다. 셋 중 무공이 가장 떨어지는 김철이 상처를 입은 듯 왼팔이 피투성이였다. 세 명이 정상적인 상태에서도 막지 못한 단척노인을 한 명이 부상당한 상태에서 막아 내기란 요원한 일일 것이다. 이제 수다를 끝낼 차례였다.

우건은 청성검을 까딱거렸다.

선공하겠다는 신호였다.

이쯤이면 시간을 충분히 끌었다고 생각한 듯 성만식 역시 자세를 잡았다. 그의 손에 쥔 대도(大刀)가 서서히 움직였다.

우건은 바로 최강 초식을 사용했다.

오른쪽 어깨가 미세하게 움직이는 순간, 새파란 섬광이 성만식의 심장을 찔러 갔다. 전력을 다한 공격이었기에 청성검의 검광이 사라졌다가 성만식의 심장 앞에서 떠오르는 듯했다.

"차앗!"

성만식은 대도를 빙글 돌려 막았다.

우건의 생역광음은 불과 1센티미터 차이로 성공하지 못했다.

보통사람들의 기준으로는 아주 짧은 거리였지만 그와 같은 고수에게는 영원히 닿지 않을지도 모르는 긴 거리였다. 즉, 생역광음으로는 성만식을 죽일 수 없다는 것을 의미했다.

우건의 내력이 지금보다 강하다면 모르겠지만, 지금 가진 내력으로는 지금 속도보다 더 빠른 생역광음을 펼치지 못했다.

"차앗!"

성만식은 곧장 반격해 왔다.

천라삼중도법의 절초가 연이어 펼쳐졌다.

천라삼중도법은 염왕도 박포가 익힌 삼사도법(三絲刀法)과 도룡자 우정구가 익힌 사현도법(四懸刀法), 그리고 우건이 처음 상대해 보는 일원도법(一圓刀法)을 합친 도법이었다.

천라삼중도법의 삼중이 바로 삼사, 사현, 일원을 가리켰다. 성만식은 부하가 배신하는 것을 막기 위해 도법의 일부만 가르쳐 주었다. 도법을 다 가르쳐 주면 언젠가는 뛰어난 재능을 가진 부하가 그를 배신할지 모른다고 생각한 것이다.

삼사도법 아홉 초식은 마치 도신으로 삼각형을 그리듯이 우건을 덮쳐 왔다. 그리고 사현도법 아홉 초식은 선이 하나 더 늘어 사각형을 그리듯이 우건의 요처를 베어 왔다. 마지막으로 천라삼중도법의 진수에 해당하는 일원도법은 하나의 초식으로 이루어져 있었는데, 마치 도신으로 원을 그리듯이 공격해 왔다. 삼사도법과 사현도법은 직접 상대해 보았거나, 아니면 펼치는 것을 본 적이 있어 이미 적절한 상대법을 찾아낸 상태였다. 그러나 일원도법은 이번이 처음이었다.

성만식은 천라삼중도법 열아홉 개 초식을 상황에 맞게 사용했다. 가장 먼저 천라삼중도법의 기본인 삼사도법을 펼쳤다.

성만식은 날이 넓은 대도로 우건의 오른 어깨를 곧장 내리쳤다. 난순한 초식이있다. 그러나 위력은 단순하지 않았다.

빨랐다. 그리고 날카로웠다. 우건은 섬영보로 거리를 벌리며 생역광음으로 성만식이 휘두른 도의 도신을 저격하듯 찔렀다.

타앙!

맑은 쇳소리가 울리는 순간, 성만식의 도가 부르르 떨렸다. 성만식의 도가 우건의 어깨 옆으로 빗나가며 바닥을 갈랐다.

파파팟!

바닥에 30센티미터는 훌쩍 넘을 듯한 고랑이 깊게 파였다. 도가 우건의 어깨에 예정대로 떨어졌으면 우건은 깔끔하게 양분되어 바닥에 피와 내장을 쏟아 내며 즉사했을 것이다.

생역광음을 펼친 목적대로 성만식의 삼사도법을 도중에 저지하는 데는 성공했지만 우건 역시 미간을 살짝 찌푸려야 했다.

청성검과 대도가 충돌하는 순간, 손목이 찌르르 울리더니 청성검을 통해 흘러들어온 성만식의 내력이 그의 내력을 찍어 눌렀다. 순도에서는 우건이 익힌 내력이 훨씬 정순했지만 그 양과 위력에 있어서는 성만식이 그보다 몇 수 위였다.

즉, 내력으로 대결하는 것은 위험하단 뜻이었다.

성만식은 다시 삼사도법으로 공격을 시작했다.

우건은 감히 맞받아칠 생각을 못하고 피하는 데 집중했다.

삼사도법은 염왕도 박포를 상대로 한 번 경험한 적이 있었다. 그러나 성만식이 펼치는 삼사도법은 위력과 속도가 남달랐다. 이는 성만식이 천라삼중도법을 대성했단 의미였다.

가슴을 갈라오던 도가 갑자기 멈추더니 곧장 수직으로 떨어졌다. 우건은 급히 이형환위를 펼쳐 피했다. 우건이 펼치는 이형환위를 본 성만식의 눈에 이채가 떠올랐으나 공격을 멈추지는 않았다. 엄청난 힘이 실린 도를 도중에 멈춘 성만식이 그대로 돌아서며 횡으로 우건의 옆구리를 베어 왔다.

우건은 급히 허리를 젖히며 뒤로 몸을 날렸다.

성만식의 도와 우건의 거리는 30센티미터 이상 차이가 났지만 도에 실린 도기(刀氣)가 우건의 옷을 갈가리 찢었다. 호신강기가 있어 살갗에 상처를 입지는 않았지만 내일 아침에 일어났을 때, 옆구리에 멍이 들 만한 위력이었다. 물론, 우건이 내일 아침까지 살아 있다는 전제 하에서 말이다.

삼사도법 아홉 초식을 펼친 성만식은 사현도법으로 넘어 갔다.

삼사도법이 도로 삼각형을 그리는 것 같은 도법이라면 사현도법은 변이 하나 더 있는 사각형을 그리는 듯한 도법 이었다.

우건은 목을 베어 오는 성만식의 도를 피해 섬영보로 물 러섰다. 마치 기다렸다는 듯 따라붙은 성만식은 도를 멈추 더니 그대로 사선으로 내리쳤다. 우건은 금선탈각의 수법 으로 피했다. 우건이 남긴 잔영이 성만식의 도에 비스듬히 잘렸다.

성만식은 냉정했다.

다른 사람이라면 비스듬히 잘리는 잔영을 보며 공격이 성공했다고 생각했을 테지만, 성만식은 도에 걸리는 게 없

다는 것을 느끼는 순간 바로 돌아서며 도를 그대로 올려쳤
다.

이번에는 제대로 피하지 못했다.

성만식의 반응이 워낙 빨라 도신에 실린 도기가 우건의
턱을 살짝 스쳤다. 턱은 무인이나 범인의 구분 없이 반드시
보호해야 하는 요처 중 하나였다. 턱 자체는 단단한 뼈로
이루어져 있어 별문제 없었지만, 턱이 흔들리면 뇌가 같이
흔들린다는 점이 문제였다. 우건 역시 마찬가지였다. 턱에
입은 충격이 곧장 뇌로 올라가 순간적으로 정신을 잃을 수
밖에 없었다.

그 시간은 길어 봐야 0.1초에 불과했다. 그야말로 촌각에
불과한 시간이었다. 그러나 성만식과 같은 고수에게는 영
원처럼 긴 시간이었다. 실제로 우건이 정신을 차리는 순간,
성만식의 도가 벌써 그의 가슴을 비스듬히 베어 오는 중이
었다.

피할 방법이 없었다.

우건은 하는 수 없이 대해인강으로 막으며 충격에 대비
했다.

콰앙!

청성검이 성만식의 도를 멈추는 데는 성공했지만 그 여
력까지 완전히 막아 주진 못했다. 우건은 몸이 살짝 떠오른
상태에서 청성검을 통해 밀려들어 오는 성만식의 내력에

짓눌렸다.

내력이 내부를 휘젓는 순간, 지독한 탁기가 올라왔다. 탁기는 빨리 배출하는 게 좋았다. 그러나 지금 탁기를 뱉기 위해 입을 열 수는 없었다. 입을 여는 순간, 탁기와 함께 내력이 같이 빠져나갈 터였다. 우건은 탁기를 억지로 삼켰다.

탁기는 삼키면 더 좋지 않았지만 지금은 다른 방법이 없었다. 이제 우건은 내상을 입은 상태에서 강적을 상대해야 했다.

우건은 급히 물러서며 후속 공격에 대비했다.

그때, 성만식이 따라붙으며 도신으로 원을 크게 그렸다.

천라삼중도법의 가상 강력한 초식 일원도법이 분명했다.

우건이 경계하는 순간, 엄청난 힘이 우건을 끌어당겼다.

우건은 급히 전력을 다해 저항해 보았으나 마치 거미줄에 걸린 벌레처럼 옭아매져 있어 빠져나갈 방법이 전혀 없었다.

"차아앗!"

다 잡은 먹잇감이라는 듯 기합을 쏟아 낸 성만식이 대도를 두 손으로 잡아 우건의 머리에 내리쳤다. 이를 악문 우건은 청성검을 머리 위로 들어 올려 성만식의 대도를 막아 갔다.

카앙!

쇳소리가 울리며 청성검이 밑으로 푹 가라앉았다.

청성검으로는 성만식의 도를 막지 못한다는 뜻이었다.

우건은 청성검의 검신을 돌려 평평한 부분이 바닥과 평행을 이루게 만들었다. 그리고는 왼 손바닥으로 검신을 지탱했다.

가까스로 성만식의 도를 멈추는 데는 성공했지만 성만식의 도에서 청성검을 통해 흘러들어 오는 내력까지 막진 못했다.

성만식의 내력이 우건의 내부를 휘저으며 내상을 악화시켰다.

그뿐만이 아니었다.

성만식의 도를 멈추는 데는 성공했지만 흙으로 이루어진 바닥은 그렇지 못해 우건의 두 다리가 바닥을 뚫기 시작했다.

우건은 마치 말랑한 두부 위에 서 있는 것 같았다. 어느새 두 발의 발목까지 땅 속 깊이 박혀 버렸다. 성만식은 말뚝을 박는 농부처럼 우건을 단단한 땅속에 박아 가기 시작했다.

우건은 이제 선택을 해야 했다.

인생은 수천수만, 그리고 수억 번의 선택으로 이뤄져 있었다.

간단하게는 오늘 몇 시에 일어나 아침으론 무엇을 먹을

것인지 정하는 것 역시 인생에서 내려야 하는 선택 중 하나였다.

그리고 복잡하게는 목숨이 오가는 상황에서 살아남기 위해 위험한 결과를 내포한 선택을 내리는 것 역시 그런 선택 중의 하나였다. 우건은 살아남기 위해 선택을 내려야 했다.

우건은 지금 절체절명의 위기에 빠져 있었다.

머리 위에서는 성만식의 도가 그의 몸을 두 동강내기 위해 내려오는 중이었다. 그리고 밑에선 단단한 땅이 늪처럼 그의 두 다리를 천천히, 그리고 확실히 끌어당기는 중이었다.

우건은 시선을 들어 위를 보았다.

청성검의 검신이 부러질 것처럼 잔뜩 휘어져 있었다.

우건은 오른손으로 청성검의 검 자루를, 그리고 왼손으로는 청성검의 널찍한 검신을 받친 채 그 위에서 그를 찍어 누르려는 성만식의 도에 저항하는 중이었다. 청성검이 오금의 정화를 캐다가 직접 제련한 보검이 아니었으면 진작 부서졌을 것이다. 그러나 보검 역시 한계가 있었다. 지금은 잔뜩 휘어진 상태에서 성만식의 도를 버텨 내고 있었지만, 시간이 더 지나면 탄성을 잃어 두 동강이 날 게 분명했다.

그리고 청성검이 두 동강 나면 그의 몸 역시 두 동강이 날 터였다. 두 다리가 정강이 부분까지 땅속에 박혀 있는 지금 상황에서는 머리 위에서 떨어지는 도를 피할 자신이 없었다.

우건은 선택을 해야 했다.

위험한 결과를 내포한 선택이지만 아무 것도 하지 않은
상태에서 성만식의 도에 몸이 두 조각으로 잘리고 싶지 않
았다.

우건은 청성검을 받치는 두 기둥 중에 하나인 왼손을 떼
었다.

그 즉시, 청성검이 한쪽으로 기울며 성만식의 도가 우건
의 정수리 바로 위까지 내려왔다. 그야말로 머리카락 한 올
의 차이였다. 그 한 올의 틈이 사라지면 성만식의 도가 뿜
어내는 강력한 도기가 정수리 백회혈에 구멍을 뚫을 터였
다.

우건은 자유로워진 왼손을 앞으로 뻗었다.

쿠르릉!

귀청을 찢는 뇌성(雷聲)과 함께 강력한 장력 한 줄기가
앞에 서 있는 성만식의 가슴을 짓쳐 갔다. 성만식은 갑작스
러운 변화에 소스라치게 놀란 듯 눈동자가 정신없이 흔들
렸다.

성만식은 동귀어진을 원하지 않았다.

이대로 흘러가면 자신의 도가 우건을 두 조각으로 잘라
버릴 수 있겠지만 그 역시 태을진천뢰의 장력을 피하지 못
했다.

성만식이 죽은 아들과 손자의 복수에 미쳐 있는 아버지와

할아버지였으면 동귀어진을 해서라도 우건을 죽였을 것이다.

그러나 성만식은 아들과 손자의 목숨보다 그가 30년 동안 고생해 이룩한 범천단이란 조직에 애정이 더 큰 사람이었다.

상대와 동귀어진하는 그림은 그가 원하는 그림이 아니었다.

그리고 이는 우건이 태을진천뢰를 펼칠 때부터 예상한 일이었다. 성만식이 복수에 미친 사람이었으면 중원삼살을 먼저 내보내 우건을 떠보려 하지 않았을 것이다. 우건을 보기 무섭게 바로 달려들어 어떻게든 복수하려 했을 것이다.

한 손을 내려 태을진천뢰를 펼치는 것은 도박이었지만 승산이 있는, 그리고 이미 계산이 깔려 있는 도박이었던 것이다.

"빌어먹을!"

성만식은 뒤로 물러서며 태을진천뢰의 장력을 먼저 피했다. 당연히 우건을 압박하던 도 역시 성만식과 함께 물러났다.

우건은 그 틈에 무릎까지 빠진 두 다리를 땅속에서 빼냈다. 성만식은 태을진천뢰의 장력을 해소하느라 정신이 없었다.

지금부터는 우건의 시간이었다.

내상을 입어 내력의 운용이 평소처럼 자유롭지 않았지만 방금 전에 비하면 그야말로 하늘과 땅의 차이라 할 수 있었다.

우건은 성만식을 덮쳐 가며 생역광음을 펼쳤다.

태을진천뢰의 장력을 해소한 성만식이 바로 맞상대를 해 왔다. 내력에서 앞선다는 것을 알기에 전혀 주저하지 않았다.

우건은 생역광음을 거두며 유성추월을 펼쳐 갔다. 생각지 못한 허초에 깜짝 놀란 성만식이 급히 다른 초식으로 유성추월을 막아 갔다. 그러나 유성추월 역시 허초였다. 그 다음에 이어진 초식은 선도선무였다. 성만식은 재빨리 대응에 나섰지만 선도선무 역시 또 다른 허초 중의 하나일 따름이었다.

우건은 내력을 잃은 후에 초식을 연구했다. 그리고 더 연마했다. 그 덕분에 지금은 허초와 같은 실초를, 그리고 실초와 같은 허초를 자유자재로 쓸 수 있는 경지에 올라 있었다.

우건이 허초를 연속해서 펼쳐 성만식을 기만한 이유는 그를 조급하게 만들기 위해서였다. 성만식의 머릿속에는 지금 우위에 있는 내력을 이용할 생각으로 가득 차 있었다. 예상대로 성만식은 자신의 도와 부딪치지 않고 미꾸라지처럼 빠져나가는 우건의 청성검을 초조한 시선으로 지켜보는 중이었다.

그때, 성만식의 도가 원을 그리기 시작했다.

좀 전에 상대해 본 일원도법이었다.

일원도법의 정체를 알기 전에는 신중히 상대하려다가 오히려 함정에 빠져 절체절명의 위기에 처했었지만, 실체를 아는 지금은 오히려 성만식이 먼저 일원도법을 펼치길 기다렸다.

성만식의 일원도법이 만든 원은 좀 전과 마찬가지로 우건의 신형을 강한 힘으로 끌어당겼다. 전에는 이에 대항하다가 곤경을 겪었지만 지금은 오히려 이를 이용할 생각이었다.

우건은 천지검법 심뢰오식 중 하나인 선인지광으로 맞서 갔다.

선인지광은 상대를 밀어내는 배결(排訣)이었다.

성만식의 일원도법이 만든 힘이 우건을 끌어당기는 순간, 선인지광이 펼쳐지며 끌어당기는 힘을 바로 되돌려 보냈다.

성만식의 눈이 찢어질 듯 커졌다.

일원도법으로 우건을 끌어당기는 순간, 갑자기 그가 쏟아 낸 힘의 거의 두 배에 이르는 반탄력이 그를 덮쳐 온 것이다. 일원도법이 내포한 힘과 우건이 선인지광으로 쏟아 낸 힘이 더해지며 그대로 성만식의 가슴을 덮쳐 가는 상황이었다.

성만식은 급히 천라삼중도법의 방어초식으로 이를 막았다. 그러나 너무나 갑작스러웠던 탓에 미처 다 막을 수가 없었다.

콰앙!

성만식이 피를 뿌리며 날아올랐다.

갈비뼈가 부러지며 폐를 찌른 듯 얼굴이 아주 창백했다.

우건은 곧바로 따라붙으며 조옹조락을 펼쳤다.

흡결(吸訣)을 기반으로 만든 조옹조락은 상대를 끌어당기는 힘을 갖고 있었다. 공중으로 날아가던 성만식이 멈춰섰다.

성만식 역시 보통 고수가 아니었다.

기습을 당한 상황에서 자세를 가다듬는 노련함을 보여주었다.

그러나 우건은 집요했다.

한 번 잡은 승기를 놓칠 생각이 전혀 없었다.

우건은 비검만리의 수법으로 청성검을 성만식에게 던졌다. 성만식은 그가 가진 강력한 내력으로 조옹조락이 만든 당기는 힘을 결국 풀어내는 데 성공했다. 그러나 뒤이어 날아드는 청성검을 보면서는 아득한 표정을 지을 수밖에 없었다.

손에 쥔 도로는 막을 수 없어 왼팔을 앞으로 휘둘렀다.

청성검이 성만식의 왼팔을 어깻죽지부터 자르며 뒤로 흘러 갔다.

성만식은 급히 지상으로 내려오며 상처를 지혈하려 애썼 다.

그때, 눈앞에서 붉은 비늘을 가진 용과 푸른 비늘을 가진 용 두 마리가 똬리를 틀더니 그대로 성만식을 짓쳐 왔다.

지혈을 포기한 성만식은 하나 남은 오른팔로 급히 도를 휘둘렀다. 그러나 똬리를 튼 용 두 마리는 도를 쥔 성만식 의 오른팔을 마저 뜯어낸 다음, 성만식의 가슴을 이빨로 물 어뜯었다.

"크아아악!"

비명을 지르며 다시 떠오른 성만식은 10여 미터를 날아 간 다음, 쿵 소리를 내며 폐차 직전의 차 위로 떨어졌다.

"우웨엑!"

양동이를 채울 만큼 찢어진 장기 조각이 섞인 검은 피를 토해 낸 성만식이 몸을 떨다가 고개를 들어 자기 가슴을 보 았다.

가슴 한쪽은 하얀 서리가 얼어붙어 있었다. 그리고 반대 쪽은 불에 덴 듯 시커멓게 타 있었다. 처음에는 가슴뿐이었 지만 삽시간에 사방으로 번져 나가 곧 온몸 전체가 한쪽은 서리가 끼고 다른 한쪽은 불에 타 버리는 기이한 형태로 변 했다.

성만식이 고개를 더 들어 천천히 다가오는 우건을 응시했다.

"이, 이건 태, 태을음양수(太乙陰陽手)로구나. 그, 그렇다면 너, 너는 사, 사부님께서 언젠가 말했던 태을문의 문도……."

우건은 담담한 시선으로 죽어가는 성만식을 바라보았다.

"당신은 칠성좌의 무슨 좌를 맡고 있소?"

"거, 거기까지 알고 있었나?"

"무슨 좌를 맡고 있소?"

"나, 난 요광좌(搖光座)를 맡고 있었다."

성만식은 그 말을 끝으로 고개를 떨어트렸다. 그리고는 몸 중에 얼어 있던 곳은 녹아 흐르기 시작했고 불에 탔던 곳은 재로 변해 흩어지기 시작했다. 제천회의 범천단 단주이며 부산을 지배한 범천 그룹 회장 성만식의 비참한 최후였다.

우건은 잠시 서서 내력을 점검해 보았다.

외상은 없었지만 내상이 심해 운기요상이 필요한 상태였다. 그리고 선인지광, 조옹조락, 비검만리, 태을음양수로 이어지는 연계 공격을 펼친 탓에 상당한 내력을 소모해 단전이 거의 비어 있었다. 그러나 불행히도 우건에게는 쉴 틈이 없었다.

단척노인과 싸우는 김은, 김동, 김철 삼형제의 상태가

심상치 않았다. 우건은 곧장 그곳으로 몸을 날리며 전음을 보냈다.

전음을 받은 김은과 김동, 김철이 사방으로 몸을 날려 피했다.

단척노인은 그냥 나이만 많이 먹은 게 아니라는 듯 도망치는 김철의 뒤에 바짝 따라붙어 우건의 공세를 피하려 들었다.

그러나 우건은 이미 그런 상황을 염두에 둔 상태였다.

우선 일검단해로 단척노인과 김철 사이를 떨어트려 놓았다. 단척노인은 처음에 일검단해를 뚫으려 했지만 홍해를 가르는 듯한 청성검의 검광에 놀라 뒤로 십여 걸음을 물러섰다.

우건은 재빨리 단척노인 앞을 막아서며 생역광음을 찔러 갔다.

단척노인은 철곤(鐵棍)을 휘둘러 생역광음을 간신히 막아 냈다. 그러나 생역광음에 실린 여력은 막지 못해 뒤로 주르륵 밀려났다. 우건은 섬영보로 따라붙으며 선도선무, 유성추월, 성하만상을 연달아 펼쳐 갔다. 단척노인은 철곤을 미친 듯이 휘둘러 난무하는 검광을 가까스로 막는 데 성공했다.

그러나 마지막 검광을 막았을 때, 정작 검광을 날려 보낸 우건의 모습이 보이지 않았다. 소스라치게 놀란 단척노인이

황급히 뒤로 돌아설 때, 일월보로 신형을 감추었던 우건이 허공 속에서 유령처럼 튀어나오며 생역광음을 찔러 갔다.

이번 생역광음은 전력을 다했다.

치이익!

새끼 손톱만 한 검광이 단척노인의 곡지혈을 관통했다.

"제길!"

욕을 내뱉은 단척노인이 손에 쥔 철곤을 떨어트릴 때, 우건이 두 번째 펼친 생역광음이 단척노인의 미간을 꿰뚫었다.

비틀거린 단척노인이 우건을 응시하며 중얼거렸다.

"끄, 끝이라 생각 마라. 오히려 시, 시작의 끝에 더 가까우니까."

그 말을 남긴 단척노인의 신형이 뒤로 천천히 넘어갔다.

한숨을 깊이 내쉰 우건은 바닥에 주저앉은 김은과 김동, 김철을 살폈다. 김은은 외상이나 내상을 입지는 않았지만, 부상에서 회복한 지 얼마 지나지 않은 탓에 거의 탈진한 상태였다.

김동과 김철은 외상을 입은 듯 팔다리에 피가 흥건했다.

우건은 그들을 보며 물었다.

"알아서 치료할 수 있겠는가?"

김은 등이 고개를 끄덕였다.

"저희들은 괜찮으니까 사부님을 도와주십시오!"

우건은 열심히 싸운 그들에게 수고했다는 뜻으로 고개를 끄덕여 주었다. 그리고는 마지막 남은 대결 쪽으로 몸을 돌렸다.

그때, 원공후가 천중도 제관일을 매섭게 몰아붙이기 시작했다.

믿었던 성만식과 단척노인이 차례대로 쓰러지는 모습을 본 직후, 제관일의 사기는 눈에 띄게 꺾인 상태였다. 더구나 성만식을 쓰러트린 괴물 같은 놈이 자신을 쳐다보고 있었다.

천중도라는 별호와는 달리, 마음이 굳세지 못한 제관일은 결국 손빌이 어지리운 상태에서 원공후의 일투삼낙을 맞아 절명했다. 원공후는 이번 일격에 전부를 쏟아부은 듯 바닥에 주저앉아 거친 숨을 몰아쉬었다. 그런 원공후의 머리 위로 날이 밝았다는 듯 붉은 아침노을이 서서히 떠올랐다.

## 10장. 뜻밖의 방문

　원공후는 넓은 견문을 자랑했다. 도둑질을 하려면 우선 도둑질할 물건을 가진 대상에 대해 잘 알아야 하기 때문이었다.

　강호에서 활동하는 동안, 속은 형편없으면서 겉만 번지르르한 자들을 많이 보아 온 원공후는 헛수고를 않기 위해 쾌영문에 속한 도둑들이 보내온 정보에 관심을 기울였다. 눈치가 빠르고 이재에 밝은 도둑들이 보내온 정보는 다른 정보단체가 돈을 주고 파는 정보보다 훨씬 믿음직한 면이 있었다.

　그 덕분에 원공후는 상대를 직접 만나 살펴보지 않아도

중원에서 행세 꽤나 하는 인사들을 속속들이 파악할 수 있었다.

그러나 강호는 넓었다. 그리고 기인이사(奇人異士)는 셀 수 없이 많았다. 그런 원공후조차 접근하지 못하는 곳이 있었던 것이다. 특히 제천회와 같은 종교 단체는 접근이 더 어려워 회에 어떤 고수들이 있는지, 그리고 어떤 보물을 갖고 있는지 알지 못했다. 제천회가 그를 초청했을 때, 거절하지 않은 것은 베일에 싸인 제천회를 파악하기 위한 측면도 있었다.

김철의 부축을 받아 일어나던 원공후가 고개를 크게 끄덕였다.

"이제야 놈이 누구의 후예인지 알겠군."

어안이 벙벙한 표정으로 김철이 물었다.

"갑자기 그게 무슨 말씀이십니까?"

"그 성만식이란 놈 말이다."

원공후가 무언가를 회상하듯 아련한 표정을 지으며 말했다.

"제천회 장로 중에 금안독로(金眼禿老)라는 대머리 영감탱이가 하나 있었지. 아마 이름이 선일공(宣一公)이었을 게야. 원래는 막북(漠北) 일대에서 흉명을 자자하게 떨치던 막북 제일고수였는데 내가 이곳으로 넘어오기 30여 년 전에 갑자기 모습을 감춰 사람들이 다들 의아하게 생각한 적이 있었지."

우건은 가만히 서서 원공후의 넋두리를 들었다.

원공후의 넋두리가 다시 이어졌다.

"한데 제천회의 초청을 받아 개봉에 있는 그들의 총단으로 갔을 때, 그 선일공이 장로 자리를 떡하니 꿰고 있었지 뭐냐. 놈 역시 나나 주공처럼 태을양의미진진에 갇혀 있다가 이곳에 넘어왔을 테니까 어딘가에 살아 있을 거라 생각했는데, 지금 보니 후인을 남겨 두고 저 세상으로 떠난 모양이군."

원공후의 설명에 따르면 성만식이 익힌 천라삼중도법은 원래 마라도법(魔羅刀法)이라 부르는 선일공의 독문절기였다. 성만식이 마라도법을 천라삼중도법이란 이름으로 바꾼 것이다.

원공후의 말을 곰곰이 곱씹던 우건이 불쑥 물었다.

"그때, 선일공의 나이가 어느 정도였소?"

"제천회 대청에서 보았을 때 말입니까?"

"그렇소."

"아마 예순은 족히 넘었을 겁니다."

우건은 고개를 끄덕였다.

지금까지 밝혀진 정황에 따르면 성만식은 30여 년 전에 부산에 내려와 범천 그룹을 세웠다. 성만식이 무공을 익히자마자 출도했을 리는 없을 테니까 최소 40년 전부터 무공을 익히기 시작했다는 말이었다. 그리고 그런 추정이 맞고 성만식에게 무공을 가르쳐 준 사부 금안독로 선일공이 지금까지 살아 있다면, 그는 현재 100여 세가 넘었을 거란 뜻이었다.

정파의 절세심공을 익힌 고수라면 100여 세가 넘도록 천수를 누리는 것이 그리 이상한 일은 아니었지만 선일공이 익힌 심공은 정파의 절세심공이 아니었다. 방금 전 그가 가르친 제자와 손속을 겨루어 본 우건은 확실히 알 수 있었다.

가진 내공의 양은 성만식이 월등했지만 그 순도는 비교할 바가 아니었다. 성만식의 내공은 사파의 고수들이 으레 그렇듯 잡스러운 기운이 많이 섞여 온전한 위력을 내지 못했었다.

정파의 절세심공을 익히지 않은 선일공이 지금까지 살아 있을 확률은 아주 적었다. 그렇다면 그 역시 장린의 사부 은태무처럼 이곳에 와서 후인을 남긴 후 죽었을 확률이 높았다.

그게 만약 40년 전이라면 제천회의 역사 역시 최소 40년이란 뜻이었다. 우건이 이곳에 넘어온 지 이제 겨우 1년이 넘었다는 점에서 고려할 때, 40년이란 세월은 그야말로 어마어마한 세월이었다. 더구나 40년은 최소한의 기간을 의미했다. 실제로는 50년이나 60년을 상회할지도 모르는 일이었다.

우건은 깊은 한숨을 내쉬었다.

그 기간 동안, 대한민국에는 제천회의 손길이 닿지 않은 데가 없을 것이다. 단순히 불법적인 사업체만 가리키는 게 아니었다. 마동철과 청와대 제1부속실장이 거래하던 장면에서 볼 수 있듯, 그들은 정재계는 물론이거니와 언론계, 문화계까지 그 마수를 뻗쳐 두었을 것이다. 그런 점에서 볼 때, 우건은 대한민국 기득권 전체와 싸워야 하는 상황일지 몰랐다.

"돌아갑시다."

죽은 자들의 시신을 깨끗이 처리한 일행은 아지트에 돌아가 부상을 치료했다. 우건과 원공후는 내상을 치료했고 김동과 김철은 외상을 치료했다. 치료를 마친 후에는 휴식을 취하던 임재민과 합류해 서울로 돌아갔다. 고모와 사촌동생의 장례를 마친 임재민은 이제 부산에서 할 일이 없었다.

범천단이 전멸한 사건을 조사하기 위해 제천회가 고수들을 더 파견할 수 있었지만 그들을 욕심내다가는 오히려 이쪽이 먼저 당할 수 있었다. 고수 한두 명이라면 충분히 감당할 수 있겠지만, 우건의 예상을 뛰어넘는 고수들이 대거 몰려온다면 그는 몰라도 쾌영문은 멸문의 위기에 처할 수 있었다.

우건은 전열을 가다듬을 필요성을 느꼈다. 쾌영문의

실력이 지금과 같다면, 다른 문도들 역시 홍대곤의 전철을 밟을 수 있었다.

물론 쾌영문을 제외하거나 따로 움직이는 방법을 고려해볼 수 있었지만, 이는 원공후가 기분 나빠 할 공산이 아주 높았다.

원공후는 진심을 다해 우건을 주공으로 모셨다. 그리고 그의 제자들 역시 우건을 진심으로 존경하며 따르는 중이었다.

우건은 그 보답으로 그들의 무공을 개선시켜 주었다.

분영신법은 분영은둔으로, 쾌영십팔수는 쾌영산화수로 만들어 진보다 훨씬 뛰어난 위력을 발휘하게 만들어 주었다. 또, 장린이 남긴 묵애도법을 원공후에게 넘겨 그가 그토록 바라마지 않았던 절세신공을 손에 넣을 수 있게 만들어 주었다.

그러나 그들의 충성심에 대한 보답으로 그들의 무공을 발전시켜 주는 것에는 한계가 있었다. 진정한 보답은 그들이 죽지 않고 이 아수라장에서 살아남을 수 있게 해주는 거였다.

물론, 그러기 위해서는 강력한 무공이 필수였다.

다행히 그들의 실력을 지금보다 한 차원 높은 수준으로 이끌어 줄 수 있는 실마리가 있었다. 바로 이번에 원공후가 깨달음을 얻은 쾌영문의 독문심법 일목구엽심법이 그것이었다.

우건이 보기에 일목구엽심법은 불문에 내려오는 절세심공이 틀림없었다. 불문에서 넘어온 무공이며, 태을문 최강 지법으로 꼽히는 전광석화를 익히느라 불문 무공을 공부한 적 있는 우건의 직감이 그렇게 말해 주고 있었다. 불문과 도문은 무림을 대표하는 정파지만 무공의 성격에는 차이가 있었다.

도문은 음양의 조화를 중요시해 양강한 성질의 무공과 음유한 성질의 무공에 모두 해박했다. 여러 도문이 남녀제자의 혼인을 막지 않는 이유 역시 그런 이유들이 크게 작용했다. 선천적으로 양강한 성질을 가지고 태어난 남자와 음유한 성질을 가지고 태어난 여자가 조화를 이루는 것이야말로 진정한 음양화합이라는 생각을 가지고 있기 때문이었다.

실제로 태을문은 역대 장문인 대부분이 혼인을 하였다. 심지어 그중에는 부부가 같이 우화등선한 장문인도 여럿 있었다. 오히려 젊었을 때 겪은 실연으로 인해 한평생 혼인하지 않은 우건의 사부 천선자가 특이한 경우라 할 수 있었다.

반면, 불문은 혼인을 하지 않기에 양강한 성질을 가진 남자들을 위한 무공이 발전했다. 그 결과 불문이 만들어 낸 무공들은 강하고 장중하며 깊었다. 물론, 그중에는 부드러운 무공도 있었지만 도문에서 연구하는 음유한 무공과는

286 현대무림 5

달랐다.

우건은 일목구엽심법에서 불문 심법 특유의 장중함을 발견했다. 제대로 익힌다면 인생이 뒤바뀔 수 있는 신공이었다.

우건은 원공후를 도와 일목구엽심법의 사라진 부분을 복원하는 데 어느 정도 성공했다. 이제는 일목구엽심법을 완벽히 복원하는 일만 남은 상태였다. 우건은 서울로 돌아가는 내내 원공후와 긴밀한 대화를 나누며 일목구엽심법을 복원하는 일에 노력을 아끼지 않았다. 만약 일목구엽심법을 완벽히 복원한다면, 쾌영문은 일류문파로 발돋움할 수 있을 것이었다.

우건 일행은 렌트한 차를 업체에 반납한 다음, 추적하는 사람이 있는지 면밀히 살핀 후에 수연의원으로 돌아갔다. 그럴 확률은 적었지만, 혹시 부산에서부터 그들을 추적해 온 사람이 있다면 꼬리를 달고 의원으로 돌아갈 순 없는 일이었다.

수연은 한바탕 잔소리를 늘어놓았지만 우건이 무사한 것을 보고 안도하는 모습을 보였다. 그리고는 쾌영문을 방문해 부산에서 목숨을 잃은 홍대곤의 명복을 정중히 빌었다. 쾌영문도들은 수연의 섬세한 배려에 크나큰 감동을 받았다.

며칠 후, 슬픔을 털어 버린 사람들은 다시 평소의 모습으로 돌아갔다. 수연과 정미경, 이진호는 몰려드는 환자들을 진료하느라 바빴다. 그리고 원공후와 그의 제자들은 수련에 여념이 없었다. 어쩌면 가장 한가한 사람은 우건일지도 몰랐다.

우건은 오전에 집안일을 대충 해놓은 다음, 쾌영문에 넘어가 제자들의 수련을 봐주거나 원공후를 만나 일목구엽심법을 복원하는 데 도움을 주었다. 그리고 저녁을 먹은 후에는 3층 연공실을 찾아 수연에게 무공을 가르쳤다. 수연은 현재 태을혼원심공과 신법인 일보능천을 익히는 중이었다. 선골을 타고난 덕분에 진도가 아주 빠른 편이었다.

수련을 마친 수연이 냉장고에 넣어 둔 이온음료를 꺼내 건넸다.

"마셔요. 차게 해 뒀으니까 시원할 거예요."

"고마워."

우건은 수연이 건넨 이온음료를 마시며 연공실을 나왔다. 한여름의 후덥지근한 밤공기가 잠시 숨을 막히게 했다. 숨을 고른 우건은 이온음료를 마시며 수연이 나오길 기다렸다.

수연은 한 손에 땀을 닦는 데 쓰는 수건을, 그리고 다른 한 손에는 이온음료를 든 모습으로 나와 난간에 등을 기대었다.

수연은 수건으로 땀을 닦으며 이온음료를 반병 가까이 마셨다.

그 모습을 지켜보던 우건은 흠칫해 고개를 돌렸다.

수연은 몸에 붙는 빨간색 상의와 검은색 타이즈를 입은 상태였는데, 굴곡이 그대로 드러나 눈을 어디에 둬야 할지 몰랐다.

연공실에서 수련할 때는 다칠 위험이 있어 그녀의 아름다운 몸매가 눈에 들어오지 않았지만, 수련이 끝난 지금은 긴장이 풀리면서 눈길이 자연히 그쪽으로 향할 수밖에 없었다.

그녀의 몸매는 정말 아름다웠다. 아니, 완벽했다. 여자의 몸을 잘 모르는 우건이었지만, 성별에 상관없이 자신의 의견을 부정할 수 있는 사람이 없을 기라는 점에 확신을 가진 상태였다.

수연이 흘러내린 머리카락을 쓸어 올리며 물었다.

"내일 시간 있어요?"

우건은 시선을 옥상 밖의 풍경에 두며 대답했다.

"나야 있는 게 시간밖에 없지. 한데 갑자기 시간은 왜?"

"은수가 이번에 새 영화를 찍는다는 말 제가 사형께 했었어요?"

"열흘 전쯤에 했어. 무슨 액션물이라고 한 것 같은데."

"맞아요. 조선 시대를 배경으로 하는 액션 영화인데 거기서 남자 주인공을 호위하는 호위무사 비슷한 역을 맡았다나 봐요."

"그런데?"

"며칠 전에 은수와 통화를 했는데, 내일 의원이 쉬는 날이라니까 촬영장에 한번 놀러오라지 뭐예요. 어때요? 같이 갈래요?"

우건은 고개를 끄덕였다.

"같이 가지."

"알았어요."

대답한 수연은 기분이 좋은 듯 콧노래를 작게 흥얼거리며 2층으로 내려갔다. 우건은 잠시 기다리다가 2층으로 내려갔다.

다음 날, 수연의원은 정기 휴일을 맞아 문을 닫았다. 다른 직장처럼 1주일에 이틀씩 쉬면 좋겠지만 의원 근처에 노인 환자가 많아 2주일에 한 번씩 쉬는 걸로 타협을 본 상태였다.

수연은 얼마 전에 새로 뽑은 SUV 운전석에 타서 선글라스를 착용했다. 그녀는 원래 소형차를 탔었는데, 의원을 연후에는 짐을 나를 차가 필요해 내부가 넓은 SUV로 교체했다.

우건은 조수석에 타서 안전벨트를 맸다.

안전벨트를 하든 하지 않든 우건은 사고를 당할 염려가 없었다. 트럭과 부딪쳐 차가 완파돼도 호신강기와 충격을 줄이는 수법을 이용하면 멀쩡한 상태로 걸어 나올 자신이 있었다.

그러나 안전벨트를 매지 않으면 카메라에 얼굴이 찍혀 벌금을 내거나, 교통경찰에게 단속당할 위험이 있었다. 이는 신분을 감춰야 하는 우건 입장에서는 최악의 상황이나 다름없었다.

그를 추적해 올지 모르는 적이 두려워서 신분을 감추려는 것은 아니었다. 그저 귀찮은 일을 덜기 위해서였다. 더나아가 그의 일에 수연이 관련되는 상황이 싫었을 따름이었다.

은수가 찍는다는 영화의 촬영장은 남양주(南楊州)에 있었다.

은수는 겨울에 촬영했던 사전 제작 드라마가 시청률과 평론가의 호평을 동시에 잡아 현재 가장 핫한 스타로 떠올랐다.

덕분에 이번에는 아주 유명한 감독의 사극 액션물에 여주인공으로 캐스팅되었다. 그동안 영화를 몇 편 찍긴 했지만 대규모 자본이 투입되는 상업영화는 처음이었는지, 은수는 물론이거니와 은수의 소속사 역시 기대가 남다른 상황이었다.

수연이 남양주 영화 촬영장으로 차를 몰며 물었다.

"사형은 운전면허를 딸 생각이 아직 없는 거예요?"

"운전면허를 따려면 주민등록부터 해야 하니까."

수연이 선글라스를 쓴 눈으로 우건을 힐끔 보며 물었다.

"쾌영문에 있는 김동 씨가 해킹으로 가능하다고 하지 않았어요?"

수연 말대로 김동은 얼마 전 우건에게 그가 허락만 해 주면 바로 주민등록을 시작으로 운전면허증 발급, 건강보험 발급, 그리고 은행계좌 개설까지 해 주겠다는 제안을 한 적 있었다.

실제로 원공후는 그런 식으로 만든 주민등록증을 이용해 운전면허증을 발급받거나, 은행에 계좌를 개설하고는 하였다.

애초에 원공후와 우건은 주민등록이 불가능한 사람들이었다.

태어난 곳과 태어난 날짜를 적을 때부터 거짓말을 할 수밖에 없는 운명으로, 동사무소에 주민등록을 하러 가서 수백 년 전에 태어났단 말을 한다면 미친 사람 취급을 당할 것이다.

우건은 고개를 끄덕였다.

"얼마 전에 김동이 그런 제안을 한 적 있었지."

"사형은 김동 씨의 제안이 마음에 들지 않는 거예요?"

우건은 수연을 보며 대답했다.

"그 문제는 조금 더 생각해 본 후에 결정하기로 했어."

수연은 고개를 끄덕였다.

두 사람이 이런 저런 얘기를 나누는 동안, 차는 어느새 남양주에 위치한 영화 촬영장 주차장에 도착해 있었다. 차에서 내리는 순간, 전에 본 기억이 있는 은수의 매니저가 다가왔다.

"오래만입니다."

"예, 오랜만이에요. 그동안 잘 지내셨어요?"

"예, 저야 뭐 하는 일이 늘 똑같으니까요."

인사를 마친 수연이 열려 있는 트렁크 쪽으로 걸어갔다.

"스태프들이 마실 음료수를 좀 사 왔는데 같이 날라 주실래요?"

"이리 주십시오. 제가 들겠습니다."

그러나 정작 몸집이 호리호리한 매니저는 음료수를 두 박스밖에 들지 못했다. 반면, 수연은 음료수 네 박스를 단숨에 들었다. 그 모습을 본 매니저의 눈이 찢어질 듯 커졌다. 수연의 가냘픈 몸 어디에서 그런 힘이 나오는지 궁금했던 모양이었다. 수연이 그를 손가락 하나로 죽일 수 있는 실력을 지닌 무인이라는 사실을 모르기에 갖는 의문일 것이다.

나머지 음료수는 우건이 든 다음, 일행은 촬영장으로 걸어갔다.

수연이 성큼성큼 걸어가며 물었다.

"은수는 아직 촬영 중인가요?"

앞서 걸어가던 매니저가 땀을 비 오듯이 흘리며 대답했다.

"이, 이제 어려운 시, 신은 다 찍었으니까 고, 곧 끝날 겁니다."

수연이 땀을 뻘뻘 흘리는 매니저를 보며 안타깝다는 듯 권했다.

"무거우면 이리 주세요. 제가 들게요."

매니저가 고개를 저었다.

"괘, 괜찮습니다."

전혀 괜찮지 않아 보였지만 자존심은 있는 듯 끝까지 거절했다.

주차장에서 100여 미터를 걸어갔을 무렵, 마침내 촬영장이 보이기 시작했다. 조선 시대 건물과 거리를 재현한 세트장이 먼저 보였다. 뒤이어 세트장을 바삐 뛰어다니는 스태프와 조선 시대 옷을 입은 배우와 단역배우들이 눈에 띄었다.

야구 모자를 푹 눌러쓴 수연이 우건을 슬쩍 보며 전음을 보냈다.

-어때요? 진짜 조선 시대를 재현해 놓은 것 같아요?

우건은 고개를 저었다.

-내가 보던 풍경과는 좀 다른 것 같아.

-어떤 점이 다른데요?

─글쎄, 뭐랄까. 느낌이 좀 다르다고 해야 할까? 이건 촬영을 위해 꾸며 낸 거잖아. 실제와는 조금 다를 수밖에 없겠지.

그때, 앞서가던 매니저가 걸음을 멈추었다.

외부인은 여기서 더 들어갈 수 없는 듯했다.

"여, 여기서 기다리시면 곧 은수가 나올 겁니다."

음료수가 든 박스를 근처 계단 위에 내려놓은 매니저가 주저앉아 덜덜 떨리는 손으로 열심히 땀을 닦는 동안, 우건은 촬영장을 살펴보았다. 거리가 꽤 멀었지만 우건과 같은 사람에게는 별문제가 아니었다. 수연 역시 음료수가 든 박스를 내려놓은 다음, 우건 옆에 와서 촬영장을 구경했다.

커다란 카메라와 바닥에 깔려 있는 촬영용 레일, 그리고 긴장한 표정으로 세트를 바라보는 스태프들이 먼저 보였다. 그리고 그 너머에 조선 시대 건물을 흉내 낸 세트와 그 세트 안에서 진지한 표정으로 연기를 펼치는 배우들이 있었다.

우건은 은수를 바로 알아보았다.

은수는 남장한 여자처럼 흰 저고리 위에 파란색 무복(武服)을 걸친 모습이었다. 삼단 같은 머리카락 역시 한데 묶어 등 뒤로 길게 늘어뜨렸는데, 바람이 불 때마다 강아지 꼬리처럼 찰랑거렸다. 호위무사 배역을 맡았다는 수연의 말을 증명하듯 왼손에는 붉은 수실이 달린 칼집이 들려 있었다.

은수 뒤에는 잘생긴 남자 배우가 서 있었다. 선비인 듯 갓과 도포를 착용한 모습이었는데, 눈빛이 영 마음에 들지 않았다.

남자 배우의 눈빛에는 음욕(淫慾)이 가득했다.

우건의 시선이 반대편으로 돌아갔다.

세트 반대편엔 수염을 기른 사내 세 명이 검은색 야행복을 입은 상태에서 손에 칼을 들고 있었는데, 은수와 남자 배우를 위협하는 모습을 봐선 사극에 흔히 나오는 악당인 듯했다.

은수는 남자 배우를 지키기 위해 칼을 뽑으며 앞으로 달려갔다.

곧 몇 차례 대화가 오간 후, 은수와 악당 세 명이 대결하기 시작했다. 은수는 날렵하게 움직이며 칼을 휘둘렀고 그때마다 악당들은 과장스런 모습으로 쓰러졌다. 한 명은 맞기도 전에 몸을 띄우더니 공중에서 한 바퀴를 돌아 떨어졌다.

악당 세 명을 단숨에 해치운 은수와 남자 배우가 골목을 막 빠져나가려 할 때, 반대편에서 얼굴이 길쭉한 악당이 또 나타났다. 그는 영화 속에서 제법 실력이 있는 적으로 나오는 듯 은수와 몇 차례 칼을 부딪친 후 발로 은수를 걸어찼다.

악당의 발길질에 차인 은수는 붕 날아 골목에 쓰러졌다.

은수의 몸에 와이어를 달아 진짜 차인 것처럼 보이게 만들었다.

"컷!"

감독의 컷 소리와 함께 촬영이 끝났다.

컷 소리가 들리기 무섭게 남자 배우가 얼른 달려가서 매트 위에 쓰러진 은수를 일으켜 세워 주며 괜찮은지 물었다. 괜찮다며 고개를 끄덕인 은수는 마치 누군가를 찾는 듯 촬영장 바깥을 둘러보았다. 그때, 남자 배우가 끈덕지게 달라붙으며 계속 은수에게 말을 걸었다. 은수는 애써 미소를 지으며 그를 떼어 내려 했지만 거머리처럼 달라붙는 통에 쉽지 않았다.

"저 사람 또 그러네."

헉헉 대며 쉬던 매니저가 울상을 지으며 은수에게 달려갔다.

남자 배우는 매니저가 두 사람 사이를 갈라놓은 후에야 떨어졌다. 그는 아쉽다는 듯 은수를 쳐다보다가 밴으로 걸어갔다.

그 모습을 지켜보던 수연이 물었다.

"방금 전 은수에게 치근덕거리던 남자 배우 누군지 알겠어요?"

"모르겠는데."

"아마 이름이 최윤빈(崔尹彬)일 거예요. 잘생긴 데다

연기까지 잘해서 요즘 젊은 여자들 사이에서 인기가 가장 좋은 배우예요."

우건은 수연을 힐끔 보며 물었다.

"사매가 좋아하는 배우야?"

수연이 피식 웃었다.

"지금 질투하는 거예요?"

우건은 어깨를 으쓱거렸다.

"그냥, 궁금해서."

"음, 한마디로 말하면 제 취향은 아니에요."

"그럼 사매 취향은 뭔데?"

수연은 우건의 질문에 당황한 사람처럼 고개를 살짝 숙였다.

몇 초 후, 고개를 든 수연은 뭔가 큰 결심을 한 사람처럼 무슨 말인가를 하려 했지만 매니저와 함께 이쪽으로 걸어오는 은수로 인해 급히 입을 다물 수밖에 없었다. 수연과 은수는 친자매처럼 다정한 모습으로 서로의 안부를 물었다.

은수가 환한 미소와 함께 우건의 안부를 물었다.

"그동안 잘 지내셨어요?"

"나야 항상 잘 지내지."

은수가 우건의 안부를 물을 때, 수연은 계단에 둔 음료수 박스를 보며 어쩔 줄 몰라 했다. 더위가 기승을 부린 탓에 차갑게 먹어야 맛있는 음료수가 그사이 미지근해진 것이다.

우건은 바로 수연에게 전음을 보냈다.

－내가 다시 차갑게 만들어 줄 테니까 사매가 나를 좀 가려 줘.

－알았어요.

수연은 시키는 대로 앞으로 나와 우건을 가려 주었다. 보는 사람이 없는 것을 확인한 우건은 오른손을 박스 위에 올렸다. 잠시 후, 음료수 박스 위에 하얀 서리가 끼기 시작했다.

우건은 음료수가 얼기 직전까지 온도를 낮춘 다음, 손을 뗐다.

"이제 나눠 주면 될 거야."

수연은 얼른 돌아서서 음료수를 만져 보았다.

손가락 끝이 약간 시릴 만큼 차가웠다.

수연이 바로 전음을 보냈다.

－어떻게 한 거예요?

－태을음양수의 음수(陰手)로 음료수의 온도를 낮춰 놨어. 앞으로 4, 50분 동안은 이런 온도를 유지할 수 있을 거야.

우건의 솜씨에 새삼 감탄한 수연은 은수와 매니저를 동반해 차갑게 식힌 음료수를 스태프와 배우에게 골고루 나눠 줬다.

수연은 내친김에 감독과 제작자를 찾아가 음료수를 건넸다. 그녀는 원래 환자가 아닌 사람에게는 살갑게 굴지 못했는데 은수에 대한 애정이 그녀의 성격까지 바꿔 놓은 듯했다.

"우리 은수 잘 부탁드려요."

"고마워요. 잘 마실게요."

심드렁한 표정으로 음료수를 받아들던 감독은 야구 모자에 가려져 있던 수연의 얼굴을 보는 순간, 깜짝 놀라 일어섰다.

"실례가 되지 않는다면 은수와 무슨 관계인지 알 수 있을까요?"

"은수의 친한 언니예요."

"혹시 배우나 모델 일을 했었나요?"

수연은 미소를 지으며 고개를 저었다.

"직업은 있지만 그게 연예인은 아니에요."

"또 같은 말을 해서 죄송한데, 혹시 실례가 되지 않는다면 지금 쓰고 계신 야구 모자를 한 번만 벗어 주실 수 있을까요?"

당황한 수연이 조금 물러서며 물었다.

"왜 그러시죠?"

"너무 아름다우셔서 그렇습니다. 정말 연예인이 아니신가요?"

"예, 연예인이 아니에요."

"그럼 혹시 배우를 해 볼 의향은 있으신가요?"

"죄송해요. 저는 이미 아주 마음에 드는 다른 직업이 있어서요."

은수를 생각해 최대한 예의 바르게 대답한 수연은 감독 앞에서 벗어난 후에야 안도의 숨을 쉬었다. 야구 모자로 가리긴 했지만 수연의 외모는 배우들 틈에 있어도 전혀 꿀리지 않았다. 아니, 오히려 배우들보다 뛰어난 면이 많았다. 그녀에게는 아름다운 외모와 신비한 매력이 같이 있었던 것이다.

음료수를 다 돌린 후에는 은수와 합류해 촬영장으로 쓰는 한옥 세트의 뒷마당을 찾았다. 뒷마당은 스태프나 구경하는 구경꾼들이 잘 오지 않아 조용히 대화를 나눌 수가 있었다.

수연과 은수는 처마 밑에 앉아 수다를 떨었는데 뭐가 좋은지 어린 여고생들처럼 까르르 웃었다. 우건은 두 여인과 조금 떨어진 장소에 홀로 앉아 한여름의 무더위를 잠시 즐겼다.

우건과 같은 고수에게는 더위나 추위가 고통을 선사하지 못했다. 물론 완벽한 한서불침(寒暑不侵)의 경지에 이르지는 못했지만, 30도가 훌쩍 넘는 불볕더위 속에서 땀 한 방울 흘리지 않았다. 우건은 햇볕 속에 서서 화폭에 푸른색

물감을 쏟은 듯한 청명한 하늘과 솜털처럼 부드러워 보이는 뭉게구름을 감상했다. 그들이 있는 뒷마당은 황토색으로 물든 높은 담과 키가 큰 감나무에 둘러져 있어 잠시나마 다른 세상 속에 들어와 있는 것 같은 착각을 불러 일으켰다.

그러나 정말 착각일 뿐이었다.

멀지 않은 도로에서 굉음을 내며 지나가는 차들의 소음과 그런 차들이 내뿜는 매연, 그리고 스태프들이 내는 소리와 다음 촬영을 준비하는 소리가 현실로 돌아오게 만들었다.

주변 풍경에 대한 관심이 점차 시들어갈 무렵, 이번에는 수연과 은수가 나누는 대화가 그의 관심을 끌기 시작했다.

수연은 방금 전 감독에게 들은 말을 은수에게 하는 중이었다.

은수가 진지한 표정으로 물었다.

"정말 연예계에 진출해 보실 생각 없어요? 매니저 오빠가 그러는데, 언니 같은 외모면 프로필 사진만 찍어서 기획사에 쫙 돌려도 CF 감독들이 줄을 서서 만나자고 연락할 거래요."

수연이 웃으며 물었다.

"매니저가 날 너무 과대평가하는 거 아니니?"

은수가 절대 아니라는 듯 손을 휘휘 저었다.

"우리 매니저 오빠는 절대 허튼소리 하는 사람이 아니에요. 얼마나 냉정하다고요. 저에게도 '넌 외모가 아주 뛰어난 편이 아니니까 연기력에 집중해야 롱런할 수 있어.' 라고 하는 거 있죠?"

수연이 은수의 흘러내린 머리카락을 쓸어 올려 주었다.

"난 연예인 할 생각 없어. 연예인을 할 생각이었으면 고등학교 때 학교까지 찾아온 기획사 사람들과 계약을 했을 거야."

두 여자의 수다는 곧 다른 주제로 넘어갔다. 이번에는 촬영장에서 은수에게 계속 치근덕거리던 최윤빈이 주제에 올랐다.

수연이 먼저 물었다.

"그 최윤빈이라는 배우는 어때?"

은수가 조금 당황한 표정으로 되물었다.

"어떻다니요? 뭐가요?"

"마음에 들어?"

은수가 고개를 저으며 한숨을 깊이 내쉬었다.

"솔직히 말하면 그 사람 별로예요. 시나리오랑 감독님이 좋지 않았으면, 캐스팅이 왔을 때 단번에 거절했을 거예요."

"어떤 점이 마음에 안 드는데?"

"그 사람 여자관계가 복잡하다는 소문이 자자해요. 그리고 같이 출연하는 여배우들에게 치근덕거리는 걸로 유명해요."

수연이 목소리를 낮춰 물었다.

"너한테도 치근덕거려?"

은수 역시 목소리를 낮춰 대답했다.

"촬영할 때마다 그래서 요즘 스트레스가 이만저만이 아니에요."

수다는 곧 최윤빈에서 은수가 하는 액션 연기 쪽으로 넘어갔다.

은수가 한숨을 내쉬며 고충을 토로했다.

"액션 연기는 이번이 처음이어서 어려운 점이 많아요."

은수의 한숨을 들은 수연이 바로 우건을 불렀다.

"사형, 이쪽으로 와 봐요."

우건이 두 여인이 수다를 떨던 처마 밑으로 걸어왔다.

"왜 불렀어?"

"방금 우리가 한 말 다 듣고 있었죠?"

우건은 어깨를 으쓱거렸다.

"귀를 닫아 두는 무공은 아직 익히지 못했으니까."

수연이 피식 웃었다.

"이제 농담도 곧잘 하네요. 그건 그렇고 은수가 액션 연기가 힘들다는데 사형이 도와줄 수 있는 방법이 있지 않을까요?"

우건은 고개를 살짝 저었다.

"난 액션 연기에 대해 잘 모르는데."

수연이 은수 쪽으로 고개를 돌렸다.

"한번 액션스쿨을 다닐 때 배운 동작을 사형 앞에서 시연해 봐. 사형은 엄청난 고수니까 은수를 도와줄 수 있을 거야."

은수가 양 손바닥으로 자기 얼굴을 가렸다.

"아저씨 앞에서 하기에는 좀 창피한데."

수연이 은수의 등을 세게 두드렸다.

"괜찮아. 우리 사이에 창피할 게 뭐 있어."

"알았어요. 그럼 한번 해 볼게요. 대신, 흉보면 안 돼요."

수연에게 띠밀린 은수가 뒷마당으로 걸어가 액션스쿨에서 배웠다는 동작을 몇 개 선보였다. 주로 주먹질과 발차기였다.

우건은 은수가 펼치는 동작을 지켜보다가 고개를 끄덕였다.

"액션 연기는 과장이 필요하지?"

"예, 화면에 멋있게 나와야 하니까요."

"그럼 이렇게 해 봐."

우건은 그 자리에서 설악권법 초식 몇 가지와 선풍무류각의 철혈각, 연환각, 그리고 선풍각을 가르쳐 주었는데 모두 동작이 크고 화려한 초식이었다. 물론, 은수가 익히기쉽게 복잡한 변화는 모두 빼 버린 아주 단순한 형태의 초식이었다.

은수는 생각보다 운동 능력이 뛰어나 곧잘 따라했다.

땀을 흘리며 동작을 연습하던 은수가 고개를 갸웃하며 물었다.

"여기서는 이렇게 하는 게 맞아요?"

그때, 미간을 찌푸린 우건이 수연과 은수를 보며 말했다.

"누가 이쪽으로 오는군."

그 말을 들은 두 여인은 입을 다문 다음, 주위를 둘러보았다.

잠시 후, 방금 전 두 여인의 대화 주제 중에 하나였던 최윤빈이란 남자 주인공과 촬영할 때 은수를 걷어찬 악당역할을 맡은 조연 배우가 뒷마당으로 걸어오는 모습이 보였다.

수연이 전음으로 조연 배우의 정체를 알려 주었다.

-엄동혁(嚴棟赫)이란 배우예요. 성격파 조연으로 유명한 사람인데 무술을 잘해서 검도, 유도, 합기도 단증이 있대요.

우건은 최윤빈과 엄동혁을 주시하며 전음으로 물었다.

-난 사매가 배우들에 대해서 그렇게 잘 아는 줄 몰랐는데.

수연은 피식 웃었다.

-오해 말아요. 은수가 출연한다고 해서 일부러 찾아본

거니까.

그때였다.

최윤빈이 우건과 수연을 가리키며 은수에게 물었다.

"처음 뵙는 분들 같은데, 은수 손님이야?"

은수가 불안한 눈빛으로 고개를 끄덕였다.

"예, 제 가족이나 다름없는 분들이에요."

은수의 대답을 들은 최윤빈이 우건에게 악수를 청했다.

"만나서 반갑습니다. 저는 최윤빈이라 하는데 그쪽은 성함이?"

"우모(羽某)요."

최윤빈이 고개를 갸웃거렸다.

"이름이 모인가요? 아니면 아무개란 뜻의 모인가요?"

"후자가 맞을 거요."

최윤빈이 우건의 위아래를 훑어보며 중얼거렸다.

"생긴 거와는 다르게 꽤 비싸게 구는 분이군요."

우건을 지나친 최윤빈이 곧장 수연에게 걸어가 악수를 청했다.

"최윤빈입니다."

수연은 악수 대신, 눈인사로 인사를 대신했다.

"오수연이에요."

"평소에 이런 칭찬을 지겹게 들으셨겠지만, 정말 미인이십니다. 혹시 이쪽 일에 관심이 있으시면 제가 아는 인맥을 이용해드릴 수 있는데, 그쪽 연락처를 알 수 있겠습니까?"

수연은 양손을 들어 보였다.

"전 연예계에 관심 없어요."

"그렇다면 할 수 없죠. 제가 강요할 수 있는 문젠 아니니까요."

실망한 얼굴로 돌아선 최윤빈이 은수를 보며 물었다.

"근데 여기서 뭐하는 거야? 다음 신을 연습하기로 하지 않았어?"

은수가 시간을 확인하며 대답했다.

"약속 시간까지는 아직 30분 남지 않았나요?"

최윤빈이 답답하다는 듯 손가락으로 은수 이마를 두드렸다.

"내가 너라면, 선배가 오기 전에 30분쯤 일찍 와서 대사 연습을 하고 있었을 거야. 인기란 건 거품과 같아서 꾀를 부리다간 언제 추락할지 모르는 바닥이 여기니까 말이야."

이를 악문 은수가 애써 웃음을 지어 보였다.

"죄송해요. 지금 바로 갈게요."

촬영장으로 가려는 은수를 최윤빈이 붙잡았다.

"그보다 내 질문에 대답 안 할 거야?"

"무슨 질문이요?"

"여기서 뭐했냐니까?"

은수가 곤란한 표정으로 우건과 수연을 바라보았다.

"이분들에게 액션 신을 배우고 있었어요."

최윤빈이 우건을 보며 피식 웃었다.

"이 아저씨가 액션 연기를 아주 잘하나 보지?"

은수가 처음으로 화를 냈다.

"이분은 선배님이 막대하실 만한 분이 아니에요."

"넌 가만히 있어."

은수를 물러서게 한 최윤빈이 엄동혁을 손짓해 불렀다.

엄동혁이 가까이 오자 최윤빈이 우건에게 물었다.

"엄 배우도 무술을 좀 하는데, 그에게도 가르쳐 줄 수 있습니까?"

우건은 최윤빈을 보며 담담한 어조로 물었다.

"당신이 직접 배워 보는 건 어떻소?"

잠시 고민하던 최윤빈이 히죽 웃은 다음, 엄동혁을 물러서게 했다. 곧 세트 뒷마당에 우건과 최윤빈이 마주 보고 섰다.

우건은 손가락을 까딱거려 최윤빈이 먼저 공격하게 도발했다.

눈썹을 꿈틀한 최윤빈이 자세를 잡기 무섭게 주먹을 뻗었다.

이건 액션 연기가 아니라, 실제로 우건을 치기 위한 행동이었다.

우건은 담담한 표정으로 지켜보다가 손을 뻗어 최윤빈의

주먹을 움켜쥐었다. 그리고는 무음무영지로 아혈을 점한 다음, 곡지혈을 통해 내력을 집어넣어 분근착골을 시행했다.

물론, 은수의 상대 배우를 불구로 만들 생각은 없었기에 내력을 조절한 상태였다. 그렇지 않으면 분근착골을 시행하는 순간, 최윤빈은 다시는 자기 발로 설 수 없었을 것이다.

최윤빈의 얼굴이 금세 노랗게 변했다. 몸에서는 땀이 비오듯이 흘러내렸는데 아혈을 점혈당해 비명조차 지르지 못했다.

우건이 주먹을 잡은 손에 약간 힘을 주는 순간, 최윤빈이 무릎을 털썩 꿇었다. 그리고는 눈물을 뚝뚝 흘리며 제발 그만해 달라는 듯 간절한 표정으로 우건의 눈을 바라보았다.

우건이 그의 귀에 속삭였다.

"앞으로는 절대 은수에게 손을 대지 마라. 만일 또 다시 은수 몸에 손을 댔다는 소식이 내 귀에 들려오면, 오늘 겪은 고통의 수백 배에 달하는 고통을 겪게 될 것이다. 무슨 말인지 알겠나?"

최윤빈은 정신없이 고개를 끄덕였다.

우건은 자기 할 일이 다 끝났다는 듯 최윤빈의 주먹을 놓으며 점혈한 아혈을 같이 풀어 주었다. 풀려난 최윤빈은 엄동혁과 함께 도망치듯 그 자리를 떠났다. 그 일이 있은 후에는 최윤빈이 은수에게 치근덕거리거나, 선배랍시고 함부로 대하는 일이 없었다는 말을 수연을 통해 들었다. 다행히 우건이 한 경고를 최윤빈이 제대로 알아들은 모양이었다.

진짜 문제는 집으로 돌아왔을 때 생겼다.

집에 도착해 잠시 휴식을 취하려던 우건은 원공후의 급한 연락을 받고 바로 쾌영문으로 넘어갔다. 한데 쾌영문에서 전혀 생각지 못한 사람이 한 명도 아니고 두 명이나 그를 기다리고 있었다. 바로 특무대 조장 진이연과 인상이 차가운 중년 여인이었다. 우건은 직감적으로 그 중년 여인이 진이연에게 무공을 가르쳐 준 냉미화 당혜란이 아닐까 생각했다.

우건의 예상이 맞았다.

원공후가 중년 여인을 우건에게 소개했다.

"이쪽은 강호에 명성이 자자하신 냉미화 당혜란 여협이십니다."

그때였다.

말없이 서 있던 당혜란이 갑자기 비수로 우건의 심장을 찔렀다.

〈6권에 계속〉